विक्रमोर्वशी
और
मालविकाग्निमित्र

(सुप्रसिद्ध संस्कृत नाटकों का हिन्दी रूपान्तर)

महाकवि कालिदास

राजपाल

अनुवाद

विराज

स्थापित 1912
100 वर्षों की
श्रेष्ठ प्रकाशन परम्परा
राजपाल

₹ 195

ISBN : 9788170287766

VIKRAMORVASHI AUR MALVIKAGNIMITRA (Sanskrit Play)
by Kalidas
मुद्रक : शीतल प्रिंटर्स, दिल्ली

राजपाल एण्ड सन्ज़
1590, मदरसा रोड, कश्मीरी गेट, दिल्ली-110006
फोन : 011-23869812, 23865483, 23867791
e-mail : sales@rajpalpublishing.com
www.rajpalpublishing.com
www.facebook.com/rajpalandsons

क्रम

भूमिका

महाकवि कालिदास को सर्वसम्मति से भारत का सर्वश्रेष्ठ कवि माना जाता है। उन्होंने अपने महाकाव्यों, नाटकों तथा मेघदूत और ऋतुसंहार जैसे काव्यों में जो अनुपम सौंदर्य भर दिया है, उसकी तुलना संस्कृत साहित्य में अन्यत्र कहीं नहीं मिलती। इसीलिए उन्हें 'कवि-कुलगुरु' भी कहा जाता है। यों संस्कृत में माघ, भारवि और श्री हर्ष बड़े कवि हुए हैं, जिनकी रचनाएँ 'शिशुपालवध', 'किरातार्जुनीय' तथा 'नैषधीयचरितम्' बृहत्त्रयी अर्थात् तीन बड़े महाकाव्यों में गिनी जाती हैं और कालिदास के 'रघुवंश', 'कुमारसम्भव' और 'मेघदूत' को केवल लघुत्रयी कहलाने का गौरव प्राप्त है। फिर भी भावों की गहराई, कल्पना की उड़ान तथा प्रसादगुणयुक्त मंजी हुई भाषा के कारण लघुत्रयी पाठक को जैसा रस-विभोर कर देती है, वैसा बृहत्त्रयी की रचनाएँ नहीं कर पातीं। विभिन्न प्रकार के काव्य-चमत्कारों के प्रदर्शन में भले ही उन कवियों ने भारी प्रयास किया है, किन्तु जहाँ तक विशुद्ध काव्य-रस का सम्बन्ध है, उनमें से कोई भी कालिदास के निकट तक नहीं पहुँचता। "एकोऽपि जीयते हन्त कालिदासो न केनचित्। शृंगारे ललितोद्गारे कालिदासत्रयी किमु।" (राजशेखर)।

किन्तु संस्कृत भाषा के इस सर्वश्रेष्ठ कवि के सम्बन्ध में हमारी जानकारी केवल इतनी ही है कि वे कुछ संस्कृत काव्यों और नाटकों के प्रणेता थे। उनकी लिखी हुई अड़तीस रचनाएँ कही जाती हैं, जो निम्नलिखित हैं—1. अभिज्ञान शाकुन्तल 2. विक्रमोर्वशीय 3. मालविकाग्निमित्र 4. रघुवंश 5. कुमारसम्भव 6. मेघदूत 7. कुन्तेश्वरदौत्य 8. ऋतुसंहार 9. अम्बास्तव 10. कल्याणस्तव 11. कालीस्तोत्र 12. काव्यनाटकालंकाराः 13. गंगाष्टक 14. घटकर्पर 15. चंडिकादंडकस्तोत्र 16. चर्चास्तव 17. ज्योतिर्विदाभरण 18. दुर्घटकाव्य 19. नलोदय 20. नवरत्नमाला 21. पुष्पबाणविलास 22. मकरन्दस्तव 23. मंगलाष्टक 24. महापद्यषट्क 25. रत्नकोष 26. राक्षसकाव्य 27. लक्ष्मीस्तव 28. लघुस्तव 29. विद्वद्विनोदकाव्य 30. वृन्दावनकाव्य 31. वैद्यमनोरमा 32. शुद्धचन्द्रिका 33. शृंगारतिलक 34. शृंगाररसाष्टक 35. शृंगारसारकाव्य 36. श्यामलादंडक 37. ऋतुबोध 38. सेतुबन्ध। किन्तु इनमें से पहली छह और 'ऋतुसंहार' ही सामान्यतया प्रामाणिक रूप से उनकी लिखी मानी जाती हैं। कुछ लोग

'ऋतुसंहार' को भी कालिदास-रचित नहीं मानते। ऐसा भी प्रतीत होता है कि कालिदास नाम से बाद में एक या दो और कवियों ने भी अपनी रचनाएँ लिखीं। इसीलिए राजशेखर ने अपने श्लोक में, जिसका हमने ऊपर उल्लेख किया है, तीन कालिदासों का जिक्र किया है। सम्भव है कि असली कालिदास के अतिरिक्त दूसरे कालिदास-नामधारी कवियों ने ये शेष रचनाएँ लिखी हों, जिनको आलोचक मूल कालिदास के नाम के साथ जोड़ना पसन्द नहीं करते।

'अभिज्ञान शाकुन्तल', 'विक्रमोर्वशीय' और 'मालविकाग्निमित्र' नाटक तथा 'रघुवंश', 'कुमारसम्भव', और 'मेघदूत' काव्य कालिदास के यश को अमर रखने के लिए पर्याप्त हैं। संस्कृत में ऐसे कवि कम हैं जिनकी इतनी प्रौढ़ रचनाओं की संख्या एक से अधिक हो। भवभूति के लिखे तीन नाटक तो प्राप्त होते हैं, किन्तु उसने महाकाव्य लिखने का प्रयत्न नहीं किया।

इतने बड़े साहित्य का सृजन करने वाले इस कवि-शिरोमणि ने अपने सम्बन्ध में कहीं भी कुछ भी नहीं लिखा। यह कवि की अत्यधिक विनम्रता का ही सूचक माना जा सकता है। अन्य कई संस्कृत कवियों ने अपनी रचनाओं में अपने नाम के साथ-साथ अपने माता-पिता के नाम तथा जन्मस्थान का उल्लेख किया है; परन्तु कालिदास ने केवल अपने नाटकों के प्रारम्भ में तो यह बतला दिया है कि ये नाटक कालिदास रचित हैं, अन्यथा और कहीं उन्होंने अपना संकेत तक नहीं दिया। रघुवंश के प्रारम्भ में उन्होंने यह अवश्य लिखा है कि "मैं रघुओं के वंश का बखान करूँगा।" परन्तु यह 'मैं' कौन है, इसका उल्लेख रघुवंश के श्लोकों में नहीं है। वहाँ भी जहाँ कालिदास ने उत्तमपुरुष, एक वचन में अपना उल्लेख करते हुए यह लिखा है कि "मैं रघुओं के वंश का बखान करूँगा", वहाँ अतिशय विनय से काम लिया है। न केवल उन्होंने अपने-आपको 'तनुवाग्विभव' कहा है, अपितु यह भी कहा है कि "मेरी स्थिति उस बौने के समान है, जो ऊँचाई पर लटके फल को लेने के लिए हाथ बढ़ा रहा हो" और यह कि "मेरा प्रयत्न छोटी-सी नाव से सागर को पार करने के यत्न जैसा है"; और अन्त में दूसरे प्राचीन कवियों का आभार स्वीकार करते हुए कहा है कि "जैसे वज्र से मणि में छेद कर देने के बाद उसमें सुई से भी धागा पिरोया जा सकता है, उसी प्रकार प्राचीन कवियों द्वारा रघु के वंश का वर्णन किए जा चुकने के बाद मैं भी सरलता से उसका वर्णन कर सकूँगा।" कालिदास की यह विनयशीलता उनके लिए शोभा की वस्तु है और सम्भवतः इसी के वशीभूत होकर वे अपने सम्बन्ध में कुछ भी नहीं लिख गए। और आज उनकी रचनाओं का रसास्वादन करने वाले रसिकों को जब यह जिज्ञासा होती है कि कालिदास कौन थे और कहाँ के रहनेवाले थे, तो इसका उन्हें कुछ भी सुनिश्चित उत्तर प्राप्त नहीं हो पाता। अधिक-से-अधिक कालिदास के सम्बन्ध में जो जानकारी प्राप्त की जा सकती है, वह उनकी रचनाओं में जहाँ-तहाँ बिखरे हुए विभिन्न वर्णनों से निष्कर्ष निकालकर प्राप्त की गई है। यह

जानकारी अपूर्ण तो है ही, साथ ही अनिश्चित भी है। उदाहरण के लिए केवल इतना जान लेने से कि कालिदास पहली शताब्दी ईस्वी-पूर्व से लेकर ईसा के बाद चौथी शताब्दी तक की अवधि में हुए थे, और या तो वे उज्जैन के रहनेवाले थे या कश्मीर के या हिमालय के किसी पार्वत्य प्रदेश के, पाठक के मन को कुछ भी संतोष नहीं हो पाता। इस प्रकार के निष्कर्ष निकालने के लिए विद्वानों ने जो प्रमाण उपस्थित किए हैं, वे बहुत जगह विश्वासोत्पादक नहीं हैं और कई जगह तो उपहासास्पद भी बन गए हैं। फिर भी उन विद्वानों का श्रम व्यर्थ गया नहीं समझा जा सकता, जिन्होंने इस प्रकार के प्रयत्न द्वारा कालिदास के स्थान और काल का निर्धारण करने का प्रयास किया है। अन्धेरे में टटोलने वाले और गलत दिशा में बढ़ने वाले लोग भी एक महत्त्वपूर्ण लक्ष्य को पूर्ण करने में सहायक होते हैं, क्योंकि वे चरम अज्ञान और निष्क्रियता की दशा से आगे बढ़ने का प्रयास करते हैं।

कालिदास का काल

कालिदास का काल निर्णय करने में सबसे बड़ा आधार विक्रमादित्य का है। न केवल जनश्रुति यह चली आ रही है कि कालिदास उज्जयिनी के महाराज विक्रमादित्य की राजसभा के नवरत्नों में से एक थे, अपितु 'अभिज्ञान शाकुन्तल' के प्रारम्भ में सूत्रधार भी आकर यह घोषणा करता है कि 'आज रस और भावों के विशेषज्ञ महाराज विक्रमादित्य की सभा में बड़े-बड़े विद्वान एकत्रित हुए हैं। इस सभा में आज हम लोग कालिदास-रचित नवीन नाटक 'अभिज्ञान शाकुन्तल' का अभिनय प्रस्तुत करेंगे।' इससे इस विषय में सन्देह नहीं रहता कि 'अभिज्ञान शाकुन्तल' की रचना महाराज विक्रमादित्य की सभा में अभिनय करने के लिए हुई थी। कालिदास के नाटक 'विक्रमोर्वशीय' में 'विक्रम' नामक प्रयोग भी इसी बात को सूचित करता है कि विक्रमादित्य के साथ कालिदास का घनिष्ठ सम्बन्ध था और 'विक्रम' शब्द का प्रयोग करने में उन्हें विशेष आनन्द आता था। इस आनन्द का मूल सम्भवतः यह रहा हो कि जब वे नाटक राजसभाओं में प्रस्तुत किए जाते थे, तो 'विक्रम' शब्द आते ही रंगशाला तालियों की गड़गड़ाहट से गूँज उठती होगी।

विक्रमादित्य का स्थान और काल

किन्तु केवल इतना निश्चय हो जाने से कि कालिदास विक्रमादित्य के समकालीन थे और उनकी राजसभा के कवि थे, समस्या पूरी तरह हल नहीं होती, क्योंकि स्वयं इस विक्रमादित्य के सम्बन्ध में कुछ समय पहले तक विद्वानों में बड़ा मतभेद था। जैसी कि पश्चिमी विद्वानों की प्रवृत्ति रही है, विक्रमादित्य के सम्बन्ध में भी पहली बात तो यह कही गई कि विक्रमादित्य नाम का कोई राजा हुआ ही नहीं; दूसरी बात यह कही गई कि विक्रमादित्य एक नहीं; कई हुए; तीसरी बात यह कही गई कि

विक्रमादित्य किसी व्यक्ति का नाम नहीं था, अपितु एक उपाधि थी, जिसे कई राजाओं ने धारण किया। इस प्रकार इन इतिहासकारों ने विक्रमादित्य के काल और स्थान को अन्धकार में से खोजकर बाहर लाने के बजाए उसे और भी धुंध में छिपा देने का यत्न किया।

विक्रमादित्य के सम्बन्ध में हमारी प्राचीन परम्परा से चली आ रही स्थापना यह है कि विक्रमादित्य एक प्रजावत्सल राजा थे। उनकी राजधानी शिप्रा नदी के तीर पर उज्जयिनी में थी। उन्होंने एक महान युद्ध में विदेशी शक आक्रान्ताओं को परास्त किया और उस विजय के उपलक्ष्य में एक संवत् का प्रारम्भ किया, जो आज भी सारे देश में विक्रम-संवत् नाम से प्रचलित है। विक्रम-संवत् के प्रचलित होते हुए यह कह देना कि विक्रमादित्य नाम का कोई राजा हुआ ही नहीं, ठीक ऐसा ही है जैसे ईस्वी-सन् के विद्यमान रहते यह कह दिया जाए कि कोई ईसा हुआ ही नहीं।

इसके बाद भी पश्चिमी विद्वानों ने ऐसा ही कहने का प्रयत्न किया है। विक्रमादित्य के सम्बन्ध में कुछ बड़े-बड़े पश्चिमी विद्वानों के मत नीचे दिए जाते हैं, जो आज तो यद्यपि निश्चित रूप से तिरस्कृत और उपहासास्पद समझे जाते हैं, किन्तु किसी समय ये मत सत्य और महत्त्वपूर्ण समझे जाते थे।

फर्ग्यूसन का मत

इन विद्वानों में से एक विद्वान श्री फर्ग्यूसन हैं, जिनका मत यह है कि विक्रमादित्य नाम का राजा कोई नहीं हुआ। सन् 544 ईस्वी में उज्जैन में हर्ष नाम का एक राजा हुआ था, जिसकी उपाधि विक्रमादित्य थी। उसने कोरूर की लड़ाई में शकों को परास्त किया था और इस विजय की स्मृति को स्थाई बनाने के लिए उसने एक संवत् चलाया था। किन्तु इस संवत् को उसने अपने समय से प्रारंभ न करके 600 वर्ष पूर्व से प्रारम्भ किया, जिससे वह ईसा से 57 वर्ष पहले प्रारम्भ हुआ समझा गया। फर्ग्यूसन ने कोरूर की लड़ाई की बात अलबेरूनी की पुस्तक से ली है; और विक्रमादित्य और कालिदास को 544 ईस्वी के बाद का मानने के सम्बन्ध में उसकी युक्ति यह है कि कालिदास के ग्रंथों में हूण, शक, पल्लव तथा यवन जातियों के नाम आते हैं। इन नामों का उल्लेख इस बात का प्रमाण है कि कालिदास इन जातियों के भारत में आने के बाद ही हुए होंगे; हूणों के भारत पर आक्रमण 500 ईस्वी से प्रारम्भ हुए थे।

इस प्रकार फर्ग्यूसन को अपना यह मत आविष्कृत करने की आवश्यकता केवल इसलिए पड़ी कि कालिदास की रचनाओं में हूण, शक, पल्लव और यवन जातियों के नाम पाए जाते हैं, हालाँकि कालिदास की रचना में ऐसा उल्लेख नहीं मिलता कि ये जातियाँ भारत में आई हुई थीं और भारत में इन जातियों के साथ लड़ाई हुई हो। केवल इतना उल्लेख है कि रघु ने अपनी दिग्विजय में इन जातियों को परास्त

किया था। भारत के उत्तर-पश्चिम में ये जातियाँ कालिदास से भी न जाने कितने समय पहले रहती आ रही हैं। अपने भ्रमण द्वारा या लोगों से सुनकर कालिदास ने यह जान लिया होगा कि किन प्रदेशों में कौन-सी जातियाँ बसती हैं और उनके अनुसार ही उनका वर्णन किया होगा। ऐसी दशा में फर्ग्यूसन को यह विचित्र कल्पना करने की आवश्यकता क्यों पड़ी कि हर्ष ने 600 साल पहले से एक संवत् चला दिया होगा, कुछ समझ नहीं पड़ता।

यह बात भी सामान्य बुद्धि से परे की जान पड़ती है कि कोई राजा अपनी विजय की स्मृति को स्थाई बनाने के लिए 600 वर्ष पहले से किसी संवत् का प्रारम्भ करे। और फिर इस 600 संख्या का ही क्या महत्त्व है? 500 वर्ष पहले से या 800 वर्ष पहले से संवत् का प्रारम्भ क्यों न किया जाए?

इससे भी अधिक प्रबल युक्ति फर्ग्यूसन के विपक्ष में एक और है। यदि यह मान लिया जाए कि विक्रम-संवत् का जब प्रारम्भ किया गया था, उसी समय इसका काल 600 वर्ष पीछे धकेल दिया गया था, अर्थात् संवत् प्रारम्भ करने के दिन ही विक्रम-संवत् 601 रहा था, तो 600 से पहले के विक्रम-संवत् अर्थात् 500-400 विक्रम-संवत् का कहीं उल्लेख नहीं मिलना चाहिए, क्योंकि उस काल में इस संवत् का अस्तित्व ही नहीं रहा होगा। कुछ समय तक स्थिति यही रही। 600 विक्रम-संवत् से पूर्व का कोई अभिलेख प्राप्त नहीं हुआ; परन्तु बाद में मन्दसौर का शिलालेख मिला, जिसपर 529 मालव-संवत् की तिथि अंकित है। एक और कवि का अभिलेख प्राप्त हुआ है, जो 430 विक्रम-संवत् का है। विद्वान लोग मालव-संवत् और विक्रम-संवत् को एक ही मानते हैं। इन दो अभिलेखों के मिल जाने के बाद फर्ग्यूसन का मत बिलकुल निराधार और बेपर की उड़ान सिद्ध होता है।

गुप्तकालीन मत

कीथ इत्यादि यूरोपियन विद्वानों ने एक और मत यह प्रस्तुत किया है कि जिस विक्रमादित्य के राजकवि कालिदास थे, वह कोई स्वतन्त्र विक्रमादित्य न होकर गुप्त सम्राट चन्द्रगुप्त द्वितीय था, जिसकी उपाधि विक्रमादित्य थी। चन्द्रगुप्त के पिता समुद्रगुप्त की उपाधि पराक्रमांक या पराक्रमादित्य थी। यह चन्द्रगुप्त 375 ईस्वी से 413 ईस्वी तक रहा। चन्द्रगुप्त के पुत्र का नाम कुमारगुप्त था, और कुमारगुप्त के पुत्र का नाम स्कंदगुप्त। इस मत के समर्थन में बहुत-सी युक्तियाँ दी जाती हैं, जिनका महत्त्व पाठक स्वयं समझ लेंगे।

(1) विक्रमादित्य को चन्द्रगुप्त द्वितीय और कालिदास को उसका राजकवि मानने के सम्बन्ध में पहली युक्ति यह दी जाती है कि गुप्तकाल भारतीय इतिहास का स्वर्णकाल था। इस काल में सारे देश में शान्ति रही और सुख-समृद्धि खूब बढ़ी।

कालिदास की रचनाओं में भी सुख और समृद्धि का ही चित्रण है; इसलिए उसका गुप्तकाल में होना ही उचित जान पड़ता है।

(2) चन्द्रगुप्त के पिता समुद्रगुप्त ने अनेक लड़ाइयाँ लड़कर अपने साम्राज्य का विस्तार किया था। समुद्रगुप्त के इन युद्धों का वर्णन चौथी शताब्दी में हरिषेण द्वारा लिखी गई चन्द्रगुप्त की प्रशस्ति में प्राप्त होता है। हरिषेण की प्रशस्ति और कालिदास द्वारा लिखे गए रघु के दिग्विजय-वर्णन में काफी समानता दिखाई पड़ती है। इसलिए कालिदास का चन्द्रगुप्त के समय में होना युक्तिसंगत है।

(3) कालिदास का महाकाव्य 'कुमारसम्भव' चन्द्रगुप्त के पुत्र कुमारगुप्त के जन्म के अवसर पर या उसको लक्ष्य करके लिखा गया प्रतीत होता है। और भी कई जगह कालिदास ने 'कुमार' शब्द का प्रयोग किया है। 'विक्रमोर्वशीय' में भी उर्वशी के पुत्र आयु को बार-बार 'कुमार' कहा गया है। यह 'कुमार' शब्द कुमारगुप्त की ही ओर संकेत करता है।

(4) कालिदास के ग्रंथों में 'गोप्ता' शब्द का प्रयोग और 'गुप्' धातु का प्रयोग बार-बार किया गया है, जिससे पता चलता है कि वे गुप्तवंश के प्रति अनुरक्त थे। इसके अतिरिक्त 'चन्द्र' और 'इन्द्र' शब्दों का प्रयोग भी बहुत बार हुआ है, जिससे वे चन्द्रगुप्त की ओर संकेत करते जान पड़ते हैं।

(5) चन्द्रगुप्त द्वितीय ने अपना संवत् चलाया था, परन्तु उसे आदरणीय बनाने के लिए मालव-संवत् के साथ मिला दिया। वही संवत् अब विक्रम-संवत् नाम से प्रसिद्ध है।

(6) चन्दगुप्त द्वितीय ने शकों को अन्तिम रूप से परास्त करके भारत से बाहर खदेड़ दिया था; शायद इसीलिए उन्हें 'शकारि' कहा जाने लगा हो। इस प्रकार कालिदास के आश्रयदाता विक्रमादित्य के शकारि होने की भी संगति पूरी बैठ जाती है।

किन्तु इन युक्तियों के खंडन में भी बहुत-सी युक्तियाँ दी जाती हैं। वे ये हैं--

(1) गुप्तों का अपना संवत् था, जिसे इस वंश की स्थापना करने वाले चन्द्रगुप्त प्रथम ने चलाया था। चन्द्रगुप्त द्वितीय के बाद होने वाले गुप्त राजा भी इसी गुप्त संवत् का प्रयोग करते रहे। गिरनार में स्कन्दगुप्त का एक शिलालेख मिला है। उसमें गुप्त संवत् का ही प्रयोग है। इसलिए चन्द्रगुप्त द्वारा नया संवत् चलाने और फिर उसे मालव-संवत् से मिला देने की बात विश्वसनीय नहीं जान पड़ती। यदि चन्द्रगुप्त को अपना संवत् चलाना ही अभीष्ट होता, तो वह स्वयं अपने नाम से ही संवत् चला सकता था। इतने महान सम्राट के लिए संवत् चलाना कोई बड़ी बात न होती।

(2) 'गुप्' धातु का प्रयोग कालिदास का सम्बन्ध गुप्तवंश से जोड़ने के लिए पर्याप्त नहीं माना जा सकता। यदि कालिदास को अपने आश्रयदाता राजाओं और उनके पूर्वजों और वंशजों के नाम से उल्लेख करना अभीष्ट ही होता, तो वह अपने

किसी भी नाटक की प्रस्तावना में सरलता से राजा के पूरे नाम का उल्लेख कर सकता था। यदि वह चन्द्रगुप्त द्वितीय की राजसभा में रहा होता, तो वह अभिज्ञान शाकुन्तल की प्रस्तावना में चन्द्रगुप्त की राजसभा लिखता, विक्रमादित्य की नहीं; क्योंकि मूल नाम को छोड़कर केवल उपाधि का उल्लेख कर देना किसी भी प्रकार संगत नहीं माना जा सकता। यदि समुद्रगुप्त जैसा पराक्रमी सम्राट कालिदास के आसपास या पहले हुआ होता, तो यह असम्भव था कि कालिदास उसका उल्लेख पूरा नाम देकर न करता। परन्तु कालिदास की किसी भी रचना में चन्द्रगुप्त, या समुद्रगुप्त, कुमारगुप्त या स्कन्दगुप्त का नाम नहीं मिलता। 'कुमार' शब्द का प्रयोग देखकर उससे कुमारगुप्त का अनुमान करना बहुत दूर की सूझ है, क्योंकि कुमार शब्द ऐसा है, जिसका प्रयोग किसी भी राजकुमार के लिए सामान्यतया किया ही जाता है।

(३) एक और महत्त्वपूर्ण बात, जिसे इस मत के समर्थक भूल गए दीखते हैं, यह है कि कालिदास और गुप्त सम्राटों में आधारभूत मतभेद है। गुप्त सम्राट कट्टर वैष्णव थे और कालिदास पक्के शैव। कालिदास की रचनाओं में शिव की स्तुति इतनी बार और इतनी अधिक मिलती है कि उनको वैष्णव सम्राटों का राजकवि समझना गलती होगी। यह कल्पना कर पाना कठिन है कि चन्द्रगुप्त विक्रमादित्य की राजकीय रंगशाला में 'अभिज्ञान शाकुन्तल' का अभिनय होने से पूर्व नान्दी के रूप में शिव की स्तुति की गई होगी। कालिदास के सभी नाटकों की नान्दी में शिव की स्तुति है और विष्णु की स्तुति कहीं भी नहीं की गई। यह बात ध्यान देने योग्य है कि 'कुमारसम्भव' में कालिदास ने ब्रह्मा की स्तुति में भी बीस-एक श्लोक लिख दिए हैं, और शिव की स्तुति तो सारे कुमारसम्भव में ही भरी हुई है, परन्तु विष्णु की स्तुति कहीं नहीं की गई। यह उल्लेख कि 'तारकासुर ने देवताओं को कष्ट दिया और जब विष्णु ने उस पर अपना सुदर्शन चक्र चलाया, तो वह चक्र उसके गले में आभूषण की तरह बनकर रह गया', विष्णु की ऐसी स्तुति नहीं है, जिसे सुनकर स्वयं विष्णु को या वैष्णव गुप्त सम्राटों को प्रसन्नता होती।

(4) चन्द्रगुप्त की उपाधि विक्रमादित्य थी; इससे यह ध्वनित होता है कि उससे पूर्व कोई और राजा विक्रमादित्य ऐसा हो चुका था कि जो अपनी प्रजा-वत्सलता, लोकप्रियता और न्यायपरायणता आदि गुणों के कारण ऐसा आदर्श समझा जाने लगा था कि राजा अपने नाम के साथ उसके नाम को उपाधि के रूप में लगाना पसन्द करते थे। यह युक्ति तब और भी प्रबल बन जाती है, जब दूसरी जगह मिलनेवाले प्रमाणों से ऐसे विक्रमादित्य का अस्तित्व सिद्ध हो जाता है।

57 ईस्वी पूर्व का मत

तीसरा मत, जो हमें भी ठीक प्रतीत होता है, यह है कि महाराज विक्रमादित्य ईसा से 57 वर्ष पूर्व हुए थे, या कम-से-कम ईसा से 57 वर्ष पूर्व उन्होंने एक बड़ी विजय

प्राप्त की थी, जिसके उपलक्ष्य में उन्होंने नया संवत् प्रारम्भ किया था। उनके अस्तित्व के सम्बन्ध में इतिहासकारों को सन्देह इसलिए हो गया था, क्योंकि उस समय यह समझा जाता था कि 57 ईस्वी-पूर्व में उज्जयिनी में कोई बड़ा प्रतापी राजा नहीं हुआ। परन्तु अब यह सिद्ध हो गया है कि कालिदास के आश्रयदाता परमारवंशी विक्रमादित्य थे। उन विक्रमादित्य के पिता का नाम महेन्द्रादित्य था। महेन्द्रादित्य ने शिप्रा नदी के किनारे महाकाल के मंदिर का निर्माण करवाया था। कालिदास के नाटकों में इन्द्र के लिए जगह-जगह 'महेन्द्र' शब्द का प्रयोग किया गया है, जो जानबूझकर इन्हीं महेन्द्रादित्य का संकेत करने के लिए किया गया प्रतीत होता है, बल्कि विक्रमोर्वशीय नाटक में कुमारआयु के युवराज अभिषेक के लिए जब नारद कहते हैं कि 'रम्भा, स्वयं महेन्द्र द्वारा भेजी गई सामग्रियाँ तो ले आओ', तब ऐसा प्रतीत होता है कि जैसे महेन्द्रादित्य द्वारा किए गए विक्रमादित्य के युवराज-अभिषेक के वर्णन का संकेत करने का प्रयत्न किया जा रहा हो। यहाँ यह ध्यान देने योग्य है कि इन्द्र के स्थान पर 'महेन्द्र' शब्द का प्रयोग करने की युक्ति उससे बिल्कुल भिन्न है, जो गुप्त मत के समर्थकों ने 'चन्द्र' और 'इन्द्र' शब्दों का प्रयोग के सम्बन्ध में दी है। कालिदास ने 'चन्द्र' और 'इन्द्र' शब्दों का प्रयोग जहाँ किया है, वहाँ सामान्य दशा में भी इन्हीं शब्दों का प्रयोग होता है; और वस्तुतः 'चन्द्र' और 'इन्द्र' ऐसे शब्द हैं, कि जिनके प्रयोग से संस्कृत काव्य में बचा नहीं जा सकता और न इनके प्रयोग को देखकर कोई असाधारण निष्कर्ष ही निकाला जा सकता है। परन्तु 'इन्द्र' और 'महेन्द्र' शब्दों के सम्बन्ध में यह बात नहीं है। सामान्यतया संस्कृत में 'इन्द्र' शब्द का ही प्रयोग होता है। ऐसी दशा में 'इन्द्र' शब्द को छोड़कर 'महेन्द्र' शब्द का प्रयोग करना, और वह भी बार-बार, कुछ असाधारण बात है।

इन विक्रमादित्य के समय शकों ने भारत पर आक्रमण किया था और उस समय विक्रमादित्य ने उन्हें परास्त किया था। महेन्द्रादित्य और विक्रमादित्य दोनों ही परम शैव थे। इसलिए कालिदास की शिव की स्तुति का भी इनके साथ पूरा मेल बैठ जाता है।

'कथासरित्सागर', 'वैताल पंचविंशतिका' और 'द्वात्रिंशत् पुत्तलिका' आदि कथाओं में विक्रमादित्य का उल्लेख मिलता है। यद्यपि इन पुस्तकों को ऐतिहासिक तो नहीं कहा जा सकता, परन्तु इन पुस्तकों में दी गई कथाओं में अनेक ऐतिहासिक पात्रों का वर्णन मिलता है। उदाहरण के लिए वत्स-नरेश उदयन का वर्णन 'कथा-सरित्सागर' में है, और उदयन की ऐतिहासिकता को असंदिग्ध समझा जाता है। उसी स्तर का वर्णन विक्रमादित्य का भी है, जिसमें उन्हें प्रजावत्सल और न्याय-परायण चित्रित किया गया है। 'कथासरित्सागर' में कहानियाँ विक्रमादित्य को यशस्वी बनाने के लिए लिखी गईं, किन्तु उनसे यह अवश्य सिद्ध होता है कि उससे पहले कई विक्रमादित्य हो

चुके थे, जिनका चरित्र इस योग्य समझा गया था कि कथाकार अपनी प्रतिभा द्वारा उसे और सुन्दर बना दे।

इस सम्बन्ध में दो और बातें विचारणीय हैं। कालिदास को चौथी शताब्दी या उससे भी बाद का सिद्ध करने के लिए एक युक्ति यह दी गई है कि कालिदास के ग्रंथों में ज्योतिष-सम्बन्धी बातें कही गई हैं; और इस मत के समर्थकों ने स्वयं ही यह भी मान लिया है कि ज्योतिष भारतवासियों ने यूनान और रोम से सीखा था। इसलिए कालिदास का काल यूनानियों के भारत में आगमन के काफी समय बाद माना जाना चाहिए। इस युक्ति के निराकरण के लिए पहली बात तो यह कही जा सकती है कि वाल्मीकि रामायण निश्चित रूप से यूनानियों के भारत में आने से पहले लिखी गई थी और उसमें भी ज्योतिष के अनेक उल्लेख हैं। इससे स्पष्ट है कि ज्योतिषशास्त्र भारतवासियों ने यूनान और रोम से नहीं सीखा। यूनान और रोमवासियों ने स्वयं बैबीलोनिया से ज्योतिष सीखा था। यह निश्चित नहीं कहा जा सकता कि बैबीलोनियावासियों ने भारत से ज्योतिष सीखा या भारत ने बैबीलोनिया के निवासियों से। दोनों ने एक-दूसरे से, किसी से भी सीखा हो, किन्तु कालिदास के काल पर इस युक्ति का प्रभाव नहीं पड़ सकता; विशेष रूप से तब, जबकि यदि भारत ने यूनान से ही ज्योतिष सीखा हो, तो यूनानी भी तो भारत में ईसा से चार शताब्दी पहले आ पहुँचे थे और तीन शताब्दियां ज्योतिष के ज्ञान के विस्तार के लिए पर्याप्त समय समझी जा सकती हैं।

कालिदास के काल-निर्णय में अश्वघोष का भी उल्लेख किया गया है। कहा गया है कि अश्वघोष और कालिदास की रचनाएँ एक-दूसरे से बहुत मिलती-जुलती हैं, यहाँ तक कि कहीं-कहीं तो शब्दावली भी एक जैसी ही बन गई है। साथ ही यह भी निश्चित है कि कालिदास की रचना अश्वघोष की रचना से अधिक अच्छी और परिमार्जित है। इससे यह निष्कर्ष निकाला गया है कि पहले अश्वघोष ने अपना काव्य लिखा और बाद में कालिदास ने उसका अनुकरण करके और उसकी शैली और भाषा को परिमार्जित करके अपनी काव्य-रचना की। क्योंकि अश्वघोष का समय ईसा की पहली शताब्दी में कनिष्क के राज्यकाल में माना जाता है, इसलिए यह कल्पना की गई कि कालिदास उसके काफी समय बाद ईसा की चौथी शताब्दी में हुए होंगे। इस युक्ति में दो बातें ध्यान देने योग्य हैं। एक तो यह कि अश्वघोष मुख्यतया कवि नहीं थे। वे बौद्ध भिक्षु थे। उन्होंने अपनी काव्य की रचना कला की दृष्टि से नहीं, बल्कि धर्म की भावना से प्रेरित होकर की थी। दूसरी बात यह है कि अश्वघोष और कालिदास की शैली में परस्पर बड़ी समानता है। अश्वघोष की प्रतिभा निस्संदेह कालिदास की भांति विविधमुख नहीं थी। ऐसी दशा में अधिक सम्भव यह है कि पहले कालिदास ने अपनी काव्यरचना की हो और उसके बहुत लोकप्रिय हो जाने पर अश्वघोष ने उसीके अनुकरण में बुद्धचरित लिखा हो, और

क्योंकि उसकी रचना मूलतः कला की प्रेरणा से नहीं लिखी गई थी, इसीलिए वह कालिदास के काव्यों जितनी सुन्दर न बन पड़ी हो। यह ठीक ऐसी ही स्थिति है, जैसे कि आजकल भी चित्रपट के अत्यन्त लोकप्रिय हो जाने वाले गीतों की तर्ज में अनुकरण करके उसी शैली में धार्मिक प्रवृत्तियों के लोग ईश्वर-भक्ति के भजन तैयार कर लेते हैं। अवश्य ही ये धार्मिक रचनाएँ कला की दृष्टि से मूल रचना के समकक्ष नहीं हो पातीं। कालिदास अश्वघोष से पहले ही हुए होंगे।

एक बात यहाँ विशेष रूप से जोर देकर कह देनी उचित है। कुछ आलोचकों ने यह मत प्रकट किया था कि कालिदास के समय तक बौद्ध धर्म बड़े आदर की दृष्टि से देखा जाने लगा था। इसके समर्थन में बड़ी युक्ति यह दी गई है कि 'मालविकाग्निमित्र' नाटक में एक परिव्राजिका का वर्णन है। वह परिव्राजिका विभिन्न विद्याओं और कलाओं में पारंगत है; और जब दो नाट्याचार्यों में होड़ लग जाती है तो निर्णय करने के लिए राजा और रानी के साथ-साथ यह परिव्राजिका भी निर्णायकों में बैठती है। सिवाय इस एक उल्लेख के कालिदास की सम्पूर्ण रचनाओं में बुद्ध का या बौद्धों का कोई उल्लेख नहीं मिलता। न बुद्ध द्वारा प्रवर्तित दुःखवाद या वैराग्य का ही कोई संकेत कालिदास की रचनाओं में मिलता है। कालिदास कट्टर रूप से आर्य संस्कृति के भक्त हैं; वह आर्य संस्कृति, जिसका मूल आधार मनुस्मृति द्वारा प्रतिपादित आदर्श है। अब रह जाती है इस परिव्राजिका की समस्या। हमारा विचार है कि यह परिव्राजिका बौद्ध नहीं है, अपितु प्राचीन सनातन धर्म की अवलम्बिनी ही है। वह गृहस्थाश्रम को पार करके वानप्रस्थ में दीक्षित हो चुकी है, अथवा संन्यासी बन गई है। इस प्रकार की गृहस्थाश्रम को छोड़ चुकी महिला कालिदास के नाटकों में एक यही नहीं है, अपितु कालिदास के तीनों नाटकों में इस प्रकार की बड़ी आयु की महिलाओं का उल्लेख है, जो गृहस्थाश्रम को पार करके वानप्रस्थ अथवा संन्यास में जीवन बिता रही हैं। 'अभिज्ञान शाकुन्तल' में आर्या गौतमी इसी प्रकार की तपस्विनी है। 'विक्रमोर्वशीय' में तपस्विनी सत्यवती भी इसी प्रकार की एक महिला है, जिसने महर्षि च्यवन के आश्रम में कुमार आयु का पालन किया है। आर्या गौतमी और तापसी सत्यवती के साथ-साथ मालविकाग्निमित्र में पारिव्राजिका कौशिकी का आगमन कालिदास की वस्तु-योजना के अनुरूप ही है, प्रतिकूल नहीं; और जैसे पहली दो स्त्री पात्र बौद्ध नहीं हैं, ठीक उसी प्रकार यह तीसरी पात्र भी बौद्ध नहीं, अपितु आर्य मतावलम्बिनी ही है। केवल 'परिव्राजिका' शब्द से भ्रम में नहीं पड़ना चाहिए, क्योंकि 'परिव्रजन', 'परिव्राट्' आदि शब्दों का प्रयोग 'मनुस्मृति' में भी खूब हुआ है। 'मनुस्मृति' का लिखित रूप चाहे जब का रहा हो, किन्तु उसके आदर्श और उसकी शब्दावली कालिदास से भी पुरानी जान पड़ती है। कालिदास के सारे नाटकों में कहीं कोई ऐसा संकेत नहीं है कि जिससे उस पर बौद्धमत का प्रभाव दृष्टिगोचर होता हो। अश्वघोष से कालिदास के पूर्ववर्ती होने का यह भी एक बड़ा प्रमाण है।

कालिदास का निवासस्थान

विक्रमादित्य के काल की भाँति ही कालिदास के जन्म और निवासस्थान के सम्बन्ध में भी विद्वानों ने बड़े अनुमान लगाए हैं और जैसा विद्वानों को शोभा देता है, वे सब अलग-अलग निष्कर्ष पर पहुँचे हैं। ऐसा प्रतीत होता है कि कालिदास ने देश का पर्याप्त पर्यटन किया था और इसलिए उन्होंने अपनी रचनाओं में देश के विभिन्न भागों का वर्णन किया है। इन वर्णनों से ही विद्वानों को यह अनुमान करने का आधार मिलता है कि कालिदास कहाँ के रहने वाले थे। कुछ ने उनका निवासस्थान उज्जयिनी और कुछ ने कश्मीर बतलाया है। अपने प्रदेश के प्रेम से अनुप्राणित होकर कुछ विद्वानों ने उन्हें बंगाली तक बताने का साहस किया है। इतना निस्सन्देह कहा जा सकता है कि कालिदास उज्जैन में रहे थे, क्योंकि उनके आश्रयदाता महाराज विक्रमादित्य की राजधानी वही थी। उज्जयिनी के प्रति उनका पक्षपात मेघदूत के उस श्लोक से ध्वनित होता है, जिसमें यक्ष मेघ से कहता है कि "भले ही तुम्हारा रास्ता कुछ टेढ़ा हो जाए, परन्तु तुम उज्जयिनी अवश्य जाना। क्योंकि यदि तुम्हारी बिजली चमकने से चकित हुए पुरनारियों के लोचनों का तुम आनन्द न लो, तो समझो कि तुम्हारी आँखें व्यर्थ ही रहीं।" (पूर्व मेघ श्लोक 29)। उज्जयिनी के प्रति इस अनुराग के कारण यह माना जा सकता है कि कालिदास उज्जयिनी में अवश्य रहे थे। उनकी रचनाओं में शिप्रा नदी और महाकाल का उल्लेख भी मिलता है।

यदि यह मान लिया जाए कि कालिदास विक्रमादित्य की राजसभा के रत्नों में से एक थे, तो सरलता से यह समझा जा सकता है कि अपनी प्रतिभा का मूल्यांकन कराने और राजा का आश्रय प्राप्त करने के लिए उन्हें उज्जयिनी जाना पड़ा हो। यह आवश्यक नहीं कि उनका जन्म भी उज्जयिनी में ही हुआ हो। उनके जन्मस्थान का अनुमान करने के लिए हमें उन स्थानों की ओर अधिक ध्यान देना होगा, जिनका वर्णन कालिदास ने बार-बार और अत्यन्त तन्मय होकर किया है। केवल एक-आध जगह यह उल्लेख कर देने से कि 'कश्मीर में केसर पाया जाता है' या यह कि 'महाराज रघु के घोड़े कश्मीर में से गुजरते हुए केसर के खेतों में लोटने लगे'; यह मान लेना कि कालिदास कश्मीर में उत्पन्न हुए थे या उनका बाल्यकाल वहाँ बीता था, बहुत भोलेपन की बात होगी। यदि कालिदास का जन्म कश्मीर में हुआ होता और उनका बाल्यकाल वहीं व्यतीत होता, तो क्या यह सम्भव था कि कश्मीर की मनोरम घाटी के सुन्दर दृश्य कालिदास की रचनाओं में चित्रित न हुए होते? तब क्या वितस्ता नदी, चिनार के पेड़ और अमरनाथ—उनकी रचनाओं से बचकर भाग सकते थे? कश्मीर की झीलों का वर्णन किस तरह बिना हुए रह जाता? परन्तु कालिदास की रचनाओं में जो वस्तु हमें बार-बार मिलती है, वह है हिमालय और गंगा। हिमालय और गंगा का वर्णन करते वह अघाते नहीं। जो लोग यह मानते हैं कि 'मेघदूत' का मेघ कालिदास

के अपने जन्मस्थान की ही ओर सन्देश लेकर जा रहा है, वे भी मेघ के साथ चलते-चलते कनखल तक तो अवश्य ही पहुँच जाएँगे और वहाँ उन्हें गंगा को पार भी करना पड़ेगा। इस समय कोटद्वार और कनखल के बीच में वह स्थान है, जिसे कण्व ऋषि का आश्रम कहा जाता है। इस आश्रम के पास मालिनी नाम की नदी भी बहती है। वस्तुतः यही वह प्रदेश है, जहाँ का दृश्य कालिदास की कल्पना में पूरी तरह रमा हुआ है। यही वह स्थान है, जहाँ गंगा और हिमालय दोनों साथ-साथ हैं। इस प्रदेश में पाई जानेवाली वृक्ष-वनस्पतियों और पशु-पक्षियों का चित्रण कालिदास की रचनाओं में यथेष्ट मिलता है। यहाँ के साल, देवदारु, प्याल, सेमल, पारिजात आदि वृक्षों के नाम कालिदास ने अपने वर्णनों में बार-बार दिए हैं। यहाँ पाए जाने वाले सिंह, बाघ, वराह, हिरण, महिष, हाथी तथा तोते और मोर भी कालिदास की रचनाओं में अवसर पाते ही आ पहुँचते दीखते हैं। और-तो-और यहाँ के बेरों के जंगल भी, जिनमें सर्दियों में खूब ओस पड़ती है, कालिदास की दृष्टि से बच नहीं पाए हैं। जैसा अनुराग इस स्थान के प्रति कालिदास का दिखाई पड़ता है, वैसा अन्य किसी स्थान के प्रति नहीं है। 'कुमारसम्भव' में उन्होंने प्रारम्भ में सत्रह श्लोक केवल हिमालय के वर्णन में ही लिखे हैं। यद्यपि ये श्लोक वास्तविकता की अपेक्षा कल्पना से अधिक भरे हैं, किन्तु यह सारी-की-सारी कल्पना वास्तविकता के आधार को लेकर ऊपर पड़ी है। कहने का अभिप्राय यह है कि 'कुमारसम्भव' के इन प्रारम्भिक श्लोकों में हिमालय का जो वर्णन है, वह सम्भवतः सारे हिमालय को देखने पर शायद ही कहीं दीख पाए; फिर भी इन कल्पना-बहुल श्लोकों को लिख केवल वही सकता है, जिसने हिमालय को लम्बे समय तक भली-भाँति देखा हो। बिना हिमालय को देखे हिमालय का ऐसा वर्णन कर पाना शायद सम्भव नहीं है।

'कुमारसम्भव' की सारी कथा हिमालय के प्रदेश में ही घटित होती है। रघुवंश के प्रारम्भ में भी दिलीप और उसकी रानी सुदक्षिणा सन्तान-प्राप्ति के लिए हिमालय की उपत्यका में ही जाते हैं, जहाँ वशिष्ठा ऋषि का आश्रम है। वहीं हिमालय की गुफा में, जहाँ गंगा का प्रपात भी आसपास ही कहीं था, नन्दिनी का दिलीप की परीक्षा लेने का रोमांचकारी प्रसंग घटित होता है। वस्तुतः यह अकेला प्रसंग ही कालिदास के वासस्थान का निर्णय करने के लिए पर्याप्त समझा जाना चाहिए। न केवल इसलिए कि प्रसंग का उसने बड़ी तन्मयता से वर्णन किया है, अपितु इसलिए भी कि इसमें हाथी, शेर, गंगा, हिमालय और देवदारु वृक्षों का एक ही साथ उल्लेख आ गया है। ये वस्तुएँ बंगाल और कश्मीर में सम्भवतः एकसाथ उपलब्ध न हो सकें।

'विक्रमोर्वशीय' नाटक की कथा भी कहीं हेमकूट शिखर के आसपास ही घटित होती दिखाई गई है, जो स्थान स्वर्ग और भूमि के मध्य का समझा जाता है।

ऐसा प्रतीत होता है कि मध्ययुग में पर्वतीय प्रदेश को, जिसमें कैलाश इत्यादि स्थान स्थित हैं, स्वर्गभूमि माना जाता था। महाभारत का स्वर्गारोहण भी इसी मान्यता

की पुष्टि करता है। देवताओं के स्थान भी, जो स्वर्ग में समझे जाते थे, आजकल इन्हीं पर्वतों में पाए जाते हैं। इसलिए स्वर्ग और मर्त्यलोक के बीच की भूमि भी हिमालय की उपत्यका के आसपास ही होनी चाहिए।

इस प्रकार हम मोटे तौर पर इस निष्कर्ष पर पहुँच सकते हैं कि कालिदास या तो पर्वतीय प्रदेश के रहनेवाले थे, या पर्वत की तराई में कोटद्वार से लेकर कनखल के बीच के किसी प्रदेश के निवासी थे। किन्तु इस सम्बन्ध में कोई सन्देह नहीं कि यह प्रदेश उनकी बाल्यकाल की क्रीड़ाभूमि रहा था और उनकी ममता इस प्रदेश के साथ बहुत थी। बाकी जितने प्रदेशों का उन्होंने वर्णन किया है, वह सब यात्रा के प्रसंग में ही किया है, जिसे उनके वासस्थान का परिचायक न मानकर उनके विस्तृत पर्यटन का प्रमाण मानना अधिक उपयुक्त होगा।

इस प्रकार हम समझ सकते हैं कि कालिदास इस हिमालय पर्वत की उपत्यका के निकटवर्ती प्रदेश में उत्पन्न हुए थे। इस प्रदेश के लोग कभी भी सम्पन्न और समृद्ध नहीं रहे। आज भी इस प्रदेश के निवासियों को जीविका की खोज में दिल्ली, बम्बई और कलकत्ता तक जाना पड़ता है; तो कुछ आश्चर्य नहीं कि घुमक्कड़ कालिदास भी बाल्यावस्था को पार करने के पश्चात् जीविका की खोज में मैदानी प्रदेशों में आए हों और क्योंकि उस समय राजधानी उज्जयिनी थी, इसलिए वहाँ पहुँचे हों; अपनी प्रतिभा के बल से उन्होंने राजा का आश्रय प्राप्त कर लिया हो और राजाश्रय में रहते दूर-दूर के स्थानों का भी भ्रमण किया हो। बीच-बीच में उन्हें अपने जन्मस्थान की याद भी अवश्य सताती रही होगी और कभी-कभी वे उस ओर भी जाते रहे होंगे। इसीलिए उस स्थान का आकर्षण उनके मन में यावज्जीवन तीव्र बना रहा होगा। बहुत सम्भव है कि यदि कालिदास अपने जन्मस्थान में ही सारा जीवन व्यतीत करके स्वर्गवासी हुए होते तो उस सुरम्य प्रदेश की रमणीयता भी उन्हें अतिपरिचय के कारण सामान्य प्रतीत होने लगती और शायद उनके काव्य में उतना स्थान न पा सकती, जितना अब पा सकती है।

कालिदास का व्यक्तित्व

जिस प्रकार उनकी रचनाओं में उपलब्ध होनेवाले जहाँ-तहाँ बिखरे सूत्रों के आधार पर कालिदास के स्थान और काल के सम्बन्ध में अनुमान किया गया है, उसी प्रकार कालिदास के व्यक्तित्व के सम्बन्ध में भी काफी-कुछ अनुमान किया जा सकता है। फिर भी यह अनुमान अनुमान ही होगा, इससे अधिक कुछ नहीं। कालिदास की रचनाओं को पढ़ने से सबसे पहली बात यह दिखाई पड़ती है कि वे सौन्दर्य के अत्याधिक प्रेमी थे। यह सौन्दर्य प्राकृतिक दृश्यों में या मानवीय आकृतियों में, जहाँ भी उन्हें दीख पड़ता था, वहीं वे उसकी उपासना करते थे। जितना वर्णन उन्होंने प्रकृति के मनोहारी रूपों का किया है। उतना मानव-सौन्दर्य का भी किया है। उनकी शकुन्तला,

गौरी, उर्वशी, मालविका, इन्दुमती सभी नायिकाएँ उनकी लेखनी द्वारा अमर सुन्दरी बन गई हैं।

कालिदास की रचनाओं में सौंदर्य-प्रेम के साथ-साथ एक विचित्र आदर्शवाद-सा भी दिखाई पड़ता है। सारे कालिदास-साहित्य में प्रेम की पहली तीव्र ललक को सुन्दर मानते हुए भी, शायद उसे शिव नहीं माना गया। जैसे कहीं उसमें कुछ अनौचित्य-सा छिपा रहता है, और जब तक उस अनौचित्य को समाप्त करने के लिए काफी कष्ट उठाकर उसका शोधन न कर लिया जाए, तब तक उस प्रेम को सफल होता नहीं दिखाया गया। इसे काव्य-का औचित्य भी माना जा सकता है कि प्रथम मिलन का कुछ देर आनन्द अनुभव करने के बाद लम्बे विरह का दुःख बीच में डालकर अन्त में प्रणयी युगल के मिलन को और भी अधिक सुखमय बना दिया जाए, या फिर इसे एक प्रकार का तात्त्विक आदर्शवाद समझा जा सकता है, जैसाकि इसे रवि बाबू ने माना है कि आवेश और आवेग से भरा हुआ प्रेम ही सब कुछ नहीं है। उसे कल्याण बनाने के लिए विवेक का सहारा चाहिए और समाज का आशीर्वाद चाहिए।

इस प्रकार सौन्दर्य-प्रेमी होने के साथ-साथ कालिदास कुछ आदर्शवादी भी हैं। किन्तु उनके ये आदर्श बहुत-कुछ अपने ही बनाए हुए हैं। कालिदास को भारतीय संस्कृति के आधारभूत तत्त्व बहुत रुचे थे। हमारे प्राचीन धर्मशास्त्रों में जीवन को चार आश्रमों में बाँट दिया गया था और उसीके अनुसार ब्रह्मचर्य, गृहस्थ, वानप्रस्थ और संन्यास की धारणाएँ कालिदास को बहुत प्रिय लगीं। रघुवंश के प्रारम्भ में रघुवंशी राजाओं का वर्णन करते हुए उन्होंने कहा है–

'मैं उन रघुवंशियों का वर्णन करने लगा हूँ, जो सारा जीवन-पवित्रता के साथ बिताते थे; जो प्रारम्भ किए हुए कार्य को समाप्त करके ही दम लेते थे; जिनका राज्य समुद्र के तट तक फैला हुआ था; जिन्होंने भूलोक से स्वर्गलोक तक रथ का मार्ग बनाया हुआ था; जो शास्त्रोक्त विधि से यज्ञ करते थे और याचकों को मुँह-माँगा दान देते थे; जो अपराधियों को यथोचित दण्ड देते थे और अवसर के अनुसार कार्य करते थे। वे धन इसलिए एकत्र करते थे कि दान दें; वे इसलिए मितभाषी थे कि सदा सत्यवादी रहें। वे केवल यश के लिए विजय प्राप्त करते थे और सन्तानोत्पत्ति के लिए विवाह करते थे। शैशव में वे विद्याभ्यास करते थे; यौवन में सुखों का सुखोपभोग करते थे; वृद्धावस्था में मुनिवृत्ति धारण करके वानप्रस्थी हो जाते थे, और अन्त में योग द्वारा शरीर का त्याग करते थे।

इससे स्पष्ट है कि कालिदास को मनुस्मृति के आदर्श प्रिय थे।

कालिदास राजसभा में रहे थे और राजसभा में होने के कारण उन्हें गरीबी से वास्ता नहीं पड़ा था। या तो उस काल में हमारे देश में इतनी दरिद्रता थी ही नहीं कि वह कवि को बहुत चुभे, या फिर कालिदास को ऐसा अवसर न मिला था कि दरिद्रता की चुभन उन्हें अनुभव हो। उनकी सारी काव्य-रचना में गरीबी और

दुःख का अभाव है। यदि कहीं दुःख का वर्णन हुआ भी है तो वह विरह या मृत्यु के कारण उत्पन्न दुःख का ही वर्णन है, जीवन की सुविधाओं के अभाव से उत्पन्न दुःख का नहीं। कालिदास की कविता सुख और समृद्धि के वातावरण में रहकर लिखी गई है।

राजदरबार से सम्बन्ध होने के कारण कालिदास को राजभाषाओं और राजमहलों में होनेवाले षड्यन्त्रों का अच्छा ज्ञान था। उनकी रचनाओं में इनका बड़ा सुन्दर चित्रण हुआ है।

कालिदास के नाटकों को देखने पर यह स्पष्ट हो जाता है कि उनमें विनोद-वृति भी पर्याप्त थी। उनके तीनों ही नाटकों में हास्यरस खूब पाया जाता है और वह हास्य कहीं भी सुरुचि की सीमा से बाहर नहीं गया है।

हिन्दी भाषा के अनेक कवियों की भाँति कालिदास अनपढ़ या अल्प-शिक्षित नहीं थे। उन्होंने विभिन्न विद्याओं का भली-भाँति अध्ययन किया था। उनकी रचना में न केवल भाषा बड़ी परिमार्जित और निर्दोष है, अपितु साथ ही आयुर्वेद, ज्योतिष इत्यादि के भी ऐसे उल्लेख मिलते हैं, जिनसे यह स्पष्ट हो जाता है कि इन विषयों का उनका ज्ञान केवल इन उल्लेखों तक ही सीमित नहीं था, अपितु जो वस्तु जितनी कविता में उपयुक्त बैठ गई, केवल उतनी-भर का उपयोग कर लिया गया है।

कालिदास को एक ओर तो राजसभा में रहने का अवसर प्राप्त था और दूसरी ओर उन्हें वनों और पर्वतों में, नदियों और समुद्र के तीर पर भ्रमण बहुत प्रिय था। प्राकृतिक दृश्यों के जितने विस्तृत और मनोहारी चित्रण उन्होंने किए हैं, उतने सम्भवतः किसी अन्य कवि ने नहीं किए। प्रकृति का भी केवल ऐसा वर्णन नहीं जो दूर से देखकर अनमनेपन से कर दिया गया हो; अपितु ऐसा सजीव वर्णन मिलता है कि जैसे कवि ने प्रकृति से एकात्मता स्थापित कर ली हो। कालिदास ने स्थान-स्थान पर प्रकृति को, वृक्षों, बेलों, फूलों, और पशु-पक्षियों को चेतन और मनुष्य के सुख-दुःख में हिस्सा बँटानेवाला चित्रित किया है। इस अनुभूति तक पहुँचने के लिए प्रकृति के कितने निकट सम्पर्क में आने की आवश्यकता है, इसकी कल्पना सरलता से की जा सकती है।

ऐसा प्रतीत होता है कि कालिदास की गति केवल कविता तक ही सीमित नहीं थी, अपितु चित्रकला का भी उन्हें अच्छा अभ्यास था। अपने नाटक 'अभिज्ञान शाकुन्तल' में उन्होंने दुष्यन्त द्वारा बनाए गए शकुन्तला के चित्र का जिस ढंग से वर्णन किया है और जिस ढंग से उसमें शेष रही त्रुटियों का उल्लेख किया है, उससे इस विषय में सन्देह नहीं रहता कि कालिदास स्वयं कुशल चित्रकार थे। 'कुमारसम्भव' में भी उन्होंने एक जगह कहा है, 'उन्मीलितं तूलिकयेव चित्रं' तूलिका से चित्र का निखर उठना (उन्मीलन) चित्रकार की दृष्टि में ही पकड़ाई दे सकता है। जिसने स्वयं चित्र नहीं बनाया, वह इस रूप से इस बात को प्रकट नहीं कर सकता।

इस प्रकार हम संक्षेप में कह सकते हैं कि कालिदास का जन्म ईस्वी-पूर्व दूसरी या पहली शताब्दी में हिमालय की उपत्यका में हरिद्वार और कोटद्वार के बीच किसी स्थान पर हुआ था। उनका बाल्यकाल प्रकृति के घनिष्ठ प्रेम में व्यतीत हुआ। युवावस्था के प्रारम्भ में ही वह उज्जयिनी के पराक्रमी लोकप्रिय सम्राट विक्रमादित्य की राजसभा में राजकवि का स्थान पा चुके थे। किन्तु उनका प्रकृति-प्रेम छूटा नहीं। उनकी घुमक्कड़-वृत्ति ने उन्हें देश के दूर-दूर के भागों की सैर कराई, जिनका वर्णन वह अपनी रचनाओं में छोड़ गए हैं। उनका सारा जीवन सुख और समृद्धि के वातावरण में व्यतीत हुआ। संगीत, काव्य और चित्र, इन तीनों कलाओं में वे प्रवीण थे।

कालिदास का कवित्व

कालिदास की कविता के उत्कर्ष के सम्बन्ध में प्राचीन और अर्वाचीन सभी आलोचक एकमत हैं। सर्वसम्मति से कालिदास संस्कृत के सबसे बड़े कवि माने गए हैं। इसलिए किसी ने उन्हें 'कविता-कामिनी का विलास' और 'कवि-कुलगुरु' कहा है। अब यह विचार कर लेना उचित होगा कि कालिदास के काव्य में ऐसी क्या विशेषता है जो और कवियों में नहीं पाई जाती। एक आलोचक ने ''उपमा कालिदासस्य भारवैरर्थ गौरवं। दंडिनः पदलालित्यं, माघे सन्ति त्रयोगुणाः।'' लिखकर उपमा को कालिदास की सबसे बड़ी विशेषता बताया है। इस सीमा तक इस आलोचक का यह कथन ठीक है कि कालिदास की उपमाएँ और उत्प्रेक्षाएँ बहुत ही सुन्दर होती हैं; और शायद इस दृष्टि से उनकी टक्कर में दूसरा कोई कवि ठहर नहीं सकता। परन्तु इतने पर भी उपमा कालिदास की सबसे बड़ी विशेषता नहीं है।

उपमा से भी बड़ी विशेषता कालिदास की सरल और प्रवाहपूर्ण भाषा है। इसे संस्कृत में वैदर्भी रीति कहा जा सकता है। वैदर्भी रीति में लिखी हुई कालिदास की सुबोध कविता पैने तीर की तरह पाठक के हृदय तक पैठ जाती है। लम्बे-लम्बे समास कहीं नहीं हैं, जिनका अर्थ निकालने में पाठक को मस्तिष्क का व्यायाम करना पड़े; न दूरान्वय दोष ही है, और न कहीं वाक्य अपूर्ण छोड़ दिए गए हैं। कालिदास की कविता की लोकप्रियता का अन्य बातों के साथ-साथ एक यह भी बड़ा कारण है।

कालिदास को मर्मस्पर्शी प्रसंगों की बहुत अच्छी पहचान है। किस प्रसंग का वर्णन विस्तार से करना चाहिए और किसको उल्लेख-मात्र करके छोड़ देना चाहिए, इस बात को कालिदास से बढ़कर अन्य किसी कवि ने नहीं समझा। इसीलिए जब कहीं कालिदास मार्मिक वर्णन करने बैठते हैं, तो पाठक के हृदय को भाव-तरंगों से उद्वेलित कर देते हैं। ऐसे प्रसंग 'रघुवंश' और 'कुमारसम्भव' में भी कम नहीं हैं, जबकि उनके तीनों नाटकों में इस बात का विशेष ध्यान रखा गया है। 'रघुवंश' में नन्दिनी गाय पर सिंह का आक्रमण और राजा द्वारा उसकी रक्षा, रघु का इन्द्र

से युद्ध, इन्दुमती स्वयंवर, इन्दुमती की मृत्यु पर अज का विलाप, रघु की दिग्विजय-यात्रा इत्यादि प्रसंग बड़ी सावधानी से वर्णन के लिए चुने गए हैं। इसी प्रकार 'कुमारसम्भव' में मदन-दहन, रति-विलाप, पार्वती-तपस्या और शिव की विवाह-यात्रा के प्रसंग बड़े मार्मिक हैं। यद्यपि कुछ आलोचकों को 'कुमारसम्भव' का आठवाँ दृश्य घोर शृंगार प्रतीत हुआ है, परन्तु जहाँ तक काव्य के उत्कर्ष का प्रश्न है, वह सर्ग कालिदास के सर्वोत्तम प्रसंगों में गिना जाने योग्य है।

कालिदास की एक और बड़ी कुशलता यह है कि वे अपने वर्णनों में बड़े सजीव गति-चित्र-से प्रस्तुत कर देते हैं। उनका वर्णन इस कौशल के साथ किया गया होता है कि पाठक के सामने उसका यथावत् चित्र उपस्थित हो जाता है, और इन चित्रों को सजीव बनाने में कालिदास की उपमाएँ और उत्प्रेक्षाएँ विशेष रूप से सहायक होती हैं। उदाहरण के लिए रघुवंश के उस प्रसंग को लीजिए, जहाँ इन्दुमती का स्वयंवर हो रहा है। दोनों ओर आकांक्षी राजकुमार बैठे हैं। उनके बीच में से सखी सुनन्दा के साथ इन्दुमती धीरे-धीरे आगे बढ़ रही है। सुनन्दा एक-एक राजकुमार का परिचय देती है और पूछती है, "क्या यह राजकुमार तुम्हें पसन्द है?" इन्दुमती बिना उत्तर दिए आगे बढ़ जाती है। इस प्रकार जिन राजकुमारों को अस्वीकृत कर दिया है, उनके चेहरे फीके पड़ जाते हैं। इसका वर्णन कालिदास ने अपने एक श्लोक में किया है।

संचारिणी दीपशिखेव रात्रौ यं यं व्यतीयाय पतिम्वरा सा।
नरेन्द्र मार्गाट्ट इव प्रपेदे विवर्णभावं स स भूमिपालः॥

अर्थात् वह इन्दुमति रात्रि में आगे चलती हुई दीपशिखा की भाँति जिस-जिस राजकुमार को पार कर जाती थी, वही राजमार्ग के किनारे खड़े हुए महल की भाँति फीका पड़ता जाता था। इन्दुमती राजकुमारों के बीच में से क्या गुजर रही है, अन्धेरी रात में उस सड़क पर, जिसके दोनों ओर बड़े-बड़े मकान खड़े हैं, एक दीपशिखा चली जा रही है। वह दीपशिखा जहाँ पहुँचती है, वहाँ तो उसके प्रकाश के कारण आसपास के महल जगमगा उठते हैं, और जब वह दीपशिखा आगे बढ़ जाती है तो अन्धकार के कारण वे महल फिर विवर्ण हो उठते हैं। इन्दुमती के सामने आने पर राजकुमारों का आशा से खिल उठना और उसके आगे बढ़ जाने पर निराशा से मलिन हो जाना, इस श्लोक द्वारा कितने सुन्दर रूप से प्रकट किया गया है।

इसी प्रकार 'कुमारसम्भव' के तीसरे सर्ग में महादेव के पास पहुँचती हुई पार्वती का वर्णन है। 'स्तनों के भार से उसके कंधे कुछ झुक गए हैं; लाल रंग के वस्त्र उसने पहने हुए हैं'; तब उसके इस सौंदर्य को व्यक्त करने के लिए कालिदास उपमा ढूँढ़कर लाते हैं कि "पार्वती मानो ढेर-के-ढेर फूलों के गुच्छों से लदी हुई और पत्तों

के कारण हरी-भरी चलती-फिरती कोई लता है।'' इस उपमा द्वारा भी कालिदास ने पार्वती के सौंदर्य को साकार-सा कर दिया है। इस प्रकार इन गति-चित्रों का सृजन ही हमें कालिदास की सबसे बड़ी विशेषता प्रतीत होती है।

कालिदास द्वारा प्रस्तुत किए गए चित्र कहीं तो विस्तृत वर्णनों द्वारा पूरे किए गए हैं; और कहीं व्यंजना के प्रयोग द्वारा। 'अभिज्ञान शाकुन्तल' में प्रारम्भ में शिकारी के तीर से डरकर भागते हुए हिरण का चित्र विशद् वर्णन द्वारा ही प्रस्तुत किया गया है। वहाँ लिखा है–''यह हिरण बार-बार गर्दन मोड़कर पीछे की ओर रथ को देखने लगता है और फिर चौकड़ी भरने लगता है। तीर लगने के भय से उसके शरीर का पिछला आधा भाग मानो अगले आधे भाग में धंसा-सा जा रहा है। दौड़ने की थकान से उसका मुँह खुल गया है और उसमें से अधबची घास के तिनके रास्ते में गिर रहे हैं। उसकी चाल ऐसी तेज है कि वह मानो आकाश-ही-आकाश में उड़ा चला जा रहा है।'' इस वर्णन द्वारा प्राणरक्षा के लिए बेतहाशा भागता हुआ हिरण आँखों के सामने दिखाई-सा पड़ने लगता है।

इस प्रकार के उदाहरण बहुत दिए जा सकते हैं। कण्वाश्रम के पास पहुँचकर राजा दुष्यन्त जिन चिह्नों से आश्रम का अनुमान करते हैं, वे भी आश्रम का सम्पूर्ण चित्र ही सामने ला खड़ा करते हैं। वह वर्णन देखिए–''पेड़ों के खोखलों में तोते निवास करते हैं; उनके द्वारा लाए गए धान के दाने खोखलों में से गिरकर पेड़ों की जड़ों के पास बिखर गए हैं। कहीं ऋषियों ने पत्थरों से इंगुदी के फल तोड़े हैं, जिनसे पत्थर चिकने हो गए हैं और ये चिकने पत्थर जगह-जगह बिखरे पड़े हैं। इस प्रदेश के हिरन मनुष्य की अथवा रथ की आवाज़ सुनकर भयभीत होकर भागते नहीं हैं, क्योंकि वे मनुष्यों से परिचित प्रतीत होते हैं और नदी से जल लाने के रास्ते पर वल्कल वस्त्रों के छोर से चूनेवाले जल-बिन्दुओं की पंक्तियाँ बनी दिखाई पड़ रही हैं।''

वर्णन-कौशल के अतिरिक्त संवाद-कौशल भी कालिदास में विलक्षण है। काव्य में संवाद-कौशल की उतनी अपेक्षा नहीं रहती, जितनी नाटक में रहती है। कालिदास के संवाद जितने चुटीले और प्रभावशाली हैं, उतने अन्यत्र दुर्लभ हैं। संवादों की भाषा बहुत सरल है और अपनी प्रभावोत्पादकता के कारण उनके अनेक संवाद तो सूक्तियों के रूप में प्रचलित हो गए हैं।

नाटककार कालिदास

कालिदास ने तीन नाटक लिखे हैं–''अभिज्ञान शाकुन्तल', विक्रमोर्वशीय' और **'मालविकाग्निमित्र'। यद्यपि ये नाटक कहने को तीन अलग-अलग नाटक हैं और इनकी कथा भी अलग-अलग है, किन्तु कुछ गहराई तक देखने से ये तीनों एक-दूसरे से**

बहुत मिलते-जुलते प्रतीत होते हैं। तीनों नाटकों में नायक एक राजा है। उसे अकस्मात् कहीं नायिका के दर्शन हो जाते हैं। उससे मिलन भी हो जाता है। फिर परिस्थितियों के कारण नायक और नायिका एक-दूसरे से पृथक् हो जाते हैं। नायक-नायिका के विरह में तड़पने लगता है और काफी विरह-पीड़ा भुगतने के बाद उसे नायिका फिर मिल जाती है। बीच-बीच में हास्य की सृष्टि करने के लिए एक विदूषक रहता है, जो राजा का मित्र होता है। तीनों ही नाटकों में कोई-न-कोई वृद्धा तपस्विनी भी आ जाती है।

'अभिज्ञान शाकुन्तला' और 'विक्रमोर्वशीय' में कुछ अलौकिक और दिव्यपात्र भी आते हैं, किन्तु 'मालविकाग्निमित्र' में दिव्यपात्रों का अभाव है। तीनों ही नाटकों में राजमहलों और राजदरबारों में होनेवाले कुचक्रों की कुछ-कुछ झाँकी दिखाई पड़ती है।

यह कहने की आवश्यकता नहीं है कि कालिदास ने संस्कृत के नाट्यशास्त्र के नियमों का यथावत् पालन किया है; बल्कि अनेक विद्वानों का तो यह विचार है कि लक्षण-ग्रंथ अर्थात् दशरूपक इत्यादि नाट्यशास्त्र-विवेचना के ग्रंथ कालिदास के बाद बने और इनमें उन्हीं बातों को नियम बना दिया गया जो कालिदास के नाटकों में पाई जाती थीं। चाहे स्थिति जो भी हो, किन्तु कहना होगा कि कालिदास के नाटक पूर्णतया नाट्यशास्त्र के नियमों के अनुकूल हैं।

मालविकाग्निमित्र कालिदास रचित है या नहीं

जैसा विक्रमादित्य और स्वयं कालिदास के सम्बन्ध में देखा जा चुका है, पश्चिमी विद्वानों की विद्वत्ता प्रायः ऐसे निष्कर्ष निकालने की ओर लगी रहती है जो उस समय तक माने जानेवाले सत्य के प्रतिकूल हों। यद्यपि मालविकाग्निमित्र' नाटक में यह स्पष्ट उल्लेख है कि यह कालिदास की कृति है; फिर भी प्रोफेसर वैबर नाम के विद्वान ने यह विचार प्रकट किया कि 'मालविकाग्निमित्र' उस कालिदास की कृति नहीं है, जिनकी रचनाएँ 'अभिज्ञानशाकुन्तल' और 'विक्रमोर्वशीय' हैं। अपने पक्ष के समर्थन में उसने युक्तियाँ दी हैं कि 'मालविकाग्निमित्र' के श्लोकों में दूसरे दो नाटकों जैसा माधुर्य नहीं है, और न इसमें वैसी कल्पना की उड़ान ही है। साथ ही प्रोफेसर वैबर ने यह भी कहा कि 'मालविकाग्निमित्र' में हिन्दू समाज के अधःपतन की अवस्था का चित्रण दीख पड़ता है, जबकि शेष दो नाटकों में ऐसा नहीं है।

ये तीनों आक्षेप, अर्थात् माधुर्य का अभाव, कल्पना की कमी और हिन्दू समाज की पतित दशा का चित्र, किसी दृढ़ आधार पर टिके नहीं हैं। जहाँ तक श्लोकों के माधुर्य का प्रश्न है, 'मालविकाग्निमित्र' के श्लोक शाकुन्तल के श्लोकों से पूरी टक्कर लेते हैं। दोनों की भाषा-शैली और अभिव्यक्ति इतनी समान है कि यह निस्सन्देह कहा जा सकता है कि दोनों पुस्तकों का रचयिता एक ही कवि है। यदि किसी प्रकार

यह मान भी लिया जाए कि 'मालविकाग्निमित्र' की रचना किसी अन्य कालिदास नामधारी व्यक्ति ने की तो यह मानना पड़ेगा कि वह नया व्यक्ति असली कालिदास से प्रतिभा में किसी प्रकार कम नहीं था, बल्कि इस दृष्टि से कुछ अधिक ही था कि वह कालिदास की रचनाओं का ऐसा सफल अनुकरण कर सका कि असली और नकली में पहचान कर पाना सम्भव नहीं है। वस्तुतः कालिदास के तीनों नाटकों में कथानक, भाषा-भाव और शब्दावली तक की इतनी समानताएँ हैं कि इसमें सन्देह नहीं रहता कि ये तीनों किसी एक ही कवि की रचनाएँ हैं।

हिन्दू समाज की अधःपतन की अवस्था के चित्रण के सम्बन्ध में भी वैबर का दृष्टिकोण विशेष महत्त्व नहीं रखता। सम्भवतः हिन्दू समाज में प्रचलित बहुविवाह को वैबर पतित दशा का प्रमाण मानता है। परन्तु हिन्दुओं के लिए बहुविवाह कोई नई वस्तु नहीं है और इसे किसी भी काल में बुरा नहीं माना गया; और यदि बहुविवाह पतन का ही प्रमाण हो, तो फिर यह कालिदास के तीनों नाटकों में उपलब्ध होता है। बहुविवाह के अतिरिक्त और कोई प्रमाण ऐसा नहीं है, जिससे हिन्दू जाति की पतित दशा का अनुमान लगाया जा सके।

इसलिए इस बात को दृष्टि में रखते हुए कि नाटक कालिदास-रचित माना जाता है और स्वयं इस नाटक की भूमिका में भी इस बात का उल्लेख है कि यह कालिदास-रचित है और किसी प्राचीन टीकाकार ने इस विषय में कोई शंका खड़ी नहीं की, प्रोफेसर वैबर के मत पर ध्यान न देना ही उचित होगा।

मालविकाग्निमित्र की कथा के स्रोत

'अभिज्ञान शाकुन्तल' और 'विक्रमोर्वशीय' की कथावस्तु पौराणिक है, किन्तु 'मालविकाग्निमित्र' की कथा इतिहास पर आधारिता है। नाटक का नायक अग्निमित्र और उसका पिता पुष्यमित्र इतिहास-प्रसिद्ध पात्र हैं। मौर्यवंश के अन्तिम राजा बृहद्रथ को उसके सेनापति पुष्यमित्र ने मारकर उसके राज्य पर अधिकार कर लिया था और नए वंश का प्रारम्भ किया था, जिसे इतिहास में शुंगवंश कहा जाता है। पुष्यमित्र ने अश्वमेध यज्ञ भी किया था। इतिहासकारों के अनुसार पुष्यमित्र (जिसे कालिदास ने पुष्पमित्र लिखा है या यह लिपि-दोष के कारण 'प' और 'य' में भ्रम हो गया हो) ने 185 ईस्वी-पूर्व में बृहद्रथ को मारकर राज्य पर अधिकार किया था। शुंगवंश का राज्य 73 ईस्वी-पूर्व तक चलता रहा। ऐसा प्रतीत होता है कि जिस समय कालिदास ने अपना यह नाटक लिखा, उस समय तक अग्निमित्र और मालविका के प्रेम की कथा जनता के लिए ताजा रही होगी, इतनी ताजा कि उसको नाटक के रूप में प्रस्तुत करने पर जनता उसमें रुचि ले सके।

पुष्यमित्र, अग्निमित्र और उसके पुत्र वसुमित्र के नाम इतिहास पर आधारित

हैं, क्योंकि इतिहास में भी वे ज्यों के त्यों पाए जाते हैं। पुष्यमित्र द्वारा अश्वमेध यज्ञ करने की बात भी इतिहास-प्रमाणित है। पुष्यमित्र की मृत्यु 149 ईस्वी-पूर्व में हुई और उसके बाद उसका पुत्र अग्निमित्र राजा हुआ। बौद्ध लेखकों के कथनानुसार पुष्यमित्र बौद्धों का बड़ा विरोधी था और उसने बौद्धों पर बड़े अत्याचार किए। अग्निमित्र के बाद उसका भाई सुज्येष्ठ गद्दी पर बैठा और वसुज्येष्ठ के बाद अग्निमित्र का लड़का वसुमित्र राजा बना।

कालिदास ने पुष्यमित्र, अग्निमित्र और वसुमित्र के अतिरिक्त जो असंदिग्ध रूप से ऐतिहासिक नाम हैं, कुछ और नामों का भी उल्लेख किया है, जो ऐतिहासिक हो सकते हैं। उदाहरण के लिए अग्निमित्र का मन्त्री वाहतक, अग्निमित्र का साला वीरसेन, विदर्भ का राजा यज्ञसेन, यज्ञसेन का चचेरा भाई माधवसेन और माधवसेन का मन्त्री सुमति। इन नामों के ऐतिहासिक दृष्टि से सत्य होने की सम्भावना अधिक है; विशेष रूप से यज्ञसेन और माधवसेन नामों की। पहले अंक में ही मौर्यसचिव शब्द का उल्लेख आता है, जो पुराने मौर्य राजा बृहद्रथ का मन्त्री जान पड़ता है। वसुलक्ष्मी और धारिणी नाम भी ऐतिहासिक दृष्टि से सत्य जान पड़ते हैं। 'मालविका' नाम से ध्वनित होता है कि वह मालवा की राजकुमारी थी। शेष पात्र कल्पित हैं। यह भी अनुमान लगाना अनुचित न होगा कि मालविका और अग्निमित्र की इस प्रकार की कोई प्रेमकथा सचमुच घटी होगी और लोक में प्रचलित कथा के रूप में विद्यमान रही होगी, जिसके आधार पर कालिदास ने अपने नाटक का ढाँचा खड़ा कर दिया है।

इतिहास में यह बताया गया है कि शुंग राज्य की राजधानी मौर्यों की राजधानी की भाँति ही पाटलिपुत्र में बनी रही। परन्तु इस नाटक में अग्निमित्र को विदिशा का राजा कहा गया है।

इस नाटक में वर्णित कथावस्तु के आधार पर श्री हर्ष ने अपना नाटक 'प्रियादर्शशिला' लिखा। कालिदास ने इस नाटक में भास, सौमिल्ल और कविपुत्र नाम के पुराने बड़े समझे जानेवाले नाटककारों का उल्लेख किया है, जिनकी तुलना में वह अपने आपको वर्तमान कवि कालिदास कहता है। भास के लगभग 13 नाटक प्राप्त हो चुके हैं, किन्तु सौमिल्लक और कविपुत्र की कोई रचना अब तक प्राप्त नहीं हुई है; किन्तु कालिदास के समय ये तीनों यशस्वी नाटककार माने जाते थे।

मालविकाग्निमित्र नाटक का अभिनय वसन्तोत्सव के समय किया गया था।

कालिदास के तीनों नाटकों में मालविकाग्निमित्र सबसे घटिया समझा जाता है। तीनों में यह सबसे छोटा है और सम्भवतः यह तीनों में सबसे पहले लिखा गया था। परन्तु इस सम्बन्ध में कुछ भी अनुमान लगाना सम्भवतः उचित न होगा, क्योंकि यह आवश्यक नहीं कि किसी कवि द्वारा पहले लिखी गई कोई रचना अवश्य ही घटिया और बाद में लिखी गई रचना अवश्य ही बढ़िया हो।

विक्रमोर्वशीय की कथा के स्रोत

विक्रमोर्वशीय की कथा ऋग्वेद, शतपथ ब्राह्मण, विष्णुपुराण, पद्मपुराण, मत्स्यपुराण, श्रीमद्भागवत, हरिवंश पुराण और कथा सरित्सागर में प्राप्त होती है। ऋग्देव में तो केवल पुरूरवा और उर्वशी को लेकर दस-बारह मन्त्र लिखे गए हैं, जिनमें से कथा का अंश थोड़ा-बहुत निकाला जा सकता है। किन्तु अन्य ग्रन्थों में कथा कथा-रूप में मिलती है। मत्स्यपुराण में कथा इस रूप में मिलती है कि "एक बार पुरूरवा इन्द्र के दर्शन करके लौट रहा था। रास्ते में आकाश में अपने रथ पर जाते हुए उसने देखा कि केशी नाम का असुर चित्रलेखा और उर्वशी को पकड़ कर लिए जा रहा है। राजा ने केशी पर आक्रमण किया और वायव्यास्त्र से केशी को मार डाला और अप्सराओं को बचा लिया। केशी के कारण इन्द्र का सिंहासन भी संकट में पड़ गया था, इसलिए उसकी मृत्यु से प्रसन्न होकर इन्द्र ने उसे और भी अधिक मान प्रदान किया। एक बार इन्द्र के दरबार में लक्ष्मी-स्वयंवर नाम का भरत-रचित नाटक होने लगा था। इन्द्र ने पुरूरवा को भी नाटक देखने के लिए बुलाया था। इस नाटक में मेनका, रम्भा और उर्वशी अभिनय कर रही थीं। उर्वशी लक्ष्मी का अभिनय कर रही थी। वह राजा पुरूरवा के ध्यान में डूबी हुई थी और इसलिए यह भूल गई कि उसे क्या अभिनय करना है। इसपर भरत ने रुष्ट होकर उसे शाप दिया कि तुझे मर्त्यलोक में जाकर 55 वर्ष तक लता के रूप में रहकर अपने प्रेमी से विरह का कष्ट भोगना होगा। उर्वशी मर्त्यलोक में आकर पुरूरवा की पत्नी बनकर रहने लगी और जब शाप की अवधि समाप्त हुई तो उसने आठ पुत्रों को जन्म दिया। इनके नाम आयु, धृतायु, अश्वायु, धनायु, धृतिमान, वसु, दिविजात और सत्यायु थे। इस प्रकार कालिदास ने कहानी मूलतः किस स्रोत से ली है, यह कह पाना सम्भव नहीं है, क्योंकि पुराणों के सम्बन्ध में भी निश्चय से यह नहीं कहा जा सकता कि ये कालिदास से पहले के हैं या बाद के। उसने चाहे जहाँ से भी कहानी क्यों न ली हो, किन्तु उसे अपनी कल्पना से काफी सँवारा है।

वैसे तो कालिदास के तीनों ही नाटकों में कवित्व भरपूर है और प्रकृति का चित्रण भी खूब हुआ है, परन्तु ये दोनों चीजें विक्रमोर्वशीय नाटक में शेष दोनों नाटकों की अपेक्षा कहीं अधिक हैं। इसमें चौथे अंक में कालिदास ने ऐसा प्रसंग ला खड़ा किया है, जिसमें उसे गीतात्मक काव्य की प्रतिभा के प्रदर्शन का अच्छा अवसर मिला है। राजा उर्वशी के विरह में विकल घूमता है। कालिदास की रचनाओं में प्रकृति मनुष्य के हर्ष और शोक में हिस्सा बँटाती-सी चित्रित की गई है। इसीलिए विरह-विकल राजा पेड़ों से, पहाड़ों से, नदियों से और पशु-पक्षियों से अपनी प्रियतमा का समाचार पूछता-फिरता है और उनकी विविध क्रियाओं या चेष्टाओं से स्वयं ही अपने प्रश्न के उत्तर का अनुमान कर लेता है। यद्यपि राजा की यह उन्माद की अवस्था है, परन्तु

काव्य की दृष्टि से यह सारा प्रसंग बहुत मनोरम बन पड़ा है। ऐसा सुन्दर गीतकाव्य बस मेघदूत में ही उपलब्ध होता है।

विक्रमोर्वशीय में कालिदास ने अपनी कल्पना को खुली छूट दी है। अनेक दृष्टियों से विक्रमोर्वशीय नाटक कालिदास के तीनों नाटकों में सबसे अधिक सुकुमार है। इसमें नायक मर्त्यलोकवासी राजा है और नायिका स्वर्गलोक की रहनेवाली अप्सरा। इन दोनों का प्रेम उन बहुत-से बन्धनों से मुक्त है जिनमें कि मर्त्यलोकवासियों का प्रेम बँधकर चलता है। अप्सराएँ स्वेच्छानुसार आकाश में आती-जाती हैं; अपने प्रभाव से अदृश्य को भी जान लेती हैं और तिरस्कारिणी विद्या के प्रयोग से सामने खड़ी होने पर भी दूसरे व्यक्ति को दिखाई नहीं पड़ती। ऐसे पात्रों की अवतारणा करके और उनमें मानव-सुलभ भाव भरकर कालिदास ने अपनी कल्पना से एक नवीन सृष्टि की है, जो सामान्य मर्त्यलोक की अपेक्षा कहीं अधिक सुन्दर है। इसी प्रकार पुरूरवा और उर्वशी के गन्धमादन पर्वत पर प्रेम-विहार की कल्पना भी इतनी मनोरम है कि कालिदास के अन्य नाटकों में कहीं नहीं मिलती। मेघ के विमान पर चढ़कर राजा का अपने नगर को लौटना भी उसी प्रकार की घटना है।

प्रकृति का चित्रण 'अभिज्ञान शाकुन्तल' में भी हुआ है और वहाँ भी वह बड़ा मर्मस्पर्शी रहा है। वहाँ भी प्रकृति न केवल चेतन है, अपितु मनुष्य के प्रति सहानुभूतिपूर्ण भी है। अर्थात् मनुष्य की सुख-दुःख की अनुभूतियों में हिस्सा बाँटती है। कालिदास का प्रकृति के प्रति अनुराग इतना तीव्र है कि जहाँ कहीं भी उसे प्रकृति के सौन्दर्य के वर्णन का अवसर मिल जाता है वहाँ वह चूकता नहीं। उर्वशी के लिए लालायित राजा पुरूरवा भी जब अपने प्रमदवन में पहुँचता है, उस समय उसे वसन्त की शोभा ऐसी आकर्षक जान पड़ती है कि पल-भर के लिए वह उर्वशी को भूलकर उस प्रकृति के सौन्दर्य पर ही लट्टू हो जाता है। प्रकृति के प्रति इतना प्रेम होने के कारण ही अनेक आलोचकों ने कालिदास को 'प्रकृति का कवि' कह डाला है।

किन्तु कालिदास वस्तुतः केवल प्रकृति का कवि नहीं है, मानव-हृदय का भी वह उतना ही सूक्ष्म पारखी है, जितना प्रकृति का। राजमहल और एकान्त वन, दोनों में ही उसकी समान गति है। वनों में से वह प्रकृति के चित्र ढूँढ़कर लाता है और राजमहलों में मानव-हृदय की विभिन्न प्रकार की भावनाओं का विश्लेषण करता है। इस मात्रा में परस्पर मिले हुए ये दोनों गुण संसार के अन्य किसी भी कवि में शायद ही पाएँगे।

विक्रमोर्वशीय के चौथे अंक के प्राकृत श्लोक

विक्रमोर्वशीय में चौथे अंक में लगभग 31 श्लोक प्राकृत भाषा में मिलते हैं। इन श्लोकों में से कुछ तो राजा का वर्णन करने के रूप में हैं, कुछ राजा की ओर से कहे गए हैं। ये श्लोक काव्य की दृष्टि से सुन्दर कहे जा सकते हैं, परन्तु जब सारे

नाटक के प्रसंग में इनको देखा जाए, तो ये व्यर्थ और फालतू प्रतीत होते हैं। इससे यह अनुमान किया गया है कि ये श्लोक कालिदास की रचना नहीं, बल्कि बाद में डाले गए प्रक्षेप हैं। बहुत-सी पाण्डुलिपियों में ये श्लोक प्राप्त भी नहीं होते। परन्तु एक या दो पाण्डुलिपियों में श्लोकों के मिलने से काफी सन्देह पैदा हो गया है।

ये श्लोक अनावश्यक, अस्वाभाविक और नियम के विरुद्ध हैं, यह मानने के लिए कई कारण हैं। पहला कारण तो यही है कि अनेक पाण्डुलिपियों में ये पाए नहीं जाते। दूसरी युक्ति यह है कि इन श्लोकों में से कुछ राजा के मुँह से बोले जाने के लिए हैं; जबकि राजा उत्तम पात्र होने के कारण प्राकृत में नहीं बोल सकता, उसे संस्कृत में ही बोलना चाहिए। तीसरी बात यह है कि जो बातें इन श्लोकों में प्राकृत में कही गई हैं, ठीक वही उससे तुरन्त पहले या पीछे संस्कृत श्लोकों में कही गई हैं, इससे ये श्लोक पुनरुक्ति-मात्र बनकर रह जाते हैं। एक और युक्ति यह है कि इनमें से कोई भी श्लोक कथा की गति को आगे नहीं बढ़ाता, अपितु कुछ श्लोक तो कथा के प्रवाह में बाधा डालते-से प्रतीत होते हैं। इन श्लोकों में और भी कई असंगतियाँ हैं, जिन्हें देखते हुए यही बात ठीक जान पड़ती है कि ये श्लोक मूल नाटक में नहीं थे, और बाद में किसी अन्य प्रतिभाशाली ने अपनी प्रतिभा का कच्चा-पक्का उपयोग करते हुए बीच-बीच में जहाँ-तहाँ जड़ दिए गए हैं, जो अपने-आप में तो सुन्दर हैं, किन्तु जिस स्थान पर वे रखे गए हैं, वह सुनिश्चित रूप से उनके अनुपयुक्त है। यदि ये श्लोक स्वयं कालिदास द्वारा लिखे गए होते, तो इस प्रकार की असंगति या पुनरुक्ति होने की सम्भावना एक प्रतिशत भी नहीं थी।

संस्कृत नाट्यशास्त्र के कुछ पारिभाषिक शब्द

नान्दी : नाटक के पहले देवताओं, ब्राह्मणों, राजा इत्यादि का आशीर्वाद प्राप्त करने के लिए पढ़ा गया एक श्लोक या दो-तीन श्लोक होते हैं। संस्कृत नाटकों में असली नाटक के प्रारम्भ होने से पहले कुछ और विधियाँ पूरी की जाती हैं, जिन्हें पूर्वरंग कहते हैं। नान्दी पूर्वरंग की क्रियाओं में से ही एक है। इस सम्बन्ध में 'साहित्य-दर्पण' में लिखा है कि नाट्यवस्तु के अभिनय से पहले नाटक के बीच में आनेवाले विघ्नों की शान्ति के लिए नट लोग जो विधियाँ पूरी करते हैं, उन्हें पूर्वरंग कहा जाता है। इसमें देवता, ब्राह्मण और राजाओं की स्तुति तथा आशीर्वाद के जो वचन कहे जाते हैं, उन्हें नान्दी कहते हैं। नान्दी में बारह या आठ चरण होने चाहिए। इसका पाठ सूत्रधार को मध्यम स्वर में करना चाहिए।

सूत्रधार : सूत्रधार रंगमंच का व्यवस्थापक होता है। अभिनय के उपकरणों को 'सूत्र' कहा जाता है और उनका संचालन करनेवाला होने के कारण इसे सूत्रधार कहते हैं। सूत्रधार को नाट्यकला में निष्णात होना चाहिए; उसे अनेक भाषाओं का ज्ञान होना चाहिए; नीतिशास्त्र के रहस्य को भी उसे समझना चाहिए; वेषभूषा बनाने में चतुर और रसों और भावों को प्रकट करने में कुशल होना चाहिए। इस प्रकार सूत्रधार को बहुत-से गुणों से युक्त होना आवश्यक है।

पारिपार्श्वक : सूत्रधार के साथ रहनेवाले सहायक को पारिपार्श्वक कहा जाता है।

प्रस्तावना : प्रस्तावना को ही आमुख भी कहते हैं। कोई नट या विदूषक या पारपार्श्वक सूत्रधार के साथ बातचीत करके जो किए जानेवाले नाटक की सूचना देते हैं, उसे आमुख या प्रस्तावना कहा जाता है।

विष्कम्भक : नाटक की कथावस्तु की सब घटनाओं का अभिनय रंगमंच पर कर दिखाना सम्भव नहीं होता और न अभीष्ट ही होता है। जिन घटनाओं को वस्तुतः रंगमंच पर प्रस्तुत नहीं करना होता उनकी सूचना दर्शकों को दूसरी नाट्यविधियों से दे दी जाती है। ये नाट्यविधियाँ विष्कम्भक और प्रवेशक कहलाती हैं। विष्कम्भक तो वह विधि है, जिसमें मध्यम पात्र आकर किसी घटी हुई या घटनेवाली घटनाओं

की सूचना दे जाते हैं। यदि इसमें सारे पात्र मध्यम वर्ग के होंगे तो वह शुद्ध विष्कम्भक कहलाएगा, परन्तु यदि कुछ पात्र मध्यम और कुछ नीच वर्ग के होंगे तो वह संकीर्ण विष्कम्भक या मिश्र विष्कम्भक कहलाएगा।

प्रवेशक : प्रवेशक, विष्कम्भक जैसी ही वस्तु है। इसके द्वारा भी पहले घटी हुई या आगे घटनेवाली घटनाओं की सूचना दी जाती है। किन्तु विष्कम्भक से इसका अन्तर यह है कि प्रवेशक में केवल नीच पात्र होते हैं, जबकि विष्कम्भक में मध्यम पात्रों का होना आवश्यक है; चाहे उनके साथ नीच पात्र हों या न हों।

क्योंकि मध्यम पात्र संस्कृत बोलते हैं, और नीच पात्र प्राकृत, इसलिए विष्कम्भक या तो संस्कृत में हो सकता है, या संस्कृत और प्राकृत दोनों भाषाओं में पात्रों के अनुसार हो सकता है। किन्तु प्रवेशक सदा सारा का सारा प्राकृत में ही लिखा होगा, क्योंकि उसके सारे पात्र नीच पात्र होते हैं।

विष्कम्भक और प्रवेशक का एक अन्तर यह भी है कि विष्कम्भक तो पहले अंक के प्रारम्भ में भी आ सकता है, किन्तु प्रवेशक केवल दो अंकों के बीच में ही आएगा। अर्थात् प्रवेशक किसी भी दशा में पहले अंक के प्रारम्भ में नहीं हो सकता।

नाट्योक्ति : रंगमंच पर पात्र जिस अलग-अलग ढंग से बोलते हैं, उन्हें नाट्योक्तियाँ कहा जाता है। 'स्वगत', 'प्रकट', 'धीरे-से' या 'आड़ करके' इत्यादि विविध ढंग से नाट्योक्तियाँ हैं।

प्रकट : जब यह अभीष्ट होता है कि पात्र द्वारा कही गई बात को रंगमंच पर उपस्थित सभी पात्र सुन लें, तो उसे प्रकट कहा जाता है। यदि अन्य कोई निर्देश न दिया गया हो, तो सभी उक्तियाँ प्रकट होती हैं।

स्वगत : परन्तु जब कोई पात्र इस प्रकार बोलता है कि जैसे वह मन-ही-मन सोच रहा है, और यह प्रदर्शित करता है कि उसकी बोली गई बात को रंगमंच पर उपस्थित अन्य कोई पात्र नहीं सुन पा रहा, तब उसे 'स्वगत' कहा जाता है। इसके बाद भी यह नहीं भूलना चाहिए कि नाट्योक्ति चाहे 'स्वगत' हो चाहे 'प्रकट', प्रेक्षकों को दोनों ही सुनाई पड़नी चाहिए। इस प्रकार सर्वश्राव्य अर्थात् जो सब पात्रों को सुनाई पड़े, वह उक्ति प्रकट कहलाती है और जो किसी पात्र को सुनाई न पड़े, वह उक्ति 'स्वगत' कहलाती है।

जनान्तिक : जनान्तिक जिसका अनुवाद 'धीरे-से' या 'चुपके-से' किया गया है, वे नाट्योक्तियाँ हैं जो 'स्वगत' और 'प्रकट' के बीच की हैं। ये उक्तियाँ इस ढंग से बोली जाती हैं कि उन्हें मंच पर उपस्थित सब पात्र तो न सुन पाएँ, अपितु वे ही पात्र सुन पाएँ जिनसे वे कही जा रही हैं। किसी के कान के पास मुँह ले जाकर बोलना 'जनान्तिक' के अन्तर्गत आता है।

अपवारित : अपवारित जिसका अनुवाद 'ओट करके' किया गया है, वह उक्ति है जो रंगमंच पर उपस्थित सब पात्रों को सुनाने के लिए नहीं कही जाती, अपितु

ओट करके एक या दो व्यक्तियों को सुनाने के लिए कही जाती है। 'जनान्तिक' और 'अपवारित' में अन्तर बहुत थोड़ा है। 'अपवारित' में तो केवल छोटे-से वाक्य ही बोले जाते हैं और सामान्यतया बोलनेवाला अपने हाथ की तीन उंगलियाँ खड़ी करके ओट करने का प्रदर्शन करता है, जिससे दूसरे लोग उस बात को न सुन सकें; परन्तु 'जनान्तिक' उक्ति काफी देर तक कानाफूसी के रूप में चलती रह सकती है।

आकाशभाषित : यह भी एक प्रकार की नाट्योक्ति ही है। इसमें कोई एक पात्र रंगमंच पर उपस्थित होता है और वह ऐसा प्रदर्शन करता है कि जैसे वह किसी दूसरे पात्र से बात कर रहा है, जो वस्तुतः मंच पर उपस्थित नहीं होता। उस अनुपस्थित व्यक्ति की ओर से 'क्या कहते हो', 'तुमने यह कहा' इत्यादि कहकर वह स्वयं अनुपस्थित पात्र द्वारा कही गई बातों की सूचना देकर उनका उत्तर देता चला जाता है। इस प्रणाली को आकाशभाषित कहते हैं। क्योंकि इसमें उपस्थित पात्र आकाश से बातचीत करता प्रतीत होता है या वह ऐसा प्रदर्शित करता है कि उसे आकाश से किसी व्यक्ति की बातें सुनाई पड़ रही हैं।

विदूषक : विदूषक संस्कृत नाटकों का अत्यन्त सुपरिचित पात्र है। वह हास्योत्पादक वेषभूषा धारण करता है; उसकी आकृति भी कुरूप होती है; उसका मुख्य कार्य हास्य की सृष्टि करना होता है। सामान्यतया वह राजा का मित्र, ब्राह्मण और पेटू होता है।

कंचुकी : यह कोई वृद्ध मनुष्य होता है, जो राजा के अंतःपुर का मुख्य अधिकारी होता है। यह विद्वान और अनुभवी होता है। उसका सभी पात्र आदर करते हैं।

भरतवाक्य : नाटक के अन्त में नट की ओर से जो आशीर्वाद दिया जाता है, उसे भरतवाक्य कहते हैं। नाटक के अन्त में भरतवाक्य सम्मिलित स्वर में गाया जाता है। भरत शब्द का प्रयोग नट के लिए होता है। इसलिए भरतवाक्य का अर्थ है नटों की ओर से कहा गया वाक्य। इस प्रकार संस्कृत नाटक नान्दी से प्रारम्भ होते हैं और भरतवाक्य पर समाप्त होते हैं।

विक्रमोर्वशी

पात्र

पुरुष पात्र

पुरूरवा : प्रतिष्ठान का राजा; नाटक का नायक
माणवक : विदूषक; राजा का अन्तरंग मित्र
आयु : पुरूरवा का पुत्र
नारद : देवर्षि; ब्रह्मा के पुत्र
चित्ररथ : गन्धर्वों का राजा
पल्लव, **गालव** : भरत मुनि के शिष्य
सूत्रधार : रंगमंच का व्यवस्थापक
पारिपार्श्वक : सूत्रधार का सहायक

स्त्री पात्र

उर्वशी : स्वर्ग की अप्सरा; नाटक की नायिका
चित्रलेखा : अप्सरा; उर्वशी की अंतरंग सखी
सहजन्या, रम्भा मेनका तथा अन्य अप्सराएँ : उर्वशी की सखी अन्य अप्सराएँ
महारानी : काशिराज की कन्या; पुरूरवा की रानी
निपुणिका : रानी की दासी
सत्यवती : एक तपस्विनी
दासियाँ : रानी की दासियाँ
यवनी : राजा की सेविका

अन्य

इन्द्र : देवताओं का राजा
केशी : असुरों का राजा
भरत : नाट्यशास्त्र के प्रणेता

पहला अंक

वेदान्त में पुरुष एक जिन्हें उचारा,
है व्याप्त भूमि जिनसे दिव-लोक सारा,
जो हैं यथार्थ शुभ ईश्वर नामधारी,
हैं खोजते हृदय में जिनको पुजारी
मोक्षेच्छु; जो सुलभ हैं स्थिर भक्ति द्वारा,
वे स्थाणु देव शिव इष्ट करें तुम्हारा॥

[नान्दी समाप्त होने पर]

सूत्रधार : बस करो भाई बहुत हुआ। *(नेपथ्य की ओर देखकर)* मारिष, ज़रा इधर तो आना।

[प्रवेश करके]

पारिपार्श्वक : भाव, लीजिए, मैं आ गया। आज्ञा कीजिए।

सूत्रधार : मारिष, विद्वानों की यह परिषद् पहले कवियों की रसपूर्ण कृतियों को तो देख चुकी है। मैं आज इस परिषद् के सामने कालिदास द्वारा रचित एक नया नाटक प्रस्तुत करूँगा। पात्रों से कह दो कि वे अपने-अपने पाठों को सावधानी से तैयार कर लें।

पारिपार्श्वक : जैसी आपकी आज्ञा। *(बाहर जाता है।)*

सूत्रधार : तब तक मैं इन सहृदय महानुभावों को सूचना दे दूँ। *(प्रणाम करके)* सहृदय वृन्द, अपने प्रेमियों पर दयालु होने के कारण, अथवा अच्छी वस्तु और अच्छे पुरुष का आदर करने की दृष्टि से आप कालिदास की इस कृति को दत्तचित्त होकर सुनिए।

[नेपथ्य में]

बचाओ-रे-बचाओ, कोई बचाओ। जो भी कोई देवताओं के पक्ष का समर्थक हो या जिसकी भी आकाश में गति हो, हमें आकर बचाओ।

सूत्रधार : *(ध्यान से सुनने का अभिनय करके)* अरे यह क्या! मेरी सूचना के तुरन्त बाद ही आकाश में चिल्लाती हुई कुररियों का सा शोर सुनाई पड़ने लगा। कभी तो यह आवाज ऐसी लगती है कि जैसे फूलों का रस पीकर मत्त हुए भौंरे गुँजार कर रहे हों; कभी ऐसा लगता है कि रह-रहकर कोयल बोल रही हो; और कभी ऐसा लगता है कि देवताओं से भरे हुए आकाश में देव-नारियाँ मधुर स्वरों में गीत गा रही हों। आखिर यह है क्या? *(सोचकर)* ठीक है! समझ गया। नारायण मुनि की जाँघ से पैदा हुई अप्सरा उर्वशी कैलाशनाथ कुबेर की सेवा करके वापस लौट रही थी; उसे बीच रास्ते में ही असुर पकड़कर ले भागे हैं। इसीलिए अप्सराओं का दल चीख-पुकार मचा रहा है।

[बाहर निकल जाता है]

[प्रस्तावना]

[अप्सराओं का प्रवेश]

अप्सराएँ : आर्यो बचाओ, बचाओ! जो भी देवताओं का पक्षपाती हो या जिसकी भी आकाश में गति हो, जल्दी आकर बचाओ।

[बिना पटाक्षेप के रथ पर चढ़े हुए राजा पुरूरवा और सारथि का प्रवेश]

राजा : रोओ नहीं, रोओ नहीं। मैं राजा पुरूरवा हूँ। सूर्य की उपासना करके लौट रहा हूँ। मेरे पास आकर कहिए कि आपकी किससे रक्षा करनी है।

रम्भा : असुरों के आक्रमण से।

राजा : असुरों ने आपपर आक्रमण किया है?

रम्भा : सुनिए महाराज! हमारी प्रिय सखी उर्वशी को तो सारा संसार जानता है। बड़े-बड़े तपस्वियों के तप से शंकित होने पर सुकुमार अस्त्र के रूप में इन्द्र उसीका प्रयोग करते हैं। अपने सौन्दर्य से गर्वित लक्ष्मी और पार्वती भी उसको देखकर लजा जाती हैं। वह इस सारी सृष्टि का सुन्दर अलंकार है। वही उर्वशी कुबेर के भवन से वापस लौट रही थी कि बीच रास्ते में ही कोई दानव उसे और चित्रलेखा को पकड़कर ले भागा है।

राजा : कुछ मालूम है कि वह पापी किस दिशा में गया है?

अप्सराएँ : उत्तर-पूर्व की ओर गया है।

राजा : तब आप दुःखी न हों। मैं आपकी सखी को लौटा लाने का प्रयत्न करता हूँ।

अप्सराएँ : सोमवंशी राजा को यही शोभा देता है।

राजा : अच्छा, आप मेरी प्रतीक्षा कहाँ करेंगी?

अप्सराएँ : यह हेमकूट पर्वत का शिखर दीखता है, वहीं।

राजा : सारथि, घोड़ों को पूर्वोत्तर दिशा की ओर तेजी से बढ़ाओ।

सारथि : जो चिरंजीव की आज्ञा। *(घोड़ों को हाँकता है।)*

राजा : *(रथ के वेग की अनुभूति का अभिनय करते हुए)* शाबाश-शाबाश! इतने तेज दौड़ते रथ से तो मैं आगे जाते हुए गरुड़ को भी पकड़ सकता हूँ, फिर इन्द्र का अपकार करनेवाले उस दानव का तो कहना ही क्या! मेरे रथ के आगे जो बादल छाए हुए हैं, वे चूर-चूर होकर धूल-से बनते जा रहे हैं। पहियों के तेजी से घूमने के कारण ऐसा भ्रम होता है कि अरों के बीच में और नए अरे बन गए हैं। घोड़ों के सिर पर लगी हुई चंवरियाँ रथ के वेग के कारण ऐसी स्थिर हो गई हैं कि मानो चित्र में अंकित हों और वायु के तीव्र वेग के कारण ध्वजा का वस्त्र ध्वजदण्ड और अपने छोर के बीच तनकर स्थिर-सा हो गया है।

[रथ पर चढ़े हुए राजा और सारथि का प्रस्थान]

सहजन्या : सखि, राजर्षि तो गए। चलो, हम भी वहीं चलकर बैठें, जहाँ मिलने को हमने राजा से कहा है।

मेनका : ठीक है सखी; यही करती हैं।

[हेमकूट शिखर पर चढ़ने का अभिनय करती हैं।]

रम्भा : देखें, यह राजर्षि हमारे मन की व्यथा मिटा पाते हैं या नहीं?

मेनका : सखी, इस विषय में सन्देह मत कर!

रम्भा : दानवों को जीत पाना बड़ा कठिन है।

मेनका : जब कभी इन्द्र पर भी विपत्ति पड़ती है, तो वह भी बड़े आदर के साथ मनुष्य-लोक से इन्हीं को बुलाकर देवताओं की विजय के लिए इन्हें सेनापति बनाता है।

रम्भा : मेरी तो यही कामना है कि वे विजयी हों।

मेनका : *(क्षण-भर रुककर)* सखियो, धीरज धरो; धीरज धरो। वह उस राजर्षि का हरिण-ध्वज फहराता हुआ सोमदत्त रथ दिखाई पड़ रहा है। मुझे तो लगता है कि वे बिना काम पूरा किए वापस नहीं लौटते होंगे।

[शुभ शकुन जताकर उसी ओर देखती हुई खड़ी रहती हैं।]

[रथ पर चढ़े हुए राजा और सारथि का प्रवेश। उर्वशी की आँखें भय के मारे मुँदी हुई हैं और उसने दाहिने हाथ से चित्रलेखा का सहारा लिया हुआ है।]

चित्रलेखा : सखी, धीरज धरो, शान्त होओ।

राजा : सुन्दरि, निश्चिन्त होओ। दानवों का भय जाता रहा है। इन्द्र की महिमा तीनों लोकों की रक्षा करती है। अब अपनी इन बड़ी-बड़ी आँखों को उसी प्रकार खोल दो, जैसे निशा की समाप्ति पर कमल-लता कमलों को खोल देती है।

चित्रलेखा : ओफ! इसे तो अब भी चेतना नहीं लौट रही। केवल इसके श्वास-प्रश्वास से ही इतना पता चलता है कि यह अभी जीवित है।

राजा : ये बहुत अधिक डर गई हैं। तभी तो बार-बार गहरा साँस लेते और छोड़ते हुए इन बड़े-बड़े स्तनों के बीच में पड़ी हुई यह मन्दार कुसुमों की माला बार-बार काँप-काँप उठती है, जिससे पता चलता है कि इनका हृदय अब तक काँप रहा है।

चित्रलेखा : *(सकरुण स्वर में)* सखी उर्वशी, होश में आओ। इस दशा में तो तुम अप्सरा-सी प्रतीत नहीं होती।

राजा : अभी भी भय की कँपकँपी इनके फूल जैसे सुकुमार हृदय को छोड़ नहीं रही; और वह कँपकँपी स्तनों के बीच में सिहर उठनेवाले वस्त्र के छोर से रह-रहकर झलक उठती है।

[उर्वशी की चेतना लौट आती है।]

राजा : *(प्रसन्न होकर)* चित्रलेखा, बधाई हो। तुम्हारी प्रिय सखी होश में आ गई। देखो न, जैसे चन्द्रमा के उदय होने पर रात्रि अन्धकार से मुक्त होकर चमक उठती है, या रात्रि में जलती हुई अग्नि की शिखा धुआँ समाप्त होने पर दमक उठती है, या गंगा का जल कगार से टूटकर गिरने से मलिन होने के पश्चात् फिर धीरे-धीरे निर्मल हो जाता है, उसी प्रकार यह सुन्दरी भी बेहोशी से मुक्त होने पर फिर स्वस्थ हुई दिखाई दे रही है।

चित्रलेखा : सखी उर्वशी, निश्चिन्त होओ। दुःखी जनों पर दया करनेवाले महाराज ने देवताओं के शत्रु दानवों को परास्त करके दूर भगा दिया है।

उर्वशी : *(आँखें खोलकर)* क्या अद्भुत प्रभावशाली देवराज महेन्द्र ने मेरी रक्षा की है?

चित्रलेखा : महेन्द्र ने नहीं, किन्तु महेन्द्र के समान ही पराक्रमी राजर्षि पुरूरवा ने।

उर्वशी : *(राजा की ओर देखकर मन-ही-मन)* तब तो दानवराज ने आक्रमण करके भी मेरा उपकार ही किया।

राजा : *(उर्वशी को देखकर मन-ही-मन)* नारायण ऋषि को लुभाने के लिए

जो अप्सराएँ गई थीं, उनका नारायण की जाँघ से उत्पन्न हुई इस अप्सरा को देखकर लजा जाना ठीक ही था। मुझे तो ऐसा लगता है कि यह उस तपस्वी की रचना नहीं है। क्योंकि इसका निर्माण करते हुए तो कान्ति बरसानेवाला चन्द्रमा ही ब्रह्मा बना होगा; या फिर शृंगार रस के देवता कामदेव ने इसका सृजन किया होगा; अथवा पुष्पों से लदे वसन्त ने इसकी रचना की होगी। यह कैसे हो सकता है कि ऐसा मनोहर रूप वेद रटते-रटते कुंठित हो गए और भोग-विलास से दूर रहनेवाले वे बुड्ढे मुनि नारायण रच पाए हों।

उर्वशी : सखी चित्रलेखा, बाकी सखियाँ कहाँ होंगी?

चित्रलेखा : यह तो हमारी रक्षा करनेवाले महाराज ही जानते हैं।

राजा : *(उर्वशी को देखकर)* आपकी सखियाँ गहरे विषाद में डूबी हुई हैं। जिसने आपके सुन्दर रूप को कभी एक बार भी देखकर अपने नयनों को सफल किया है; वह भी आपके वियोग में बेचैन हो उठेगा; फिर अत्यधिक प्रेम करनेवाली सखियों का तो कहना ही क्या!

उर्वशी : *(मन-ही-मन)* आपके वचन अमृत हैं; या फिर चन्द्रमा से अमृत झरे हैं, इसमें आश्चर्य ही क्या है। *(प्रकट)* इसीलिए तो उन्हें देखने को मेरा हृदय जल्दी मचा रहा है।

राजा : *(हाथ से संकेत करके दिखाता हुआ)* सुन्दरि, वे तुम्हारी सखियाँ हेमकूट शिखर पर खड़ी उत्सुक नयनों से तुम्हें उसी प्रकार देख रही हैं, जैसे ग्रहण से मुक्त हुए चन्द्रमा को मनुष्य देखा करते हैं।

[उर्वशी राजा की ओर अभिलाषा-भरे नयनों से देखती है।]

चित्रलेखा : देखो, सखि देखो!

उर्वशी : दुःख में साथ देनेवाला नयनों से मेरा पान-सा कर रहा है।

चित्रलेखा : *(मुस्कराकर)* कौन है री वह?

उर्वशी : वही, सखियों का दल।

रम्भा : *(आनन्द के साथ देखकर)* सखी चित्रलेखा के साथ-साथ हमारी प्रिय सखी उर्वशी को लेकर राजर्षि उसी प्रकार चले आ रहे हैं, जैसे दो विशाखा नक्षत्रों के साथ चन्द्रमा उदित हुआ हो।

मेनका : *(भली-भाँति देखकर)* सखी, ये तो दोनों ही बातें हमारी मनचाही हो गईं। एक तो हमारी प्रिय सखी वापस लौट आई, दूसरे राजर्षि का भी बाल-बाँका नहीं हुआ।

सहजन्या : सखी, ठीक कहती हो। वे दानव सचमुच ही बड़े भयानक हैं।

राजा : सारथि, यही वह पर्वत-शिखर है। रथ को नीचे उतार दो।

सारथि : जैसी चिरंजीव की आज्ञा। *(रथ को नीचे उतारता है)।*

[रथ के उतरने पर झटके का अभिनय करती हुई उर्वशी डरकर राजा का सहारा लेती है।]

राजा : *(मन-ही-मन)* इस विषम भूमि पर रथ को झटके के साथ उतरना भी मेरे लिए भला ही हुआ। रथ के झटके खाने के कारण इस बड़ी-बड़ी आँखोंवाली उर्वशी ने अपने शरीर से मेरा शरीर जो छुआ, तो उससे ऐसा रोमांच हो उठा है, जैसे शरीर के ऊपर प्रेम के अंकुर फूट आए हों।

उर्वशी : सखी, थोड़ा उधर को तो सरक जाओ।

चित्रलेखा : मुझसे नहीं हिला जाता।

रम्भा : आओ; थोड़ा आगे बढ़कर अपना प्रिय करनेवाले इन राजर्षि का स्वागत करें।

[सब आगे बढ़ती हैं।]

राजा : सारथि, रथ को रोक दो; जिससे अपनी सखियों से मिलने के लिए उत्सुक सुन्दर भौंहोंवाली यह उर्वशी अपनी उत्कंठित सखियों से उसी प्रकार फिर मिल सके, जैसे वसन्त की छटा फिर वन की लताओं में आकर मिलती है।

[सारथि रथ को रोक देता है।]

अप्सराएँ : महाराज को विजय की बधाई हो।

राजा : और आपको अपनी सखी से मिलन की बधाई हो।

उर्वशी : *(चित्रलेखा का सहारा लेकर रथ से उतरकर)* आओ सखियो, मेरी छाती से लग जाओ। मुझे तो यह भरोसा ही नहीं था कि अब फिर कभी सखियों को देख भी सकूँगी।

[सखियाँ गले मिलती हैं।]

मेनका : *(प्रशंसा करते हुए)* महाराज, आप सौ-सौ कल्पों तक इस पृथ्वी का पालन करते रहें।

सारथि : चिरंजीव, पूर्व दिशा में किसी रथ के आने की बड़ी जोर की आवाज़ सुनाई पड़ रही है और यह तपे हुए सोने सा अनन्त भुजाओं में बाँधे न जाने कौन आकाश से उसी प्रकार उतर रहा है, जैसे बिजली से भरा हुआ बादल पहाड़ पर उतरता है।

अप्सराएँ : *(उस ओर देखती हुई)* अरे, यह तो चित्ररथ है!

[चित्ररथ का प्रवेश]

चित्ररथ : *(राजा को देखकर आदर के साथ)* महाराज, बधाई हो। आपका पराक्रम इतना महान है कि आप देवराज इन्द्र का भी उपकार कर पाते हैं।

राजा : अरे, गन्धर्वराज हैं? *(रथ से उतरकर)* प्रिय मित्र का स्वागत है।

[दोनों एक-दूसरे का हाथ छूते हैं।]

चित्ररथ : मित्र, नारद के मुख से यह सुनकर कि उर्वशी को केशी नामक दानव हर ले गया है, इन्द्र ने उसे वापस लाने के लिए गन्धर्वसेना को आदेश दिया था। बीच में हम चारणों से तुम्हारे विजय-गीतों को सुनकर यहाँ आ पहुँचे हैं। अब आप इसे लेकर चलें और हमारे साथ ही इन्द्र के दर्शन करें। आपने सचमुच ही इन्द्र का अत्यन्त प्रिय कार्य किया है। देखिए, पहले तो नारायण मुनि ने इन्द्र के लिए इसका सृजन किया; और अब आप जैसे मित्र ने दैत्य के हाथ से छीन लाकर फिर सृजन-सा किया है।

राजा : मित्र, ऐसा न कहो। यह देवराज इन्द्र का बल है कि जिससे उसके पक्ष के समर्थक लोग शत्रुओं पर विजय प्राप्त करते हैं। वनराज सिंह के गर्जन की पर्वतों की कन्दराओं में गूँजनेवाली प्रतिध्वनि भी हाथियों को डराकर भगा देती है।

चित्ररथ : ठीक है, ठीक है। निरभिमानता पराक्रम की शोभा है।

राजा : मित्र, इस समय इन्द्र के दर्शन करने का अवसर नहीं है। इसलिए तुम ही इन्हें देवराज के पास ले जाओ।

चित्ररथ : जैसी आपकी इच्छा। आप सबकी सब इधर आइए।

[सब अप्सराएँ चल पड़ती हैं]

उर्वशी : *(धीरे-से)* सखी चित्रलेखा, उपकार करनेवाले इन राजर्षि से विदा लेते मुझे संकोच हो रहा है। तो इस समय तू ही मेरा मुख बन जा।

चित्रलेखा : *(राजा के पास)* महाराज, उर्वशी कहती है कि आपकी अनुमति हो तो मैं महाराज की कीर्ति को अपनी प्रिय सखी की भाँति देवलोक ले जाऊँ।

राजा : जाइए, फिर दर्शन दीजिएगा।

[सब अप्सराएँ गन्धर्वों के साथ आकाश की ओर उड़ने का अभिनय करती हैं।]

उर्वशी : *(उड़ने में बाधा का अभिनय करके)* अरे, मेरी यह मोतियों की एकलड़ी माला लता की शाखा में उलझ गई! *(बहाना बनाकर पास जाकर राजा को देखती हुई)* सखी चित्रलेखा, ज़रा इसे छुड़ा तो दे।

चित्रलेखा : *(देखकर और हँसकर)* ओह, यह तो बहुत कसकर उलझ गई है। यह छुड़ाए न छूटेगी।

उर्वशी : चल, परिहास बहुत हुआ। अब इसे छुड़ा दे।

चित्रलेखा : हाँ, इसका छूटना कठिन ही दीखता है, फिर भी छुड़ाने का यत्न करती हूँ।

उर्वशी : *(मुस्कराकर)* प्रिय सखी, अपनी इस बात को याद रखना।

राजा : *(मन-ही-मन)* हे लता, तुमने इसके जाने में क्षण-भर का विघ्न डालकर मेरा प्रिय कार्य ही किया; क्योंकि इसी कारण मैं बड़े-बड़े नेत्रोंवाली इस अप्सरा को उस समय देख सका जब वह मेरी ओर आधा मुंह मोड़कर खड़ी हुई थी।

[चित्रलेखा छुड़ाती है, उर्वशी राजा की ओर देखती हुई गहरा साँस छोड़कर आकाश में उड़ती हुई अपनी सखियों को देखती है।]

सारथि : चिरंजीव, यह तुम्हारा वायव्य अस्त्र इन्द्र के अपराधी दैत्यों को खारे समुद्र में पटककर फिर तुम्हारे तरकस में ठीक वैसे ही आ घुसा है, जैसे सर्पराज अपनी बाँबी में घुस जाता है।

राजा : ठीक है। रथ को ज़रा रोककर खड़ा करो; मैं ऊपर चढ़ता हूँ।

[सारथि वैसा ही करता है। राजा रथ पर चढ़ने का अभिनय करता है।]

उर्वशी : *(लालसा के साथ राजा को देखती हुई)* फिर भी कभी क्या इस उपकारी के दर्शन कर पाऊँगी!

[गन्धर्वों और सखियों के साथ प्रस्थान]

राजा : *(उर्वशी के जाने के रास्ते की ओर देखते हुए)* अहो, प्रेम भी उन वस्तुओं की कामना करता है, जो दुर्लभ हैं। यह उर्वशी पितृ-सदृश इन्द्र के मध्यम लोक की ओर उड़कर जाती हुई मेरे मन को शरीर से उसी प्रकार अलग करके बलपूर्वक खींचे लिए जा रही है, जैसे राजहंसी कमल-नाल के अगले हिस्से को काटकर उसमें से पतला-सा सूत्र खींचकर ले जाती है।

[सारथि और राजा का प्रस्थान]

दूसरा अंक

[विदूषक का प्रवेश]

[घूम-फिरकर एक जगह बैठ जाता है और दोनों हाथों से अपना मुँह बन्द करके बैठा रहता है।]

विदूषक : हा-हा-हा! जैसे निमन्त्रण पाए हुए ब्राह्मण का पेट खीर खा-खाकर फटने लगता है, उसी प्रकार राजा के प्रेम-रहस्य से भरा पेट फटा जा रहा है और लोगों के बीच में भी उस रहस्य को कहने से मैं अपनी जीभ को रोक नहीं सकता। इसलिए जब तक राजा धर्मासन से उठकर यहाँ नहीं आ जाते, तब तक मैं इस देवछन्दक महल में ऊपर चढ़कर बैठता हूँ, क्योंकि यहाँ लोगों का आना-जाना नहीं है।

[चेटी का प्रवेश]

चेटी : काशिराज की पुत्री महारानी ने मुझे आदेश दिया है कि अरी निपुणिका, जब से महाराज भगवान सूर्य की पूजा करके लौटे हैं, तब से वह कुछ अनमने-अनमने-से दीख पड़ते हैं। तो तू किसी तरह आर्य माणवक से उनकी इस उदासी के कारण का पता चला। तो, अब इस बुद्धू ब्राह्मण के पेट से बात कैसे निकाली जाए? वैसे तो मेरा ख्याल है कि जैसे घास की नोक पर पड़ी ओस की बूँद देर तक टिकती नहीं, उसी तरह इसके मन में भी राजा का रहस्य देर तक टिकेगा नहीं। अच्छा चलूँ; पहले उसे खोजूँ तो। *(थोड़ा चलकर और एक ओर देखकर)* अरे, यह तो चित्र में बने हुए बन्दर की तरह एकान्त में ही बैठे कुछ बोलते हुए आर्य माणवक बैठे हैं। अच्छा तो इनके पास ही चलती हूँ। *(पास जाकर)* आर्य, प्रणाम करती हूँ।

विदूषक : आपका कल्याण हो। *(मन-ही-मन)* इस दुष्ट चेटी को देखकर तो राजा के प्रेम का वह रहस्य मेरे हृदय को फाड़कर बाहर आ जाना-सा

चाहता है। *(मुख को थोड़ा ढककर। प्रकट)* क्यों निपुणिकाजी, आज गाना-बजाना छोड़कर किस ओर चली हैं?

चेटी : महारानीजी के आदेश से आपके ही दर्शन करने आ रही थी।

विदूषक : क्यों, रानीजी का क्या आदेश है?

चेटी : महारानीजी ने कहा है कि आजकल आप हमपर कृपालु नहीं हैं। हमें इतना कष्ट उठाना पड़ रहा है और फिर भी आप हमें देखने तक नहीं आते।

विदूषक : निपुणिका, क्या बात हुई? महाराज ने महारानी के प्रतिकूल तो कोई काम नहीं किया?

चेटी : आजकल महाराज जिस सुन्दरी के लिए उत्कंठित हैं, उसीका नाम लेकर उन्होंने एक बार महारानीजी को पुकारा।

विदूषक : *(मन-ही-मन)* तो क्या स्वयं महाराज ने ही सारा भेद खोल दिया है? तो अब मैं बेचारा ब्राह्मण अपनी जीभ कैसे रोककर रख सकता हूँ। *(प्रकट)* तो क्या महाराज ने महारानीजी को उर्वशी नाम लेकर बुलाया?

चेटी : आर्य, यह उर्वशी कौन है?

विदूषक : यह उर्वशी एक अप्सरा है। उसके दर्शन से महाराज को ऐसा उन्माद-सा हो गया है कि उसके कारण वे न केवल महारानी को दुःख दे रहे हैं, खाना-पीना भूलकर मुझ ब्राह्मण को भी बड़ा कष्ट दे रहे हैं।

चेटी : *(मन-ही-मन)* ठीक है! महाराज के रहस्य का भेद तो मैंने पा लिया। तो अब चलकर यह सब महारानी को बतला दूँ। *(चलने को तैयार होती है।)*

विदूषक : निपुणिका, मेरी ओर से काशिराज की पुत्री से कहना कि मैं तो महाराज को इस मरीचिका से वापस लौटाने का यत्न कर-करके थक गया। अब तो यदि वे आपके मुख-कमल का दर्शन करें, तभी उनका मन वापस फिर सकता है।

चेटी : जो आर्य की आज्ञा। *(बाहर जाती है।)*

[नेपथ्य में वैतालिक का गीत]

महाराज की जय हो। इन प्रजाओं की तमोवृत्ति को संसार से हटाने के लिए आपका और भगवान सूर्य का अधिकार समान ही है। ज्योतियों का राजा सूर्य भी आकाश में कुछ समय विश्राम करता है; उसी प्रकार आप भी दिन के छठे भाग में विश्राम का अवसर पाते हैं।

विदूषक : *(कान लगाकर सुनता है)* अच्छा, हमारे प्रिय मित्र महाराज धर्मासन से उठकर इसी ओर आ रहे हैं। ठीक है! तो उन्हीं के पास पहुँचता हूँ।

[प्रवेशक]

[उत्कंठित राजा और उसके साथ विदूषक का प्रवेश]

राजा : जब से मैंने उस देवलोक की सुन्दरी अप्सरा को देखा है, तब से ही कामदेव के अचूक बाण से बने हुए मार्ग द्वारा वह मेरे हृदय में प्रविष्ट हो गई है।

विदूषक : *(मन-ही-मन)* तब तो काशिराज की पुत्री पर गाज ही गिर पड़ी।

राजा : *(भली-भाँति देखकर)* क्यों जी, तुमने हमारा रहस्य तो गुप्त रखा है न?

विदूषक : *(मन-ही-मन)* हाय-हाय, वह दुष्ट दासी निपुणिका मुझे ठग ले गई! नहीं तो महाराज मुझसे यह क्यों पूछते?

राजा : क्यों जी, तुम चुप क्यों हो?

विदूषक : मैंने जीभ को ऐसा कसकर बाँधा है कि आपको भी उत्तर देते नहीं बनता।

राजा : ठीक है! अब यह बताओ कि मनोविनोद के लिए क्या किया जाए।

विदूषक : तो चलिए पाकशाला चलते हैं।

राजा : वहाँ क्या होगा?

विदूषक : वहाँ पाँच प्रकार के पकवानों को तैयार होते देखकर हम लोगों की उदासी कुछ बहल जाएगी।

राजा : वहाँ तुम्हारी मनचाही चीजें होने से तुम्हारा मन तो प्रसन्न हो जाएगा, परन्तु मेरा मन कैसे बहलेगा; जिसकी चाही चीजें किसी तरह प्राप्त ही नहीं हो सकतीं?

विदूषक : अच्छा, यह तो बताइए कि उर्वशीजी ने भी आपको देखा है या नहीं?

राजा : क्यों, इसका क्या होगा?

विदूषक : मुझे ऐसा लगता है कि उसे पाना आपके लिए कठिन नहीं है।

राजा : सौन्दर्य ने उसके साथ जैसा पक्षपात किया है, वह भी अलौकिक ही है।

विदूषक : आपके इस प्रकार कहने से मेरे मन में एक कुतूहल जाग उठा है। क्या उर्वशीजी सुन्दरता में वैसी ही अनुपम हैं, जैसा मैं कुरूपता में?

राजा : माणवक, समझ लो कि उसके अंग-प्रत्यंग का वर्णन कर पाना सम्भव नहीं है। इसलिए संक्षेप में कहे देता हूँ; सुनो।

विदूषक : कहिए; मैं सुन रहा हूँ।

राजा : उसका शरीर आभूषणों-का-आभूषण है; शृंगार की विधियों का शृंगार है; और सौन्दर्य जताने के लिए प्रयुक्त होनेवाले उपमानों का एक नया उपमान है।

विदूषक : इसीलिए दिव्य रस की अभिलाषा से आपने यह चातक का व्रत धारण कर लिया। अब आप किधर चल रहे हैं?

राजा : उदास व्यक्ति के लिए एकान्त छोड़कर और कोई शरण नहीं है। चलो, मुझे प्रमदवन ले चलो।

विदूषक : *(मन-ही-मन)* अब उपाय क्या है! *(प्रकट)* इधर आइए महाराज, इधर।

[दोनों चलने का अभिनय करते हैं।]

विदूषक : यह प्रमदवन आ गया। दक्षिण पवन ने तरुओं को झुकाकर आपका स्वागत किया है।

राजा : *(सामने देखकर)* इस वायु का दक्षिण (दक्षिण या शिष्ट) विशेषण यथार्थ है, क्योंकि माधवी लता की शोभा को स्नेह से सींचता हुआ और कुन्द की बेल को नचाता हुआ अपने प्रेम और सौजन्य के कारण मुझे तो यह दक्षिण पवन किसी प्रेमी जैसा ही प्रतीत हो रहा है।

विदूषक : इसका और आपका प्रेम एक ही जैसा है। *(कुछ चलकर)* यह प्रमदवन है। आइए, इसके अन्दर चलें।

राजा : चलो, आगे बढ़ो।

[दोनों प्रमदवन में घुसने का अभिनय करते हैं।]

राजा : *(घबराहट का अभिनय करते हुए)* मित्र, मैंने तो मन में सोचा था कि उद्यान में पहुँचने पर मेरी विपत्ति कुछ कम हो जाएगी, पर यह तो ठीक उल्टा ही हुआ। अपनी व्यथा को शान्त करने के लिए यहाँ उद्यान में आकर तो मैंने ऐसा ही किया, जैसे नदी की धार में बहा जा रहा व्यक्ति पानी से बाहर आने के लिए उलटा—बहाव के प्रतिकूल ही तैरने लगे।

विदूषक : वह कैसे?

राजा : दुर्लभ वस्तु की अत्यन्त तीव्र लालसा से भरे मेरे इस मन को कामदेव पहले ही जर्जर किए दे रहा है, और यहाँ उपवन में मलयपवन से आमों के पीले पत्ते झड़ गए हैं और उनमें नए अंकुर दिखाई पड़ रहे हैं। इन्हें देखकर मेरे मन को शान्ति कैसे मिल सकती है?

विदूषक : महाराज, खेद न कीजिए। शीघ्र ही यह कामदेव ही आपके मन की कामना पूरी करने में आपका सहायक बनेगा।

राजा : ब्राह्मण का आशीर्वाद सिर-माथे!

[दोनों घूमने का अभिनय करते हैं।]

विदूषक : देखिए, प्रमदवन कितना सुन्दर हो उठा है! सब ओर वसंत छाया हुआ दीख पड़ता है।

राजा : हाँ, एक-एक पौधे को देख रहा हूँ। वह सामने कुरबक का पौधा है, जिसके फूल दोनों किनारों से साँवले और बीच में से स्त्रियों के नाखून के समान लाल हैं। उस ओर लाल अशोक का फूल खिलने को तैयार ही है। उसकी लालिमा कितनी भली प्रतीत हो रही है! आम के पेड़ों पर नई मंजरियाँ आ गई हैं, जिनकी नोकों पर पीले-पीले पराग के कण लगे हुए हैं। मित्र, मुझे तो ऐसा लग रहा है, जैसे वसन्त की शोभा मुग्धता और यौवन के बीच में खड़ी हुई हो।

विदूषक : देखिए, उधर वह चमेली की लताओं का मण्डप आपको निमन्त्रित-सा कर रहा है। उसके अन्दर मणिशिला की चौकी बिछी हुई है। उसके फूलों पर भ्रमर के झुण्ड-के-झुण्ड गुँजार कर रहे हैं। ऐसा प्रतीत होता है कि वह आपका स्वागत कर रहा है। चलिए, इसे कृतार्थ कीजिए।

राजा : चलो, जैसी तुम्हारी इच्छा।

[थोड़ा चलकर बैठ जाते हैं।]

विदूषक : अब यहाँ आनन्द से बैठकर इन सुन्दर लताओं की छवि निहारते हुए आप उर्वशीजी के कारण हुई उदासी को भूल जाइए।

राजा : *(गहरी साँस लेकर)* मित्र, फूलों के बोझ से दबी जा रही इन उपवन की लताओं को देखकर भी उस सौन्दर्य को देखने के लिए अधीर मेरी आँखों को चैन नहीं मिल रहा है। इसलिए कोई उपाय सोचो, जिससे मेरी इच्छा पूरी हो जाए।

विदूषक : *(हँसकर)* जैसे अहल्या को चाहनेवाले इन्द्र को सलाह देते समय चन्द्रमा की बुद्धि व्यर्थ रही थी, उसी प्रकार उर्वशीजी को पाने के लिए अधीर आपको सलाह देने में भी मेरी बुद्धि कुछ काम नहीं कर रही है।

राजा : ऐसा न कहो। तीव्र प्रेम कार्य-साधन का कोई-न-कोई उपाय निकाल ही लेता है। अब कोई उपाय सोचो।

विदूषक : अच्छा, सोचता हूँ। पर अब बीच-बीच में हायतोबा मचाकर आप मेरी समाधि में विघ्न न डालें *(सोचने का अभिनय करता है।)*

राजा : *(शुभ शकुन दीखने का अभिनय करके; मन-ही-मन)* वह पूनो के

चन्द्रमा के समान मुखवाली सुन्दरी किसी प्रकार सुलभ नहीं है। फिर भी कामदेव मुझे कुछ भले शकुन दिखा रहा है। मेरा मन एकाएक इस प्रकार शान्त हो गया है, जैसे मेरे मन की कामनाएँ अभी पूर्ण हो जानेवाली हैं।

[आशा से भर उठता है।]

[आकाशयान पर बैठी हुई उर्वशी और चित्रलेखा का प्रवेश]

चित्रलेखा : सखी, बिना कुछ कारण बताए इस प्रकार किस ओर चली जा रही हो?

उर्वशी : *(प्रेम की व्यथा का अभिनय करते हुए; लज्जा के साथ)* सखी, जब हेमकूट शिखर पर लता की शाखा में वस्त्र उलझ जाने से मुझे आकाश में उड़ने में थोड़ा विलम्ब हो गया था, तब तो तुमने मेरी हँसी उड़ाई थी; और अब पूछती हो कि कहाँ जा रही हूँ?

चित्रलेखा : अच्छा; तो तुम उस राजर्षि पुरूरवा के पास चली हो?

उर्वशी : और क्या, अब तो मैं सारी लज्जा त्यागकर यही करने चली हूँ।

चित्रलेखा : तो तुमने अपने आगमन की सूचना देने के लिए पहले किसे भेजा है?

उर्वशी : अपने हृदय को।

चित्रलेखा : एक बार फिर भली भाँति सोच-समझ लो।

उर्वशी : सखी, यह तो प्रेम ही मुझे खींचे लिए जा रहा है। इसमें सोच-विचार का अवसर ही कहाँ है?

चित्रलेखा : इससे अधिक मैं और क्या कहूँ!

उर्वशी : अच्छा, तो उस मार्ग से ले चलो, जिससे हमारे जाते हुए बीच में कोई बाधा न पड़े।

चित्रलेखा : सखी, इससे निश्चिन्त रहो। देवताओं के गुरु भगवान बृहस्पति ने अपराजिता नाम की जूड़ा बाँधने की विद्या सिखाकर हमें ऐसा कर दिया है कि देवताओं के शत्रु अब हमपर हाथ नहीं डाल सकते।

उर्वशी : *(सकुचाकर)* अरे, यह तो मैं भूल ही गई थी!

[दोनों घूमने-फिरने का अभिनय करती हैं।]

चित्रलेखा : सखी, देखो, उधर देखो। यह भगवती भागीरथी और यमुना के संगम पर विशेष पवित्र हुए जल में अपना प्रतिबिम्ब-सा देखता हुआ उस राजर्षि का महल खड़ा है। यह इस सारे प्रतिष्ठान नगर की मुकुटमणि के समान, शोभा दे रहा है। हम दोनों इस महल के पास आ ही पहुँची हैं।

उर्वशी : *(चाव से साथ देखकर)* यह तो कहना चाहिए कि स्वर्ग ही आकर

दूसरी जगह बस गया है। *(कुछ सोचकर)* सखी, दुखियों पर दया करनेवाले राजर्षि इस समय कहाँ होंगे?

चित्रलेखा : नन्दनवन के एक भाग के समान सुन्दर यह प्रमदवन दीख रहा है। पहले इसमें उतरती हैं। फिर वहीं से पता करेंगी।

[दोनों नीचे उतरती हैं।]

चित्रलेखा : *(राजा को देखकर प्रसन्नता के साथ)* सखी, तो यह राजर्षि यहाँ बैठे वैसे ही तुम्हारी प्रतीक्षा कर रहे हैं, जैसे पहले उदित होकर चन्द्रमा चाँदनी की प्रतीक्षा किया करता है।

उर्वशी : *(देखकर)* सखी, इस समय तो महाराज उससे भी अधिक सुन्दर दीख रहे हैं, जितना कि प्रथम मिलन के समय दीख पड़े थे।

चित्रलेखा : ठीक है! आओ, तो फिर इनके पास चलें।

उर्वशी : नहीं, इस तरह पास नहीं जाऊँगी। तिरस्करिणी विद्या से अपने-आपको छिपाकर इनके पास पहुँचकर यह सुनूँगी कि ये पास बैठे हुए अपने इस मित्र के साथ एकान्त में क्या बातचीत कर रहे हैं!

चित्रलेखा : चलो, जैसी तुम्हारी इच्छा।

[दोनों ऐसा ही करती हैं।]

विदूषक : अजी, मैंने वह उपाय सोच निकाला, जिससे आपका उस दुर्लभ प्रियतमा से मिलन हो सकता है।

[राजा चुप रहता है।]

उर्वशी : *(ईर्ष्यापूर्वक)* कौन है वह धन्य स्त्री जिसका जीवन इनके चाहने के कारण सफल हो गया है?

चित्रलेखा : सखी, तुम यह क्या मनुष्यों की सी बातें करने लगती हो?

उर्वशी : सखी, मैं अपने दिव्य प्रभाव से इस रहस्य को जानने में थोड़ा हिचक रही हूँ।

विदूषक : अजी, मैं कह रहा हूँ कि मैंने उपाय खोज निकाला है।

राजा : तो फिर बताओ न।

विदूषक : आप निद्रा का सेवन कीजिए, जिससे स्वप्न में प्रियतमा से मिलन हो सके; या फिर चित्रफलक पर उर्वशीजी का चित्र बनाकर उसे बैठे देखा कीजिए।

उर्वशी : *(प्रसन्न होकर मन-ही-मन)* अरे, अनुदार हृदय, धीरज रख; तसल्ली रख।

राजा : ये दोनों ही उपाय ठीक नहीं रहे। क्योंकि देखो, मेरा यह हृदय कामदेव के बाणों से ऐसा बिंधा हुआ है कि इसमें सदा कसक होती रहती है। इसलिए स्वप्न में प्रिया का मिलन करानेवाली निद्रा

मुझे कैसे प्राप्य हो सकती है? और चित्र में भी उस सुन्दरी प्रियतमा को मैं पूरा इसलिए नहीं बना पाऊँगा, क्योंकि बीच-बीच में मेरी आँखों में आँसू भर आएँगे।

चित्रलेखा : सुन ली तुमने इनकी बात?

उर्वशी : सखी, सुन तो ली; पर जी नहीं भरा।

विदूषक : मेरी बुद्धि की दौड़ तो यहीं तक थी।

राजा : *(गहरी साँस लेकर)* या तो वह मेरी इस अत्यन्त कठिन मनोव्यथा को जानती नहीं है; या अपने प्रभाव से मेरे प्रेम को जानकर भी मेरी अवहेलना कर रही है। उसके साथ मिलन की मेरी इस इच्छा को निष्फल और नीरस बनाकर ही अगर कामदेव का जी भरता हो तो भर ले।

चित्रलेखा : सखी, सुन लिया तुमने?

उर्वशी : ओफ-ओफ! ये मुझे ऐसा समझते हैं? *(सखी की ओर देखकर)* सखी, अब इनके सामने जाकर उत्तर देना तो मेरे बस का नहीं। मैं चाहती हूँ कि अपने दिव्य प्रभाव से एक भोजपत्र बनाकर उसपर लिखकर उन्हें उत्तर दे दूँगी।

चित्रलेखा : मुझे भी यही ठीक लगता है।

[उर्वशी जल्दी-जल्दी हड़बड़ाहट में लिखकर राजा और विदूषक के बीच में पत्र फेंकने का अभिनय करती है।]

विदूषक : *(देखकर और हड़बड़ाकर)* हाय रे बाप रे! यह क्या बला है? क्या यह साँप की केंचुली मुझे खाने के लिए आ गिरी है?

राजा : *(ध्यान से देखकर और हँसकर)* मित्र, यह साँप की केंचुली नहीं है। यह तो भोजपत्र पर लिखे हुए कुछ अक्षर से दीख रहे हैं।

विदूषक : अरे, यह भी तो हो सकता है कि अदृश्य रूप से खड़ी हुई उर्वशी ने ही आपके रोने-कलपने को सुनकर आपके-से ही अपने प्रेम की भी सूचना देने के लिए यह अक्षर लिखकर डाल दिए हों।

राजा : मनोरथों की कोई सीमा नहीं है। *(भोजपत्र को उठाकर और पढ़कर प्रसन्नता के साथ)* मित्र, तुम्हारी सूझ ठीक निकली।

विदूषक : ही-ही-ही! अजी ब्राह्मण के वचन भी कभी झूठे होते हैं? तो अब प्रसन्न हो जाइए। अच्छा, इसमें क्या लिखा है, वह भी तो ज़रा सुनाइए।

उर्वशी : शाबाश, आप भी अच्छे प्रेमी हैं।

राजा : मित्र, सुनो।

विदूषक : कहिए, मैं ध्यान से सुन रहा हूँ।

राजा : लो सुनो। 'स्वामिन्, आप मेरे मन की बात नहीं जानते। यदि मैं इतना अधिक प्रेम करनेवाले आपके प्रति वैसी ही होऊँ, जैसा आपने मुझे समझा है, तो यह बताइए कि सुन्दर पारिजात की सेज पर लेटने पर भी नन्दनवन की पवन मेरे शरीर में लू की तरह क्यों लगती है?'

उर्वशी : देखती हूँ, अब ये क्या कहते हैं।

चित्रलेखा : जो कहना था, वह तो मुरझाई हुई कमल-नाल जैसे इनके अंग-प्रत्यंगों ने कह ही दिया है।

विदूषक : यह तो बहुत भला हुआ कि भाग्य से इस उदासी में आपको यह आश्वासन ठीक वैसा ही मिल गया, जैसे भूख लगने पर मुझे बढ़िया भोजन मिल जाए।

राजा : इसे आश्वासन क्या कहते हो? यह सुन्दर अर्थ को बतलानेवाला मेरी प्रिया के तुल्य अनुराग का सूचक पत्र मुझे तो ऐसा लग रहा है, जैसे उस मद-भरी आँखोंवाली प्रिया का मुख प्रतीक्षा में खुली पलकोंवाले मेरे मुख से आ लगा हो।

उर्वशी : तब तो यहाँ हम दोनों की ही प्रीति बराबर है।

राजा : मित्र, अँगुलियों के पसीने से ये अक्षर खराब हो जाएँगे। मेरी प्रियतमा का यह हस्तलेख ज़रा तुम सम्भाल लो।

विदूषक : *(पत्र को लेकर)* जिन उर्वशीजी ने आपके मनोरथों पर ये फूल खिलाए हैं, वे अब उनका फल देने में क्या आनाकानी करेंगी!

उर्वशी : सखी, इनके समीप जाते हुए मेरा हृदय कुछ डर रहा है। जब तक मैं अपने चित्त को शान्त करती हूँ, तब तक तू इनके सम्मुख प्रकट होकर मेरी ओर से जो भी उचित हो वह कह दे।

चित्रलेखा : ठीक है। *(तिरस्करिणी को हटाकर राजा के पास पहुँचकर)* महाराज की जय हो!

राजा : *(देखकर और प्रसन्न होकर)* स्वागत है आपका *(उसके आस-पास देखकर)* भद्रे, बिना अपनी सखी को साथ लिए आप दृष्टि-गोचर हुई हैं, इससे मुझे पूरा आनन्द नहीं हो रहा, जैसे संगम पर गंगा के बिना पहले-पहल यमुना को देखकर पूरा आनन्द नहीं आता।

चित्रलेखा : पहले मेघमाला दिखाई पड़ती है और उसके बाद बिजली की चमक।

विदूषक : *(मुँह के सामने आड़ करके)* अच्छा! तो ये उर्वशीजी नहीं हैं! ये उनकी प्रिय सखी ही हैं।

राजा : यह आसन है; आइए बैठिए।

चित्रलेखा : उर्वशी सिर झुकाकर महाराज से निवेदन करती है।

राजा : क्या आज्ञा देती है?

चित्रलेखा : कहती है कि उस समय दानवों द्वारा किए गए उत्पात में महाराज ने ही मुझे शरण दी थी। उस समय आपके दर्शन करके मेरे मन में आपके प्रति तीव्र प्रेम उत्पन्न हो गया है। अब महाराज फिर मुझपर दया करें।

राजा : हे शुभवचने, तुम उस सुन्दरी को मेरे लिए बेचैन बतला रही हो, किन्तु उसके लिए आतुर इस पुरूरवा को तुम नहीं देखतीं? यह तीव्र प्रेम तो दोनों ओर ही एक समान है। तपा हुआ लोहा ही तपे हुए लोहे के साथ जुड़ने योग्य होता है।

चित्रलेखा : *(उर्वशी के पास जाकर)* सखी, आओ; तुमसे भी अधिक तीव्र तुम्हारे प्रियतम के प्रेम को देखकर उसकी दूती बनकर मैं तुम्हारे पास आई हूँ।

उर्वशी : *(तिरस्करिणी को हटाकर)* यह क्या, तू मेरा ध्यान न रखकर मुझे छोड़कर चली गई?

चित्रलेखा : *(मुस्कराकर)* सखी, अभी कुछ ही देर में पता चल जाएगा कि कौन किसको छोड़ता है! पहले महाराज को अभिवादन तो कर लो।

उर्वशी : *(हड़बड़ाहट के साथ राजा के पास जाकर प्रणाम करके लज्जा के साथ)* महाराज की जय हो!

राजा : *(प्रसन्नता के साथ)* सुन्दरी, सचमुच ही मेरी जय हुई समझो; क्योंकि तुमने मेरे लिए 'जय' शब्द कहा है और इससे पहले तुमने इन्द्र के सिवाय और किसी पुरुष के लिए यह शब्द नहीं कहा।

[हाथ से पकड़कर उसे अपने पास बिठाता है।]

विदूषक : क्यों जी, क्या बात है? आपने महाराज के प्रिय मित्र ब्राह्मण को नमस्कार नहीं किया?

[उर्वशी मुस्कराकर प्रणाम करती है।]

विदूषक : आपका कल्याण हो!

[नेपथ्य में देवदूत]

चित्रलेखा! उर्वशी को जल्दी लेकर आओ; जल्दी करो! भरत मुनि ने आठों रसों से युक्त जो नया नाटक आपको सिखाया है, उसके सुन्दर अभिनय को लोकपालों-समेत देवराज इन्द्र आज देखना चाहते हैं।

[सब कान देकर सुनते हैं। उर्वशी विषाद का अभिनय करती है।]

चित्रलेखा : सखी, तुमने देवदूत का वचन सुन लिया न? तो अब महाराज से विदा लो।

उर्वशी : क्या करूँ? मेरी जीभ ही नहीं खुलती।

चित्रलेखा : महाराज, उर्वशी निवेदन करती है कि हम लोग पराधीन हैं। यदि महाराज अनुमति दे दें तो मैं इस समय चली जाऊँ और देवताओं के सम्मुख अपराधी गिनी जाने से बच जाऊँ।

राजा : *(जैसे-तैसे अपनी वाणी को वश में करके)* आप लोगों को मैं आपके स्वामी की आज्ञा का उल्लंघन करने को नहीं कह सकता। फिर भी हमें याद अवश्य रखिएगा।

[उर्वशी वियोग के दुःख का अभिनय करती हुई राजा की ओर देखती हुई सखी के साथ चली जाती है।]

राजा : *(गहरी साँस लेकर)* मित्र, ऐसा लगता है कि अब मेरी दोनों आँखें व्यर्थ हो गई हैं।

विदूषक : *(पत्र दिखाने की इच्छा करके)* यह है न! *(इतना बोलकर बीच में ही विषाद के साथ मन-ही-मन)* हाय-हाय, उर्वशी के दर्शन से मैं तो इतना चकित हो गया कि मुझे यह भी ख्याल न रहा कि वह भोजपत्र मेरे हाथ से कब गिर पड़ा।

राजा : क्यों मित्र, क्या कहना चाहते हो?

विदूषक : यही कहने लगा था कि अब आप हताश न हों। क्योंकि उर्वशी भी आपसे प्रेम करती है और वह इस प्रेम में ढील न आने देगी।

राजा : मेरा मन भी यही कहता है। उसके शरीर पर तो उसका अपना वश था नहीं, किन्तु हृदय पर उसका वश अवश्य था। सो, जाते समय वह अपने उस हृदय को गहरी साँस लेने के कारण कम्पित होते हुए स्तनों द्वारा मुझे सौंप-सी गई है।

विदूषक : *(मन-ही-मन)* मेरा हृदय तो यह सोच-सोचकर काँप रहा है कि बस अब महाराज उस भोजपत्र का नाम लेने ही वाले हैं।

राजा : मित्र, अब अपनी दृष्टि को किस तरह बहलाऊँ? *(स्मरण-सा करके)* हाँ, ज़रा मुझे वह भोजपत्र तो देना।

विदूषक : *(सब ओर देखकर, विषाद प्रकट करते हुए)* ओह, वह तो कहीं दीख नहीं रहा। अजी, वह तो दिव्य भोजपत्र था। उर्वशी जी के ही साथ चला गया।

राजा : *(खीझकर)* मूर्ख कहीं के! तुम सदा ऐसी लापरवाही करते हो। जाओ, ढूँढ़ो उसे।

विदूषक : *(उठकर)* शायद इधर पड़ा हो! देखूँ कहीं उधर न हो! उस ओर तो नहीं है! *(इस प्रकार भोजपत्र को ढूंढ़ने का अभिनय करता है।)*

[अपनी अनुचरियों के साथ काशिराज की पुत्री महारानी और दासी का प्रवेश]

महारानी : अरी निपुणिका, तूने सत्य ही कहा था कि तूने आर्य माणवक के साथ आर्यपुत्र को इस लता-गृह में प्रविष्ट होते देखा था?

निपुणिका : नहीं तो क्या, मैंने पहिले कभी महारानी को झूठी सूचना दी है?

महारानी : अच्छा, मैं लताओं की आड़ में खड़ी होकर सुनती हूँ कि ये क्या बातें कर रहे हैं। पता चल जाएगा कि तूने जो कहा, वह सत्य है या नहीं।

निपुणिका : जैसी आपकी इच्छा!

महारानी : *(थोड़ा चलकर और आगे की ओर देखकर)* अरी निपुणिका, यह पुराने कपड़े जैसी क्या चीज़ दक्षिण वायु में उड़ी इधर आ रही है?

निपुणिका : *(अच्छी तरह देखकर)* महारानीजी, यह तो भोजपत्र है। हवा में उड़ता उल्टा-सीधा होकर आ रहा है। पर ऐसा लगता है कि इसपर कुछ अक्षर लिखे हुए हैं। अरे, यह आकर आपके बिछुए की नोक में ही अटक गया। *(उठाकर)* लीजिए, इसे पढ़ लीजिए?

महारानी : तू ही पढ़। यदि यह अनुचित न होगा, तो सुन लूँगी।

निपुणिका : *(पढ़कर)* यह तो वही प्रेम-व्यापार मालूम होता है। मुझे तो लगता है कि महाराज को लक्ष्य करके उर्वशी ने ही यह काव्य-रचना की है। आर्य माणवक की लापरवाही से यह हमारे हाथ में आ पड़ा है।

महारानी : तब तो मैं अवश्य सुनूँगी।

[निपुणिका पढ़कर सुनाती है।]

महारानी : *(सुनकर)* अच्छा, तब तो यही उपहार लेकर अप्सरा पर लट्टू होनेवाले महाराज के दर्शन करूँगी।

निपुणका : ठीक है।

[अनुचरियों के साथ लता-मण्डप की ओर जाती हैं।]

विदूषक : *(सामने की ओर देखकर)* मित्र, वह देखो; उधर प्रमदवन के पास में क्रीड़ा पर्वत के छोर पर हवा में क्या उड़ा जा रहा है?

राजा : *(उठकर)* हे वसन्त के प्रिय दक्षिण पवन, यदि तुम्हें सुवास के लिए कुछ चाहिए ही तो इन लताओं के फूलों के पराग को ले लो। मेरी प्रियतमा द्वारा प्रेमपूर्वक लिखे गए इस पत्र को लेने से तुम्हारा क्या काम सिद्ध होगा? तुमने भी तो कभी अंजना से प्रेम किया था; इसलिए तुम अवश्य जानते होगे कि प्रेमी लोग इसी प्रकार

के छोटे-मोटे मनोविनोदों द्वारा अपना समय बिताया करते हैं।

निपुणिका : महारानीजी, देखिए-देखिए; यह इसीकी खोज हो रही है।

महारानी : ठीक है, देखती हूँ। ज़रा चुपचाप खड़ी रह।

विदूषक : *(विषाद के साथ)* हाय रे, धत्तेरे की! यह तो मोर का पँख है, जिसका रंग मैला पड़ गया है। इसीसे मुझे धोखा हो गया।

राजा : तब तो मर ही गए।

महारानी : *(एकाएक पहुँचकर)* आर्यपुत्र, घबराइए नहीं, वह भोजपत्र यह रहा।

राजा : *(हड़बड़ाकर)*, अरे महारानी हैं! महारानी का स्वागत है!

विदूषक : *(ओट करके)* इस समय तो दुरागत ही हुआ समझो।

राजा : *(धीरे से)* मित्र, अब क्या किया जाए?

विदूषक : *(ओट करके)* लूट के माल के साथ पकड़ा गया चोर जवाब ही क्या दे सकता है?

राजा : *(धीरे से)* मूर्ख, यह परिहास का समय नहीं। *(प्रकट)* महारानी, मैं इसे नहीं ढूँढ़ रहा था। हम लोग तो कुछ और ही ढूँढ़ रहे थे।

महारानी : ठीक है, आपको अपने सौभाग्य को छिपाना ही चाहिए।

विदूषक : महारानीजी, जल्दी से इनके भोजन का प्रबन्ध कीजिए, जिससे इनका पित्त कुछ कम हो।

महारानी : निपुणिका, देख तो इस ब्राह्मण ने अपने मित्र को बचाने का क्या सुन्दर उपाय निकाला है!

विदूषक : महारानीजी, आप तो स्वयं जानती हैं कि भोजन से तो पिशाच तक भी शान्त हो जाते हैं।

राजा : मूर्ख, मुझे योंही बेबात अपराधी ठहराए दे रहा है।

महारानी : आपका अपराध नहीं है; अपराधिनी तो मैं ही हूँ, जो आपके न चाहते आपके सामने आकर खड़ी हूँ। अच्छा लीजिए, मैं चली जाती हूँ। निपुणिका, आ चलें। *(क्रोध का अभिनय करते हुए चल पड़ती है।)*

राजा : *(उसके पीछे जाकर)* हे सुन्दरी, मैं ही अपराधी हूँ। तुम इस प्रकार क्रोध न करो। क्योंकि जब सेव्य स्वामी कुपित हो गया हो, तो दास निरपराध कैसे हो सकता है?

[पैरों पर गिर पड़ता है।]

महारानी : *(मन-ही-मन)* मैं इतनी छोटे दिलवाली नहीं हूँ कि इस अनुनय-विनय के झाँसे में आ जाऊँ। किन्तु मुझे डर यही लग रहा है कि यदि इस समय कुछ उल्टा-सीधा कठोर व्यवहार कर बैठूँगी, तो उसके लिए बाद में पछतावा मुझे ही होगा।

[राजा को छोड़कर सब अनुचरियों-समेत चली जाती है।]

विदूषक : बरसाती नदी की भाँति मलिनमुख होकर महारानी तो चली गई, अब आप उठिए।

राजा : *(उठकर)* मित्र, यह जो कुछ हुआ, कुछ गलत नहीं हुआ। क्योंकि प्रेमी लोग बिना सच्चे प्रेम के स्त्रियों से चाहे कितने ही मीठे शब्दों में अनुनय-विनय क्यों न करें, किन्तु वह अनुनय-विनय स्त्रियों के मन में पैठती ही नहीं। ठीक वैसे ही जैसे ऊपर से चढ़ाया हुआ रंग मणि के अन्दर तक नहीं पैठता और कुशल जौहरी उसे चट पहचान लेते हैं।

विदूषक : चलिए, यह भी आपके लिए भला ही हुआ! क्योंकि आँखें दुखनी आई हों तो सामने जलती दीप-शिखा भी अच्छी नहीं लगती।

राजा : नहीं, ऐसा न कहो। यह ठीक है कि इस समय मेरा मन उर्वशी में लगा हुआ है, फिर भी मैं महारानी का पहले जितना ही आदर करता हूँ। किन्तु क्योंकि आज इन्होंने मेरे अनुनय-विनय की भी उपेक्षा कर दी, इसलिए अब मैं कुछ समय के लिए चुप्पी साध जाऊँगा।

विदूषक : अजी, आप चुप्पी को छोड़िए एक ओर। पहले किसी तरह भूख से कुलबुलाते हुए मुझ ब्राह्मण के प्राणों की रक्षा कीजिए। अब स्नान और भोजन का समय हो चुका है।

राजा : *(ऊपर की ओर देखकर)* अरे, आधा दिन समाप्त हो चुका! इसीलिए गर्मी से घबराया हुआ मोर पेड़ की जड़ के आसपास बने थांवले की ठण्डक में बैठा हुआ है; भौंरा कनेर की कलियों का मुख खोलकर उसमें छिपने का यत्न कर रहा है; यह कारण्डव पक्षी तालाब के गर्म पानी को छोड़कर किनारे पर लगी हुई कमलिनी की छाया में जा बैठा है; और हमारे क्रीड़ागार में पिंजड़े में बैठा हुआ यह तोता प्यास से व्याकुल होकर पानी माँग रहा है।

[दोनों बाहर जाते हैं।]

तीसरा अंक

[भरत मुनि के दो शिष्यों का प्रवेश]

गालव : मित्र पेलव, देवराज इन्द्र के भवन में जाते हुए गुरुजी ने तो तुम्हें अपना आसन थमाकर साथ चलने को कहा था और मुझे यहाँ हवन-यज्ञ इत्यादि का काम यथोचित रीति से करते रहने को दिया था। इसीसे पूछता हूँ कि गुरुजी के नाटक को देखकर देवताओं की सभा प्रसन्न हुई या नहीं?

पेलव : गालव भाई, यह तो मैं नहीं जानता कि सभा प्रसन्न हुई या नहीं, परन्तु वहाँ लक्ष्मी स्वयंवर नामक नाटक में सरस्वती द्वारा बनाए गए गीतों को सुनकर सारी सभा उन गीतों के रसों में पूरी तरह मग्न हो जाती थी। लेकिन...

गालव : तुम्हारे अधूरे वाक्य में ऐसा लगता है कि जैसे कुछ कसर भी रह गई थी?

पेलव : हाँ, कसर यह रह गई थी कि नाटक में उर्वशी असावधानी से कुछ-का-कुछ बोल गई।

गालव : वह क्या?

पेलव : लक्ष्मी की भूमिका में अभिनय करती हुई उर्वशी से वारुणी की भूमिका में अभिनय करती हुई मेनका ने जब यह पूछा कि 'सखी, यहाँ ये तीनों लोकों के श्रेष्ठ पुरुष और केशव-समेत सारे लोकपाल आए हुए हैं, इनमें से तुम्हें कौन सबसे अच्छा लगता है'...

गालव : तब क्या हुआ?

पेलव : उर्वशी को कहना चाहिए था कि 'पुरुषोत्तम'; पर उसके मुँह से निकला 'पुरूरवा'।

गालव : जो कुछ होना होता है, उसके अनुसार ही मनुष्य की इन्द्रियाँ भी काम करने लगती हैं। इस बात से गुरुजी उसपर नाराज़ नहीं हुए?

पेलव : गुरुजी ने तो उसे शाप दे दिया था, परन्तु इन्द्र ने फिर उसपर कृपा कर दी।

गालव : वह कैसे?

पेलव : गुरुजी ने उसे शाप दिया था कि "क्योंकि तूने मेरे उपदेश का उल्लंघन किया है, इसलिए तू देवलोक में नहीं रह सकेगी।' इसपर नाटक की समाप्ति पर जब वह लज्जा से सिर झुकाए खड़ी थी, तब इन्द्र ने उससे कहा कि युद्ध में मेरी सहायता करनेवाले जिन राजर्षि से तुम प्रेम करती हो, उनका भी कुछ प्रिय कार्य करना ही चाहिए। तो अब तुम तब तक पुरूरवा के पास जाकर मनमाने ढंग से रह सकती हो, जब तक कि तुम्हारी और उनकी सन्तान न हो जाए।

गालव : दूसरों के हृदय की बात जाननेवाले देवराज इन्द्र को यही शोभा देता है।

पेलव : *(सूर्य की ओर देखकर)* अरे, इस बातचीत के सिलसिले में तो हम भूल ही गए कि गुरुजी के स्नान का समय बीता जा रहा है—तो आओ, जल्दी से गुरुजी के पास पहुँचे।

[दोनों बाहर जाते हैं।]

[मिश्र विष्कम्भक]

[कंचुकी का प्रवेश]

कंचुकी : *(गहरी साँस लेकर)* कुटुम्बवाले सभी गृहस्थी लोग अपनी जवानी के दिनों में धन कमाने के लिए प्रयत्न करते हैं। उसके बाद कुटुम्ब का भार पुत्रों पर छोड़कर अपने-आप विश्राम करने लगते हैं। परन्तु हमारी यह दशा है कि इस प्रतिष्ठा को बनाए रखने के लिए हमें प्रतिदिन चाकरी करनी पड़ती है। सचमुच ही स्त्रियों की सेवा करने का काम बहुत ही कष्टदायक होता है। *(थोड़ा चलकर)* काशिराज की पुत्री महारानी ने व्रत धारण किया हुआ है और मुझे आदेश दिया है कि अपने व्रत को पूरा करने के लिए मान को त्यागकर निपुणिका द्वारा महाराज से पहले भी याचना की थी; पर अब आप ही मेरी ओर से महाराज को सूचना दे आइए। अच्छा, अब तक महाराज सन्ध्या के जाप इत्यादि से निवृत्त हो चुके होंगे। तो चलकर उनके दर्शन करता हूँ। *(थोड़ा चलकर और सामने देखकर)* आहा! राजमहल में दिवस के अवसान का काल भी बहुत रमणीय होता है। यहाँ रात के समय आनेवाली नींद के कारण अपने-अपने अड्डों पर आलस्य से भरकर बैठे हुए मोर ऐसे दिखाई पड़ रहे हैं, मानो पत्थर में खोदकर बनाए गए हों। कबूतरों के बैठने के टाण्डों में से होकर धुएँ की घूंघरें ऊपर को उठ रही हैं, जिनके कारण यह

पता ही नहीं चलता कि कबूतर बैठे भी हैं या नहीं। राजा के रनिवास में रहनेवाले वृद्ध लोग नियमानुसार फूलों से सजे हुए महलों में स्थान-स्थान पर सन्ध्या के जगमगाते मंगल-दीप जला रहे हैं। *(नेपथ्य की ओर देखकर)* अरे, यह तो महाराज इसी ओर आ रहे हैं! इन्हें चारों ओर से घेरकर वे दासियाँ चल रही हैं, जिन्होंने अपने हाथों में जलते हुए दीप लिए हुए हैं। इस समय ऐसे सुन्दर दीख रहे हैं, मानो बिना पँखोंवाला कोई पहाड़ चला आ रहा हो, और उसके किनारे-किनारे कनेर के फूल खिले हुए हों। अच्छा; तो यहाँ ऐसी जगह खड़ा होकर इनकी प्रतीक्षा करता हूँ, जहाँ से गुज़रते हुए ये मुझे देख सकें।

[थोड़ा-सा चलकर खड़ा हो जाता है।]

[ऊपर बताए अनुसार राजा और विदूषक का प्रवेश]

राजा : *(मन-ही-मन)* ओफ! दिन में तो दूसरे कामों में लगे रहने के कारण उदासी कुछ बहली रही और दिन जैसे-तैसे बीत गया; पर रात के इन लम्बे-लम्बे पहरों में तो मनोविनोद का कोई साधन नहीं है। अब यह रात कैसे बीतेगी?

कंचुकी : *(पास जाकर)* महाराज की जय हो! महाराज, महारानीजी ने कहलवाया है कि रत्न-महल की छत पर से चन्द्रमा अच्छा दिखाई पड़ता है, इसलिए मेरी इच्छा है कि जब चन्द्रमा और रोहिणी का संयोग हो, उस समय महाराज के साथ खड़ी होकर उसके दर्शन करूँ।

राजा : आर्य लातव्य, महारानी से कह दो कि जो वे चाहती हैं, वही होगा।

कंचुकी : जो महाराज की आज्ञा! *(बाहर जाता है।)*

राजा : मित्र, क्या महारानी ने यह सारी धूमधाम सचमुच ही व्रत के लिए की है?

विदूषक : मुझे तो ऐसा लगता है कि उन्होंने उस समय जो आपके अनुनय-विनय की उपेक्षा कर दी थी, उसीके लिए बाद में पश्चात्ताप हुआ होगा; और अब इस व्रत के बहाने से वे अपने उस दोष को पोंछ डालना चाहती हैं।

राजा : तुम ठीक कहते हो; क्योंकि जो मानिनी स्त्रियाँ रूठकर अपने प्रियों के अनुनय-विनय का तिरस्कार कर देती हैं, वे बाद में उसी अनुनय-विनय की याद करके मन-ही-मन बहुत दुःखी हुआ करती हैं। अच्छा, तो अब रत्न-महल की छत पर मुझे ले चलो।

विदूषक : ठीक है, इधर से आइए। ये स्फटिक मणियों से बनी हुई सीढ़ियाँ

हैं, जो देखने में गंगा की तरंगों के समान सुन्दर हैं। इन पर चढ़कर आप रत्न-महल की छत पर चलिए। रत्न-महल की छत सायंकाल के समय बहुत ही रमणीय हो उठती है।

राजा : ठीक है। आगे-आगे चलो।

[सब सीढ़ियों पर चढ़ने का अभिनय करते हैं।]

विदूषक : *(चारों ओर देखभालकर)* अजी, अब बस चन्द्रोदय होने ही वाला होगा; क्योंकि पूर्व दिशा में अन्धेरा फट चला है और प्रकाश झलकने लगा है।

राजा : तुम्हारा विचार बिलकुल ठीक है। अभी चन्द्रमा उदय नहीं हुआ है, किन्तु होने ही वाला है। उसकी किरणों से अन्धेरा दूर-दूर तक परे हट गया है। इससे पूर्व दिशा का मुख ऐसा नयनाभिराम हो उठा है, मानो उसने मुख के सामने से अलकें समेटकर पीछे की ओर बाँध ली हों।

विदूषक : *(सामने देखकर)* अहा-हा-हा! अजी वह देखिए, वह कैसा खाण्ड के लड्डू जैसा ब्राह्मणों का राजा चन्द्रमा उदित हो रहा है!

राजा : *(मुस्कराकर)* पेटू आदमी को सब जगह खाने-पीने की चीज़ें ही सूझती हैं। *(हाथ जोड़कर प्रणाम करके)* हे भगवान निशानाथ, आपका सज्जनों की धार्मिक क्रियाओं में सूर्य के साथ-साथ स्मरण किया जाता है। आप देवताओं और पितरों को अमृत द्वारा तृप्त करते हैं। आप रात्रि में सब ओर छा जानेवाले अन्धकार कर नाश करनेवाले हैं। आपका निवास महादेव की जटाओं के ऊपर है। आपको प्रणाम हो!

[चन्द्रमा की पूजा करता है।]

विदूषक : अजी, आपके दादा चन्द्रमा मुझ ब्राह्मण के मुख से आपको यह अनुमति दे रहे हैं कि आप चलकर आसन पर बैठ जाएँ, जिससे मैं भी आराम से बैठ सकूँ।

राजा : *(विदूषक के कथनानुसार बैठकर, दासियों की ओर देखकर)* जब सब ओर चाँदनी छिटकी हुई है, तो इन दीपकों का क्या लाभ है? आप भी जाइए और विश्राम कीजिए।

दासियाँ : जैसी आपकी आज्ञा। *(बाहर जाती हैं।)*

राजा : *(चन्द्रमा की ओर देखकर विदूषक से)* मित्र, अभी महारानी के आने में थोड़ी देर है। तो इस एकान्त में मैं तुम्हें अपनी दशा ही सुनाऊँ।

विदूषक : वह तो दीख ही रही है! किन्तु उसके उस प्रकार के प्रेम को देखकर

आशा के सहारे कुछ-न-कुछ धीरज मन में रखा जा सकता है।

राजा : यह ठीक है; परन्तु मेरे मन में बड़ी तीव्र व्यथा है। जैसे नदी का प्रवाह विषम शिलाओं से टकराकर और सौ गुने वेग से बहने लगता है, उसी प्रकार मिलन के सुख में बाधाएँ आ पड़ने पर अभिलाषा भी सौ गुनी हो उठती है।

विदूषक : आप दिनोंदिन दुर्बल होकर ऐसे सुन्दर दीखने लगे हैं कि अब आपका अपनी प्रियतमा से मिलन बहुत दूर नहीं जान पड़ता।

राजा : *(शुभ शकुन दीखना जताकर)* मित्र, जैसे तुम अचानक बातें कह-कहकर मेरी तीव्र व्यथा को कम करना चाहते हो, उसी तरह मेरा यह दायाँ हाथ भी फड़क-फड़कर मुझे कुछ सान्त्वना-सी दे रहा है।

विदूषक : ब्राह्मण का वाक्य कभी झूठा नहीं होता!

[राजा आशा से भरकर बैठा रहता है।]

[आकाश-यान पर बैठी हुई अभिसारिका का वेश धारण किए उर्वशी और चित्रलेखा का प्रवेश]

उर्वशी : *(अपने ऊपर दृष्टि डालकर)* क्यों सखी चित्रलेखा, देख, आज मैंने ये बहुत थोड़े-से आभूषण पहने हैं और नीला वस्त्र धारण किया है। तुझे मेरा यह अभिसारिका-वेश पसन्द आया?

चित्रलेखा : सखी, मुझमें इतना वचन-चातुर्य नहीं है कि मैं सौन्दर्य की पूरी प्रशंसा कर सकूँ। पर मेरे मन में यह आता है, किसी तरह मैं ही पुरूरवा बन जाऊँ!

उर्वशी : सखी, कामदेव की यह आज्ञा समझो; और मुझे जल्दी-से-जल्दी उस प्रिय के नगर में ले चलो।

चित्रलेखा : *(सामने देखकर)* यह लो, दूसरे कैलास शिखर के समान बने हुए तुम्हारे प्रियतम के महल पर हम दोनों आ पहुँची हैं।

उर्वशी : अच्छा, तो अब अपने दिव्य प्रभाव से यह पता चलाओ कि वह मेरे हृदय का चोर कहाँ है और क्या कह रहा है।

चित्रलेखा : *(ध्यान लगाकर हँसते हुए मन-ही-मन)* अच्छा; ज़रा इससे खेल ही करूँ! *(प्रकट)* सखी, मैंने देख लिया है। इस समय वे अपनी मनचाही प्रियतमा के साथ बैठे आनन्द मना रहे हैं।

उर्वशी : *(विषाद का अभिनय करती है। गहरी साँस लेकर)* धन्य है वह भाग्यवती, जो ऐसी हो!

चित्रलेखा : अरी भोली, तुझे छोड़कर और दूसरी किस प्रिया से मिलने की बात वे सोचेंगे?

उर्वशी : *(लम्बी साँस छोड़कर)* सखी मेरा भोला-भाला हृदय तो यही सन्देह कर बैठा था।

चित्रलेखा : *(सामने देखकर)* यह राजर्षि पुरूरवा रत्न-महल की छत पर केवल अपने मित्र के साथ बैठे हुए हैं। तो आओ न, इनके पास पहुँचे।

[दोनों उतरती हैं।]

राजा : मित्र, ज्यों-ज्यों रात बढ़ रही है, त्यों-त्यों मेरी प्रेम की व्यथा भी बढ़ रही है।

उर्वशी : इनकी बात का अर्थ कुछ स्पष्ट नहीं है, इसलिए मेरा हृदय काँप रहा है। कुछ देर छिपे रहकर ही इनके इस निश्चिन्त वार्तालाप को सुनती हैं, जिससे हमारा सन्देह मिट जाए।

चित्रलेखा : जैसी तुम्हारी इच्छा।

विदूषक : महाराज, अमृत से भरी हुई इन चन्द्रमा की किरणों का आनन्द लीजिए।

राजा : मित्र, इस प्रकार की वस्तुओं से यह पीड़ा शान्त होनेवाली नहीं है। देखो, इस समय मेरी इस प्रेम की व्यथा को न तो ताज़े फूलों से बनी हुई सेज ही शान्त कर सकती है, न चन्द्रमा की किरणें। सारे शरीर पर चन्दन का लेप करने से भी यह शान्त नहीं होगी और न मोतियों की माला से। इस व्यथा को तो या तो वही देवलोक में रहनेवाली दूर कर सकती है या...

उर्वशी : *(छाती पर हाथ रखकर)* या दूसरी कौन?

राजा : ...या एकान्त में उसके विषय में बातचीत करने से भी यह कुछ कम हो सकती है।

उर्वशी : हृदय, तुम मुझे छोड़कर उनके पास पहुँच गए, उसका फल तुम्हें सचमुच प्राप्त हो गया।

विदूषक : हाँ, मुझे भी जब माँगने पर भी बढ़िया मीठे हरिणी के माँस से बना हुआ भोजन नहीं मिलता, तब मैं भी उसका नाम ले-लेकर ही अपना दिल बहलाया करता हूँ।

राजा : पर तुम्हें यह मिल तो जाता है न?

विदूषक : आपको भी वह जल्दी ही प्राप्त होगी।

राजा : मित्र, मुझे तो ऐसा लगता है...

चित्रलेखा : अरी असन्तुष्टे, सुन।

विदूषक : कैसा लगता है?

राजा : रथ के काँपने से मेरा यह कन्धा उसके कन्धे से टकराया था,

इसलिए सारे शरीर में केवल इतना अंग ही धन्य है; बाकी शरीर तो भूमि का भार-मात्र है।

चित्रलेखा : सखी, अब किसलिए देर करती हो?

उर्वशी : *(एकाएक पास पहुँचकर)* सखी, मैं सामने खड़ी हूँ, फिर भी महाराज मेरे प्रति उदासीन-से दीखते हैं।

चित्रलेखा : *(मुस्कराकर)* जल्दबाज ही तुम इतनी हो कि तुमने अपनी तिरस्करिणी तो हटाई ही नहीं है।

[नेपथ्य]

इधर से आइए महारानी, इधर से।

[सब कान देकर सुनते हैं। उर्वशी और उसकी सखी दोनों विषाद से भर जाती हैं।]

विदूषक : *(आश्चर्य के साथ)* अजी, महारानी आ रही हैं, इसलिए ज़रा चुप होकर ही बैठिए।

राजा : तुम भी शान्त होकर बैठ जाओ।

उर्वशी : सखी, अब क्या किया जाए?

चित्रलेखा : घबराओ मत, इस समय हम दोनों अदृश्य हैं। राजर्षि को महारानी का वेश व्रत धारण करनेवालों का सा दीखता है; इसलिए यह देर तक यहाँ रुकेगी नहीं।

[पूजा की सामग्री लिए हुए दासियों और उनके साथ महारानी तथा चेटी निपुणिका का प्रवेश]

महारानी : *(घूमकर चन्द्रमा को देखकर)* अरी निपुणिका, रोहिणी के निकट होने के कारण भगवान चन्द्रमा कैसे सुशोभित हो रहे हैं?

चेटी : वैसे ही जैसे महारानीजी के साथ होने पर महाराज विशेष सुन्दर दीख पड़ते हैं।

[दोनों आगे चलती हैं।]

विदूषक : *(देखकर)* अजी, मुझे तो यह समझ नहीं पड़ रहा है कि महारानी मुझे भेंट-पूजा देने आ रही हैं; या उस दिन आपके अनुनय-विनय को टालकर जो चली गई थीं, आज व्रत के बहाने से सारा मान छोड़कर उसी दोष को पोंछने की इच्छा से आ रही हैं। कुछ भी हो, आज महारानी मुझे देखने में भली लग रही हैं।

राजा : *(मुस्कराकर)* दोनों ही बातें ठीक हैं। फिर भी तुमने जो बात बाद में कही, वह मुझे भी सच लग रही है, क्योंकि इस समय ये महारानी श्वेत वस्त्र धारण किए केवल सौभाग्य के आभूषणों को पहने और बालों में पवित्र दूर्वा के अंकुर लगाए आ रही हैं। इनके शरीर

को देखकर ही यह पता चल जाता है कि व्रत के बहाने से ये अपना मान छोड़कर मुझपर प्रसन्न हो उठी हैं।

महारानी : *(पास जाकर)* आर्यपुत्र की जय हो!

दासियाँ : महाराज की जय हो!

विदूषक : आपका कल्याण हो!

राजा : महारानी का स्वागत है। *(उसे हाथ से पकड़कर पास बिठाता है।)*

उर्वशी : सखी, इसके लिए 'महारानी' शब्द का प्रयोग ठीक ही है। यह तेज में किसी प्रकार शची से कम थोड़े ही है।

चित्रलेखा : तुमने ईर्ष्या को छोड़कर सच्ची बात कही है।

महारानी : आर्यपुत्र को साथ लेकर मैं एक विशेष व्रत को पूरा करना चाहती हूँ; इसलिए आपको कुछ देर कष्ट सहन करना होगा।

राजा : ऐसा न कहो। यह कष्ट नहीं, यह तो तुम्हारी कृपा है।

विदूषक : इस तरह की भेंट-पूजा से भरा हुआ कष्ट बार-बार हो तो अच्छा है।

राजा : जो व्रत कर रही हो, उसका नाम क्या है?

[महारानी निपुणिका के मुँह की ओर देखती है।]

निपुणिका : महाराज, इस व्रत का नाम प्रिय-अनुप्रसादन (प्रिय को प्रसन्न करने का व्रत) है।

राजा : *(महारानी की ओर देखकर)* यदि यह बात है तो सुन्दरि, इस व्रत द्वारा तुम अपने मृणाल के समान कोमल शरीर को व्यर्थ ही कष्ट दे रही हो; क्योंकि यह जो तुम्हारा दास उत्सुकता से तुम्हारी कृपा का आकांक्षी है, उसको प्रसन्न करने के लिए तुम क्यों यत्न करती हो?

उर्वशी : ये तो इससे बहुत प्रेम करते हैं।

चित्रलेखा : अरी भोली, जो लोग दूसरी स्त्रियों से प्रेम करने लगते हैं, वे अपनी पत्नियों के साथ और भी अधिक प्रेम का प्रदर्शन करते हैं।

महारानी : *(मुस्कराकर)* यह इस व्रत के धारण करने का ही प्रभाव है कि आर्यपुत्र ने ऐसी मीठी बातें तो कहीं।

विदूषक : महाराज, आप चुप ही रहिए। अच्छी कही गई प्रिय बात का उत्तर देना ठीक नहीं होता।

महारानी : लड़कियो, पूजा की सामग्री लाओ, जिससे रत्न-महल की छत पर पड़ती हुई चन्द्रमा की किरणों का पूजन कर डालूँ।

दासियाँ : जो महारानी की आज्ञा। यह सुगन्धित फूल इत्यादि पूजा-सामग्री है।

महारानी : यहाँ ले लाओ। *(गन्ध, पुष्प इत्यादि द्वारा चन्द्रमा की किरणों की पूजा करती है)* अरी निपुणिका, पूजा के इन लड्डुओं को आर्य माणवक को दे दे।

निपुणिका : जो महारानी की आज्ञा! आर्य माणवक, ये तुम्हारे लिए हैं।

विदूषक : *(लड्डुओं की तश्तरी को लेकर)* आपका कल्याण हो। आपके इस व्रत का खूब बढ़िया फल मिले।

महारानी : आर्यपुत्र, आप ज़रा इधर आइए।

राजा : लो, यह मैं आ गया।

महारानी : *(राजा की पूजा का अभिनय करके हाथ जोड़कर प्रणाम करके)* आज यह मैं देव-युगल रोहिणी और चन्द्रमा को साक्षी बनाकर आर्यपुत्र को प्रसन्न करती हूँ। आज से आर्यपुत्र जिस स्त्री की कामना करें और जो स्त्री आर्यपुत्र से प्रेम करती हो, उसके साथ मैं प्रेमपूर्वक व्यवहार करूँगी।

उर्वशी : अरे, न जाने यह किसको लक्ष्य करके यह सब कह रही है! पर इससे मेरे हृदय को कुछ तो सान्त्वना मिल गई।

चित्रलेखा : सखी, इस उदार चित्तवाली पतिव्रता की अनुमति मिल जाने के कारण अब अपने प्रिय से मिलने में तुम्हें कोई बाधा न होगी।

विदूषक : *(ओट करके)* जब मछली हाथ में से निकलकर भाग जाती है, तब निरुपाय होकर धीवर यही कहता है कि 'अच्छा जा, तुझे छोड़ने से मुझे पुण्य मिलेगा।' *(प्रकट)* महारानीजी, क्या महाराज आपको इतने प्रिय हैं?

महारानी : मूर्ख, मैं तो अपने सुखों की बलि देकर भी आर्यपुत्र को सुखी देखना चाहती हूँ। इसीसे समझ ले कि वे मुझे प्रिय हैं या नहीं?

राजा : महारानी, तुम स्वामिनी हो। चाहे मुझे किसी और को दे डालो या अपना दास बनाकर रख लो, परन्तु तुम्हारे प्रति मेरे मन में वैसा भाव नहीं है जैसा कि तुम मुझे समझ रही हो।

महारानी : हो या न हो; मैंने तो विधि के अनुसार प्रिय-अनुप्रसादन व्रत पूरा कर दिया है। आओ री लड़कियो, चलें।

[बाहर जाने को होती हैं।]

राजा : प्रिये, तुम मुझे इस तरह छोड़कर चली जा रही हो; यह तो मुझे प्रसन्न करना न हुआ।

महारानी : आर्यपुत्र, मैं कभी व्रत का उल्लंघन नहीं किया करती।

[दासियों-समेत बाहर जाती है।]

उर्वशी : सखी ये, राजर्षि अपनी रानी से बहुत प्रेम करते हैं, फिर भी मैं इनकी ओर से अपने हृदय को लौटा नहीं पा रही हूँ।

चित्रलेखा : तो क्या अब तुम निराश होकर लौटना चाह रही हो?

राजा : *(आसन के पास आकर)* मित्र, अभी महारानी दूर तो नहीं गई होंगी?

विदूषक : अजी, आपने जो कुछ भी कहना है बेफिक्र होकर कहिए। जैसे वैद्य रोगी को असाध्य समझकर छोड़ बैठता है, उसी प्रकार महारानी ने भी आपको स्वतन्त्र छोड़ दिया है।

राजा : काश आज उर्वशी...

उर्वशी : ...आज कृतार्थ हो सकती।

राजा : स्वयं छिपी रहकर भी अपने नूपुरों का मधुर शब्द मेरे कान में डाल दे; या पीछे से आकर धीरे से मेरी आँखों को अपने कर-कमलों से मूँद ले। इस महल पर उतरकर घबराहट के कारण वह धीमे-धीमे चलती हो; और उसकी चतुर सखी उसे बलपूर्वक पकड़कर मेरे पास खींच लाए।

चित्रलेखा : सखी उर्वशी, अब इनके इस मनोरथ को तो पूरा कर दो।

उर्वशी : *(घबराते हुए)* अच्छा, ज़रा खेल ही करूँगी। *(तिरस्करिणी को हटाकर पीछे जाकर राजा की आँखें मूँद लेती है।)*

[चित्रलेखा तिरस्करिणी को हटाकर विदूषक को इशारा करती है।]

विदूषक : अजी महाराज, कहिए ये कौन हैं?

राजा : *(छूकर पहचानने का अभिनय करते हुए)* मित्र, यह तो वही सुन्दरी है, जो नारायण मुनि की जाँघ से उत्पन्न हुई थी।

विदूषक : यह आप कैसे जानते हैं?

राजा : इसमें जानने की क्या बात है! अपने कर-स्पर्श से और कोई भी सुन्दरी मेरे इस प्रेम-विकल शरीर को आनन्दित नहीं कर सकती? कुमुद चन्द्रमा की किरणों से ही खिला करता है, सूर्य की किरणों से नहीं।

उर्वशी : *(अपने हाथ हटाकर उठ खड़ी होती है और कुछ अलग हटकर)* महाराज की जय हो!

राजा : सुन्दरि, तुम्हारा स्वागत है! *(उसे अपने पास एक ही आसन पर बिठा लेता है।)*

चित्रलेखा : कहिए महाराज, आप सुखी तो है

राजा : हाँ, अभी-अभी तो सुख प्राप्त हुआ है।

उर्वशी : सखी, महारानी ने महाराज को मुझे दे डाला है, इसलिए मैं इनकी प्रेमिका के समान ही इनके शरीर से लगकर बैठी हूँ। मुझे ऐसी-वैसी न समझना।

विदूषक : अच्छा, तो क्या आप यहाँ सूर्यास्त से पहले से ही आई हुई थीं?

राजा : *(उर्वशी को देखता हुआ)* क्यों जी, आज तो तुम यह कहती हो कि तुम मुझसे लगकर इसलिए बैठी हो, क्योंकि मुझे महारानी ने तुमको दे डाला है; परन्तु तुमने पहले जो मेरा हृदय चुरा लिया था, वह किससे पूछकर चुराया था?

चित्रलेखा : महाराज, इसका जवाब यह न दे सकेगी। अब आप मेरी प्रार्थना सुनिए।

राजा : कहिए; मैं ध्यान से सुन रहा हूँ।

चित्रलेखा : वसन्त बीतने पर गर्मियों में मुझे भगवान सूर्य की सेवा करनी है। इसलिए आप कुछ ऐसा करें, जिससे मेरी यह सखी फिर स्वर्ग जाने के लिए बेचैन न हो।

विदूषक : स्वर्ग में याद आने लायक रखा ही क्या है! न वहाँ खाना होता है, न पीना। केवल देवता लोग बिना पलक झपके मछलियों से होड़ किया करते हैं।

राजा : भद्रे! स्वर्ग के सुख अवर्णनीय हैं; इसलिए वे तो इसको कैसे भूल पाएँगे। फिर भी इतना अवश्य है कि और सब स्त्रियों का ध्यान छोड़कर यह पुरूरवा इसका दास बना रहेगा।

चित्रलेखा : यह कहकर आपने बड़ा अनुग्रह किया है। सखी उर्वशी, अब प्रसन्न मन से मुझे विदा दो।

उर्वशी : *(चित्रलेखा को गले लगाकर, करुणाजनक स्वर में)* सखी, मुझे भूल मत जाना।

चित्रलेखा : *(मुस्कराकर)* अब तुम तो हमारे इन मित्र के साथ रहोगी, इसलिए मुझे ही यह अनुरोध करना चाहिए कि तुम मुझे मत भूल जाना। *(राजा को प्रणाम करके बाहर जाती है।)*

विदूषक : महाराज, आपको मनोकामना पूरी होने की बधाई हो!

राजा : यह तो सचमुच ही मेरा बड़ा भारी सौभाग्य है। देखो, सामन्तों की मुकुट-मणियों से जिस सिंहासन के चरण रंग-बिरंगे दिखाई पड़ते हैं वह सिंहासन और सारी पृथ्वी का एकछत्र राज्य पाकर भी मैं अपने-आपको वैसा धन्य अनुभव नहीं करता जैसा मैं आज इसके चरणों का दास बनकर अनुभव कर रहा हूँ।

उर्वशी : महाराज, इससे भी बढ़कर प्यारी बात कह सकने योग्य वचन-कौशल मुझमें नहीं है।

राजा : *(उर्वशी का हाथ पकड़कर)* मनचाही वस्तु मिल जाने पर प्रतिकूल वस्तुएँ भी अनुकूल हो उठती हैं; क्योंकि चन्द्रमा की वही किरणें

अब मेरे शरीर को आनन्द दे रही हैं और कामदेव के वही बाण अब बड़े प्यारे लग रहे हैं। सुन्दरि, तुम्हारे मिलन से पूर्व जो-जो भी वस्तुएँ कठोर और नीरस जान पड़ती थीं, वे ही सब अब तुम्हारे मिलन के बाद बड़ी प्यारी लग रही हैं।

उर्वशी : इतना विलम्ब करके मैंने आर्यपुत्र का बड़ा अपराध किया है।

राजा : ऐसा न कहो सुन्दरि, दुःख के बाद जो सुख प्राप्त होता है, वही अधिक रस से भरा होता है। पेड़ की छाया उसी को शीतल जान पड़ती है, जो तपती धूप में से चलकर आ रहा हो।

विदूषक : अजी, आपने सन्ध्याकाल की रमणीय चन्द्र-किरणों का तो काफी सेवन कर लिया; अब आपका महल के अन्दर चलने का समय हो गया है।

राजा : अच्छा तो ठीक है। अपनी इस सखी को रास्ता दिखाकर ले चलो।

विदूषक : आइए, इधर आइए।

[सब चलने का अभिनय करते हैं।]

राजा : सुन्दरि, अब मेरी एक ही कामना है।

उर्वशी : वह क्या?

राजा : अपने मनोरथ पूरे होने से पहले यह रात जैसी सौगुनी लम्बी मालूम होती थी, यदि अब तुम्हारे मिल जाने पर भी यह वैसी ही लम्बी बनी रहे, तो मैं अपने-आपको धन्य समझूँ।

[सब बाहर जाते हैं।]

चौथा अंक

[उदास मुद्रा में चित्रलेखा और सहजन्या का प्रवेश]

सहजन्या : *(चित्रलेखा को देखकर खेद के साथ)* सखी चित्रलेखा, तेरा मुख कुम्हलाए हुए कमल के समान हो रहा है, इससे दीखता है कि तेरा मन स्वस्थ नहीं है। अपनी उदासी का कारण मुझे बता, मैं भी तेरे दुःख को बाँट लेना चाहती हूँ।

चित्रलेखा : *(दुःख-भरे स्वर में)* सखी, हम अप्सराओं को बारी-बारी से सूर्य भगवान की सेवा के लिए जाना पड़ता है। आज इसीलिए बरबस उर्वशी की याद आ रही है।

सहजन्या : जानती हूँ, तुम दोनों में परस्पर बड़ा स्नेह है। तो बात क्या हुई?

चित्रलेखा : जब मैंने ध्यान लगाकर यह जानना चाहा कि इनं दिनों उर्वशी का क्या हाल है, तो पता चला कि वह तो बड़ी विपत्ति में है।

सहजन्या : *(घबड़ाकर)* कैसी विपत्ति?

चित्रलेखा : उर्वशी के साथ विहार करने के लिए राजर्षि पुरूरवा ने अपना राज्य-भार मन्त्रियों को सौंप दिया था और उर्वशी उनके साथ गन्धमादन वन में विहार करने गई थी।

सहजन्या : हाँ, प्रेम-लीलाएँ तो वही हैं, जो उस प्रकार के सुन्दर प्रदेशों में की जाएँ। फिर क्या हुआ?

चित्रलेखा : वहाँ मन्दाकिनी की रेती में रेत के पर्वत बनाकर खेल करती हुई विद्याधर कन्या उदयवती को वे राजर्षि बड़ी देर तक प्रेम से देखते रहे, इससे उर्वशी रुष्ट हो गई।

सहजन्या : वह तो होना ही था। प्रचण्ड प्रेम बहुत असहिष्णु होता है। अच्छा, फिर क्या हुआ।

चित्रलेखा : इसके बाद महाराज के बहुत अनुनय-विनय करने पर भी सब कुछ अनसुना करके गुरु के शाप से मूढ़ हुई वह उस कुमार वन में जा घुसी, जहाँ स्त्रियों का प्रवेश निषिद्ध है। उस वन में घुसने

के साथ ही वह उस वन के किनारे एक लता बन गई और अब उस लता-रूप में ही वहाँ रह रही है।

सहजन्या : भाग्य जो चाहे कर सकता है। वैसे प्रेम का ऐसा परिणाम हो, यह अनर्थ ही है। अच्छा, अब उस राजर्षि का क्या हाल है?

चित्रलेखा : वे उसी वन में अपनी प्रियतमा को ढूँढ़ते हुए अपने दिन और रातें बिता रहे हैं। *(आकाश की ओर देखकर)* अब ये बादल उमड़ने लगे हैं, जिनसे सुखी लोगों के मन भी अधीर हो उठते हैं। तो इनसे तो उनकी दशा और भी दयनीय हो जाएगी।

सहजन्या : उस प्रकार के श्रेष्ठ पुरुष बहुत देर तक दुःखी नहीं रहा करते। अवश्य ही किसी-न-किसी की कृपा से कोई ऐसा उपाय फिर निकलेगा, जिससे उन दोनों का मिलन हो जाएगा। *(पूर्व की दिशा की ओर देखकर)* अच्छा, अब आओ, भगवान सूर्य उदय होनेवाले हैं। चलकर उनकी पूजा करें।

[दोनों बाहर जाती हैं।]

[प्रवेशक]

[आकाश की ओर दृष्टि लगाए, पागल का वेश बनाए राजा का प्रवेश।]

राजा : *(क्रोध के साथ)* अरे पापी राक्षस, ठहर-ठहर! मेरी प्रियतमा को लेकर कहाँ भागा जाता है? *(देखकर)* अरे, यह तो पर्वत के शिखर से उड़कर मेरे ऊपर बाण बरसाने लगा!

[ढेला उठाकर मारने के लिए दौड़ता है। फिर ध्यान से देखकर करुणाजनक स्वर में]

यह क्या! यह तो नया उमड़ता हुआ बादल है, शस्त्र-सज्जित दर्प से भरा हुआ राक्षस नहीं है। यह तो इन्द्रधनुष दीख रहा है। राक्षस का दूर तक ताना हुआ धनुष नहीं है। ये बाण नहीं बरस रहे, अपितु बादलों से बूँदों की बौछार हो रही हैं; और वह कसौटी पर चमकती हुई सोने की लकीर जैसी बिजली है, मेरी प्रिया उर्वशी नहीं।

मैंने तो समझा था कि उस मृगनयनी को कोई राक्षस हरकर लिए जा रहा है, पर यह तो नई बिजली से भरा हुआ काला बादल बरस रहा है। *(कुछ सोचकर करुणाजनक स्वर में)* अच्छा, वह सुन्दर जाँघोंवाली उर्वशी आखिर गई कहाँ होगी? हो सकता है कि कुपित होकर अपने दिव्य प्रभाव से अन्तर्धान होकर खड़ी हो? परन्तु वह तो बहुत देर तक कुपित रहती नहीं। यह भी सम्भव

है कि वह उड़कर स्वर्ग चली गई हो। परन्तु वह तो मुझसे प्रेम करती थी, इसलिए स्वर्ग नहीं गई होगी मेरे सम्मुख रहते राक्षस भी उसको हरकर नहीं ले जा सकते। फिर भी वह मेरी आँखों के सामने बिलकुल ही दिखाई नहीं पड़ रही, आखिर यह भाग्य का खेल क्या है?

(चारों ओर देखकर गहरी साँस लेकर) ओह, जिनसे भाग्य मुँह फेर लेता है, उनपर एक के बाद एक दुःख आ-आकर पड़ते हैं। क्योंकि अपनी प्रियतमा से यह एकाएक हुआ वियोग मेरे लिए पहले ही असह्य हो रहा है, उस पर ऊपर से ये नए-नए बादल और उमड़ उठे हैं, जिनसे धूप छिप गई है और दिन रमणीय हो उठे हैं। आ रे बादल, तू जो सब दिशाओं में छाकर मूसलधार बरस रहा है; मैं तुझे आज्ञा देता हूँ कि तू अपने इस क्रोध को रोक ले। यदि मैं इस पृथ्वी पर भटकता-फिरता अपनी प्रिया को देख पाऊँगा, तो तब तू जो कुछ करेगा वह सब सह लूँगा।

(हँसकर) मैं अपने मन के इस बढ़ते हुए क्लेश की व्यर्थ ही उपेक्षा कर रहा हूँ; क्योंकि मुनि लोग भी कह गए हैं कि राजा काल का विधाता होता है। तो मैं क्यों न इस वर्षा ऋषु को लौट जाने को कहूँ।

या, इस वर्षा ऋषु को लौट जाने को मैं नहीं कहूँगा। इस समय इस वर्षाकाल द्वारा प्रस्तुत किए गए चिह्नों से ही तो मैं राजा जान पड़ता हूँ। बिजली की लकीरों से सुनहला दीख पड़नेवाला बादल मेरा चन्दोवा है। निचुल के वृक्ष मेरे ऊपर अपनी मंजरियों के चंवर डुला रहे हैं। गर्मी समाप्त हो जाने के कारण ज़ोर-ज़ोर से बोलते हुए मोर मेरे चारण हैं, और ये बड़े-बड़े पर्वत वे व्यापारी हैं, जो वर्षा से उमड़ती हुई धाराओं के उपहार लेकर मेरे पास चले आ रहे हैं।

या छोड़ो, अपने इस ठाट-बाट की प्रशंसा करने में क्या रखा है! चलूँ; पहले इस वन में अपनी प्रियतमा को ढूँढूँ।

(थोड़ा चलकर और सामने देखकर) हाय, उसे देखने का ज्योंही निश्चय करता हूँ, त्योंही मेरी व्यथा तीव्रतर ही उठती है; क्योंकि यह नई कन्दली की बेल बूँदों से भरे हुए उन फूलों द्वारा, जिनमें हल्की लाल-लाल लकीरें पड़ी हुई हैं, मुझे उसकी उन आँखों की याद करा रही है, जो क्रोध से लाल हो उठी थीं और जिनमें आँसू छलक आए थे।

अब कैसे पता चले कि वह यहाँ से किस ओर गई है? क्योंकि

यदि वह सुन्दरी इन वन-भूमियों पर पैर रखती हुई जाती, जिनकी रेतियों पर बादलों की बूँदें बरस चुकी हैं, तो यहाँ उसकी आलते के रंग से रंगी हुई सुन्दर पदचिह्न-पंक्ति दिखाई पड़ती, जिसमें पैरों के चिह्न नितम्बों के भार के कारण एड़ियों के पास ज़्यादा दबे हुए दिखाई पड़ते।

(थोड़ा चलकर और देखकर; प्रसन्न होकर) अच्छा! मुझे वह चिह्न मिल गया है, जिससे यह अनुमान हो सकता है कि वह रूठी हुई उर्वशी किस ओर गई है। यहाँ यह उनकी चोली पड़ी है, जो तोते के पेट के रंग के समान साँवली है। अवश्य ही यह क्रोध के कारण डगमगाकर चलते समय गिर पड़ी होगी। इसपर उन आँसुओं के चिह्न बने हैं, जो होठों का रंग साथ लेकर नीचे को बहते हुए इसपर गिरकर अपना रंग अंकित कर गए हैं।

अच्छा, चलकर इसे उठाता हूँ। *(थोड़ा चलकर भली भाँति देखकर आँखों में आँसू भरता है।)* अरे, यह तो हरी घासवाली ज़मीन का छोटा-सा टुकड़ा है, जिसपर बीरबहूटियाँ फिर रही हैं। अब यहाँ इस एकान्त वन में कैसे पता चले कि मेरी प्रियतमा इस समय कहाँ है। *(मोर को देखकर)* उधर वर्षा के कारण भाप छोड़ती हुई चट्टान पर बैठा हुआ मोर बादलों की ओर देख रहा है। सामने से आती हुई तेज़ हवा इसकी कलगी को छितरा-सी रही है। यह अपने कण्ठ को ऊँचा उठाकर ऊँचे स्वर में बोल रहा है।

(उसके पास जाकर) अच्छा, तो इसीसे पूछता हूँ।

[हाथ जोड़कर]

ओ सफेद कोर की आँखोंवाले मोर, क्या तुमने इस वन में मेरी उस प्रियतमा को देखा है, जिसकी बड़ी-बड़ी आँखें हैं और जिसकी गर्दन ऐसी सुन्दर है कि देखते ही बनती है?

(देखकर) अरे यह क्या! यह तो बिना उत्तर दिए ही नाचने लगा। इसके इतने आनन्द का कारण आखिर क्या है? *(सोचकर)* अच्छा! मैं समझ गया। मेरी प्रिया के चले जाने के कारण इसके ये घने और सुन्दर पँख जो मन्द पवन में लहरा रहे हैं, अब प्रतिद्वन्द्वी-विहीन हो गए हैं। उस सुन्दर केशवाली उर्वशी के फूलों से सजे हुए और प्रेम-लीलाओं में खुलकर बिखर गए केशपाश के होते यह बेचारा मोर क्या गर्व करता?

अच्छा, यह दूसरे की विपत्ति पर आनन्द मना रहा है, इसलिए इससे नहीं पूछूँगा *(थोड़ा चलकर और सामने देखकर)* अरे, उधर यह

जामुन के पेड़ पर कोयल बैठी है। गर्मी की ऋतु समाप्त हो जाने से यह मद से भर उठी है। पक्षियों में यह बहुत समझदार कही जाती है, तो चलकर मैं इसीसे अनुनय करता हूँ।

[घुटनों के बल बैठकर]

ओ कोयल, प्रेमी लोग तुझे कामदेव की दूती कहते हैं। मानिनियों का मान भंग करने का तू अचूक अस्त्र है। ओ मधुरभाषिणी, या तो तू मेरी प्रियतमा को मेरे पास ले आ, या मुझे शीघ्र ही वहाँ ले चल जहाँ मेरी प्रियतमा है।

ऐं, तूने क्या कहा? ऐसे तुझ जैसे प्रेमी को छोड़कर वह क्यों चली गई *(सामने की ओर देखकर)* अच्छा, सुन। वह मुझसे रूठ तो गई, किन्तु मुझे अपना एक भी काम याद नहीं आता जिसके कारण वह रूठी हो। सुन्दरियों का अपने प्रेमियों पर इतना अधिकार होता है कि वे उनसे रूठने के लिए कोई अपराध होने का इन्तज़ार नहीं करतीं।

यह क्या? मेरी बात को बिना पूरा सुने यह अपने ही काम में लगी हुई है। या ठीक ही कहा है कि दूसरे का दुःख चाहे कितना ही बड़ा क्यों न हो, किन्तु उससे औरों को क्लेश नहीं होता। तभी तो मुझ विपत्तिग्रस्त के प्रेम की परवाह न करके यह कोयल नशे में डूबी हुई-सी राजजम्बू वृक्ष के पकते हुए फल को खाने में ऐसी जुटी है, जैसे उसके होंठों को चूम रही हो।

इसके ऐसे आचरण के बाद भी मुझे इसपर क्रोध नहीं है, क्योंकि इसका स्वर भी मेरी प्रिया के स्वर के समान ही मधुर है। अच्छा कोयल, तुम सुख से बैठो। हम तो अब यहाँ से चलते हैं। *(थोड़ा चलकर और ध्यान से सुनने का अभिनय करके)* अरे, इस वन में दक्षिण की ओर से प्रियतम के पैर रखने से होनेवाली नुपूरों की सी ध्वनि सुनाई पड़ी है। उसी ओर चलता हूँ। *(थोड़ा चलकर करुणाजनक स्वर में)* हाय, क्या मुसीबत है, अपितु बादलों से काली पड़ती हुई दिशाओं को देखकर मानसरोवर जाने के लिए अधीर राजहंसों के कूकने की आवाज़ है।

अच्छा, मानसरोवर जाने के लिए उत्सुक इन पक्षियों के इस तालाब से उड़ने से पहले ही इनसे अपनी प्रिया का पता पूछ लेना चाहिए। *(पास जाकर)* हे जलविहंगम राज, तुम मानसरोवर बाद में जाना। तुमने रास्ते के भोजन के लिए जो ये कमलनालें तोड़ ली हैं, उन्हें इस समय छोड़ दो, फिर ले लेना। पहले मेरी प्रियतमा का समाचार

बतलाकर इस कष्ट से मेरा उद्धार कर दो। सज्जन लोग अपने स्वार्थ की अपेक्षा मित्रों का काम करना अधिक आवश्यक समझते हैं। अरे, यह जिस प्रकार मुख ऊपर को उठाकर देख रहा है, उससे यह कहता प्रतीत होता है कि मानसरोवर जाने की उत्कण्ठा के कारण मेरा ध्यान उसकी ओर नहीं गया।

पर ओ हँस, यदि वह घुमावदार भौंहोंवाली उर्वशी तुम्हें इस सरोवर के तीर पर दिखाई नहीं पड़ी; तो चोर कहीं के, तुमने उसकी यह मद और क्रीड़ा-भरी चाल सारी-की-सारी कैसे ले ली?

इसलिए—हे हँस, क्योंकि तूने मेरी प्रिया की चाल ली है, इसलिए मेरी प्रिया को मुझे वापस लौटा दे। जिसके पास चोरी के माल का थोड़ा-सा भी भाग पहचान लिया जाता है, उसे चोरी का सबका सब माल लौटाना पड़ता है।

(हँसकर) अरे, यह तो यह सोचकर डरकर उड़ गया कि चोरों को दण्ड देनेवाला राजा आ पहुँचा है। अच्छा, अब किसी दूसरी जगह जाकर खोजता हूँ। *(थोड़ा चलकर और देखकर)* वहाँ अपनी प्रियतमा के साथ वह चक्रवाक पक्षी बैठा है। चलूँ, उसीसे पूछूँ। हे रथांगनामा, (चक्रवाक) रथांग (पहिए) के समान बड़े-बड़े नितम्बोंवाली अपनी प्रियतमा से बिछुड़ा हुआ यह महारथी सैकड़ों मनोरथों से भरकर तुमसे यह पूछता है।

क्या, यह कहता है कि कौन है, कौन है? अच्छा छोड़ो; यह शायद मुझे जानता नहीं। अरे, मैं वह पुरूरवा हूँ, जिसके नाना (मातामह) सूर्य हैं और दादा (पितामह) चन्द्रमा हैं; और जिसे उर्वशी और पृथ्वी दोनों ने स्वयं अपना पति चुना है।

क्यों, क्या हुआ? यह चुप रह गया? अच्छा इसे जरा उलाहना ही दे लूँ। क्यों जी, जब तुम्हारी सहचरी प्रिया तालाब में कमलिनी के पत्ते की भी ओट में हो जाती है, तब तो तुम उसे दूर गई समझकर रोना-चिल्लाना शुरू कर देते हो। अपनी प्रिया से तो तुम्हें इतना प्रेम है कि तुम पल-भर भी उससे अलग नहीं रह सकते; और जो मैं अपनी प्रिया से बिछुड़ा हुआ हूँ, उसे तुम प्रिया का समाचार तक देने को तैयार नहीं हो।

अवश्य ही यह मेरे उल्टे भाग्य का फल प्रकट हो रहा है। अच्छा कहीं और चलूँ। *(दो कदम चलकर)* या अभी नहीं जाता। *(थोड़ा चलकर और देखकर)* यह कमल, जिसके अन्दर गुँजार करता हुआ भौंरा बन्द है, मुझे रोक-सा रहा है। यह कमल मुझे ऐसा लग रहा

है, मानो यह उस उर्वशी का मुख हो जो उसके होठों पर मेरे दाँत गड़ जाने पर 'सी-सी' कर उठा हो।

अच्छा, इस कमल पर बैठे हुए भौंरे से भी बातचीत कर लूँ जिससे मुझे बाद में इस बात का पश्चात्ताप न रहे कि मैंने इससे नहीं पूछा था।

ओ मधुकर, मुझे उस मदभरे नयनोंवाली उर्वशी का पता बता दे।

[कुछ सोचकर]

या ऐसा लगता है कि तूने मेरी उस सुन्दरी प्रिया को देखा ही नहीं है, क्योंकि यदि तुझे उसके मुख से निकली साँस की सुगन्ध मिल गई होती तो क्या फिर तू इस कमल से इस तरह प्यार करता? अच्छा, अब चलते हैं। *(थोड़ा चलकर और सामने देखकर)* अरे, वहाँ कदम्ब की शाख पर सूण्ड रखे अपनी हथिनी के साथ गजराज खड़ा है। इससे मुझे अपनी प्रिया का हाल पता लग जाएगा। अच्छा, इसीके पास पहुँचता हूँ।

(सामने देखकर) या, जल्दबाजी करना ठीक नहीं। अभी इसके पास जाने का मौका नहीं है। पहले यह अपनी प्रिया हथिनी द्वारा सूण्ड से दी गई हरे-हरे पत्तों से लदी और आसव के समान सुगन्धित रसवाली शल्लकी की शाखा को खा ले, फिर इसके पास चलूँगा। *(क्षण-भर खड़ा रहने के बाद सामने देखकर)* ठीक है, अब इसने भोजन कर लिया है। अच्छा, अब इसके पास चलकर पूछता हूँ।

हे मदमस्त गजराज, क्या तुमने अपनी दूर-दूर तक देखनेवाली आँखों से अक्षय यौवनवाली मेरी प्रियतमा को देखा है, जो आँखों को बड़ी प्यारी लगती है, जिसके बालों में जूही के फूल गुँथे हैं, और जो युवतियों में चन्द्रमा की कला के समान सुन्दर दिखाई पड़ती है। *(सुनने का अभिनय करके और प्रसन्न होकर)* अहा-हा, तुम्हारे इस प्रेम-भरे और गम्भीर गर्जन से यह प्रतीत होता है कि तुमने मेरी प्रिया को देखा है। यह सुनकर मुझे बड़ी तसल्ली हुई है। फिर मैं और तुम दोनों एक जैसे हैं, इससे तुम्हारे प्रति मेरे मन में विशेष प्रेम है।

मुझे राजाओं का राजा कहा जाता है और तुम भी हाथियों के राजा हो। तुम्हारे मस्तक से भी दान (मद का जल) निरन्तर बहता रहता है और मैं भी याचकों को निरन्तर दान करता हूँ। स्त्रियों में श्रेष्ठ उर्वशी मेरी प्रियतमा है और तुम्हारे यूथ में तुम्हें यह प्रियतमा मिली हुई है। तुम्हारा और सब कुछ मेरे समान है, परन्तु तुम्हें

कभी भी मेरी भाँति प्रिया के विरह का कष्ट न सहना पड़े। अच्छा; तुम आराम से बैठो, हम तो चलते हैं। *(थोड़ा चलकर और एक ओर देखकर)* अरे, यह सुरभिकन्दर नाम का बड़ा सुन्दर पहाड़ दीख रहा है। अप्सराओं को यह पर्वत विशेष रूप से प्रिय है। शायद वह सुन्दरी इस पर्वत की तलहटी में ही कहीं मिल जाए। *(थोड़ा चलकर और देखकर)* यह क्या? यहाँ तो बड़ा अन्धकार है। अच्छा, बिजली चमकेगी तो देखूँगा। हाय, मेरे दुर्भाग्य से बादलों में बिजली भी नहीं चमकती। अच्छा, फिर भी इस पर्वत से पूछे बिना नहीं लौटूँगा।

ओ बड़े-बड़े ढलानोंवाले पर्वत, क्या तुमने यहाँ कहीं सुन्दर नितम्बोंवाली उस मेरी प्रियतमा को देखा है, जिसके पैर सुडौल हैं और जिसके बड़े-बड़े स्तन एक-दूसरे के साथ खूब सटे हुए हैं? कहीं वह तुम्हें इस कामदेव के वन में घूमती तो दिखाई नहीं पड़ी?

क्या बात है? यह तो चुपचाप ही खड़ा है। मुझे लगता है कि बहुत दूर होने के कारण वह मेरी बात सुन नहीं सका। अच्छा, पास जाकर इससे फिर पूछता हूँ।

ओ पर्वतों के राजा, क्या इस सुन्दर वन में तुमने मुझसे बिछुड़ी हुई उस सर्वांग-सुन्दरी मेरी प्रियतमा को देखा है?

[नेपथ्य में से अपनी कही हुई बात को ही फिर सुनकर]

क्या यह कहता है कि जैसा-जैसा मैंने बताया है, ठीक वैसा-वैसा देखा है? तुम्हें इससे भी अधिक प्रिय बातें सुनने को मिलें! *(फिर पहली तरह ही पूछता है। नेपथ्य में से फिर वही शब्द सुनाई पड़ता है। सोचकर)* हाय-हाय, यह तो पहाड़ की कन्दरा में से मेरे ही शब्दों की प्रतिध्वनि लौट रही है। *(मूर्छित हो जाता है। उठकर बड़े दुःख के साथ)* ओह, बहुत थक गया हूँ। अब चलकर इस पहाड़ी नदी के किनारे बैठकर तरंगों के ऊपर से आनेवाली वायु का सेवन करूँगा। *(थोड़ा चलकर और सामने देखकर)* इस नए-नए पानी के कारण मैली नदी को देखकर भी मेरा मन प्रसन्न ही हो रहा है; क्योंकि यह नदी लड़खड़ाती हुई और चट्टानों से टकराती हुई आगे को बढ़ी चली जा रही है। मुझे तो ऐसा लगता है जैसे क्रुद्ध हुई मेरी प्रिया उर्वशी ही यह नदी बन गई है। इसकी टेढ़ी तरंगें उसकी टेढ़ी भौंहों के समान हैं और घबराए हुए पक्षियों की पंक्ति उसकी करधनी के समान है। यह अपने झाग को उसी तरह खींचे लिए जा रही है, जैसे वह गुस्से के कारण ढीला पड़ गया

वस्त्र हो और वह उसीको घसीटे लिए जा रही हो। अच्छा, इसे प्रसन्न करने का यत्न करता हूँ। *(हाथ जोड़कर)*
हे प्रियभाषिणी, यह तो बताओ कि मैं तुमसे इतना प्रेम करता हूँ और कभी अपने प्रेम में किसी प्रकार की कमी नहीं आने देता, फिर तुम मेरा ऐसा कौन-सा अपराध देखती हो, जिसके कारण, हे मानिनी, तुम इस दास को छोड़कर चली जा रही हो।
यह क्या? यह तो चुपचाप ही है। *(सोचकर)* या फिर यह सचमुच नदी ही है! उर्वशी पुरूरवा को छोड़कर समुद्र से प्यार करने नहीं जाएगी। अच्छा, बिना दुःख भोगे सुख प्राप्त नहीं होता। तो फिर उसी जगह चलता हूँ, जहाँ वह सुन्दर नयनोंवाली मेरे नयनों से ओझल हो गई थी। *(थोड़ा चलकर और सामने देखकर)* उधर वह हरिण बैठा है, चलकर उसीसे अपनी प्रिया का पता पूछूँ।
यह हरिण अपने चितकबरे रंग के कारण ऐसा दिखाई पड़ रहा है, मानो वनश्री ने नई हरियाली को देखने के लिए अपनी तिरछी चितवन फेंकी हो।
(देखकर) यह क्या? मेरी उपेक्षा-सी करता हुआ दूसरी ओर को मुँह फेरकर खड़ा हो गया! *(देखकर)* इसके पास आती हुई हरिणी को दूध पीनेवाले हरिण के बच्चे ने बीच में ही रोक लिया। अब यह गर्दन मोड़े एकटक उसी हरिणी की ओर देख रहा है। *(पास जाकर हाथ जोड़कर)* ओ हरिणी के स्वामी, क्या तुमने इस वन में मेरी प्रियतमा को देखा है? सुनो, मैं उसकी पहचान भी बताए देता हूँ। तुम्हारी सहचरी यह हरिणी अपनी बड़ी-बड़ी आँखों से जिस प्रकार निहारती है, उसी प्रकार मेरी प्रियतमा भी निहारती है।
यह क्या? मेरी बात को अनसुना करके अपनी हरिणी की ओर ही मुँह करके बैठ गया। ठीक तो है! किस्मत उल्टी होने पर सभी लोग अपमान करते ही हैं। अच्छा, अब किसी और जगह चलूँ।
(थोड़ा चलकर और सामने देखकर) अहा, यह उसके जाने के रास्ते का चिह्न मिल गया। यही वह अरुण कदम्ब का वृक्ष है, जिसके फूल ग्रीष्म ऋतु की समाप्ति पर खिले थे। इसके एक नए-नए फूल को, यद्यपि उस समय तक अधखिला होने के कारण वह कठोर ही था, फिर भी मेरी प्रिया ने अपने बालों में सजा लिया था।
(थोड़ा आगे चलकर और सामने देखकर) अरे लाल अशोक, बता, वह सुन्दरी मुझ प्रेमी को छोड़कर कहाँ चली गई?
[अशोक वृक्ष की वायु से हिलती चोटी को देखकर क्रोध के साथ]

हवा के कारण काँपते हुए अपने इस सिर को हिला-हिलाकर झूठ-मूठ यह क्यों कह रहे हो कि मैंने उसे देखा ही नहीं है। यदि उसके पैर की चोट तुमपर न लगी होती तो तुम्हारे ये फूल कहाँ से खिल उठते, जिनके ऊपर भौंरे बड़ी अधीरता के साथ टूट पड़ रहे हैं और उन फूलों की पँखुड़ियों को कुतरे डाल रहे हैं?
अच्छा, सुख से रहो। *(थोड़ा चलकर और सामने देखकर)* यह इन चट्टानों की दरार में फँसा हुआ बहुत लाल-लाल-सा क्या दीख रहा है? यह इस प्रकार दमकता हुआ पदार्थ सिंह द्वारा मारे हुए हाथी के माँस का टुकड़ा तो है नहीं, और न यह अग्नि की ही चिनगारी है, क्योंकि इस वन में अभी जोर की वर्षा हो चुकी है।

[सोचकर]

अरे, यह तो लाल अशोक के फूलों के समान रंगवाली मणि है। ऐसा प्रतीत होता है कि सूर्य अपनी किरणों के हाथ बढ़ा-बढ़ाकर इसे खींचकर निकालने का प्रयत्न कर रहा है।
यह मेरे मन को बहुत ही प्यारी लग रही है, अच्छा, इसे उठाए लेता हूँ।
(उठाने का अभिनय करता है। उठाकर) या जिसके मन्दार पुष्पों से सुवासित बालों में यह मणि सजाई जानी चाहिए थी, वह मेरी प्रिया तो अब पास है ही नहीं; फिर इसे व्यर्थ ही अपने आँसुओं से क्यों मलिन करूँ।

[मणि को छोड़ देता है।]

[नेपथ्य में]

बच्चा, ले लो। इसे ले लो। यह मणि पार्वतीजी के चरणों के महावर से बनी है। इसका नाम संगमनीय मणि है। जो व्यक्ति इसे धारण करता है, उसका जल्दी ही अपने प्रिय व्यक्ति से मिलन हो जाता है।

राजा : *(ध्यान से सुनकर)* यह क्या कोई मुझ ही से कह रहा है? *(सामने देखकर)* अच्छा, मृग-रूप में विचरण करते हुए मुनि मेरे ऊपर दया करके ऐसा कह रहे हैं? भगवान, यह बताकर आपने मुझपर बड़ी कृपा की है। *(मणि को उठाकर)* अरी संगमनीय मणि, यदि तेरे कारण मुझे वह पतली कमरवाली बिछुड़ी हुई प्रियतमा फिर प्राप्त हो जाएगी, तो मैं तुझे उसी प्रकार मस्तक के ऊपर धारण किया करूँगा, जैसे महादेवजी चन्द्रमा की नई कला को सिर पर धारण किए रहते हैं। *(थोड़ा चलकर और सामने देखकर)* यह क्या बात है? इस सामनेवाली बेल पर फूल भी नहीं हैं, फिर भी इसे देखकर

मेरा मन फूला नहीं समा रहा। या ठीक है; इसका मुझे ऐसा प्यारा लगना उचित ही है। यह बेल उर्वशी के समान पतली है और देखने में ऐसी लग रही है कि पैरों में पड़े हुए मेरी क्रोध में भरकर अवहेलना करके चले जाने के बाद अब वह पछताती हुई खड़ी हो। इसके पत्ते वर्षा के जल से गीले हैं, जो ऐसे लगते हैं, जैसे आँसू बह-बहकर उसके होंठों पर आ टपके हों। इस समय इस बेल पर फूल नहीं खिले हुए जो ऐसा प्रतीत है कि विरह के कारण उर्वशी ने अपने आभूषण उतारकर परे कर दिए हों। इस बेल पर भ्रमरों की गुँजार का शब्द नहीं हो रहा, जिससे ऐसा लगता है कि वह उर्वशी चिन्ता में बैठी हो।

अच्छा; अपनी प्रियतमा से इतनी अधिक मिलती-जुलती इस बेल को गले लगाकर आनंद लेता हूँ।

[बेल का आलिंगन करता है। उसी जगह उर्वशी खड़ी होती दीखती है।]

राजा : *(आँखें मीचे-मीचे ही स्पर्श करने का अभिनय करते हुए)* अरे, मुझे ऐसा आनन्द हो रहा है, जैसे यह उर्वशी के ही शरीर का स्पर्श हो। फिर भी मुझे विश्वास नहीं हो रहा। क्योंकि जिस किसी भी वस्तु को मैं पहले-पहल अपनी प्रियतमा समझने लगता हूँ, वही क्षण-भर में बदलकर कुछ और दीखने लगती है। इसलिए स्पर्श से यह पता चल जाने पर भी कि यह मेरी प्रियतमा ही है, मैं एकाएक आँख नहीं खोल पा रहा।

(धीरे-धीरे आँखें खोलकर) क्या सचमुच ही मेरी प्रियतमा है!

उर्वशी : *(आँसू बहाते हुए)* महाराज की जय हो!

राजा : सुन्दरि, जब मैं तुम्हारे वियोग के कारण घोर अन्धकार में डूबता जा रहा था, तब तुम मुझे भाग्य से फिर उसी प्रकार आ मिली हो, जैसे निष्प्र[illegible] यक्ति में फिर चेतना लौट आए।

उर्वशी : महाराज, आपका सारा वृत्तान्त मैंने अपनी आन्तरिक इन्द्रियों से जान लिया है।

राजा : मैं समझा नहीं कि आन्तरिक इन्द्रिय से तुम्हारा क्या अभिप्राय है!

उर्वशी : बतलाती हूँ महाराज। परन्तु पहले आप मुझे इस अपराध के लिए क्षमा कर दीजिए कि मैंने क्रोध के वश में होकर आपको इस अवस्था तक पहुँचा दिया।

राजा : कल्याणी, मुझे प्रसन्न करने की कोई आवश्यकता नहीं। तुम्हारे दर्शन से ही मेरी आत्मा अन्दर-बाहर पूरी तरह प्रसन्न हो उठी

है। यह बताओ कि इतने समय तक तुम मेरे बिना कैसे रह सकीं।

उर्वशी : सुनिए महाराज! कुमार कार्तिकेय ने सदा कुमार रहने का व्रत लिया और गन्धमादन पर्वत के इस प्रदेश का नाम 'अकलुष' रखकर इसपर अपना आसन जमाया और यह नियम बना दिया...

राजा : क्या नियम?

उर्वशी : कि इस प्रदेश में जो भी स्त्री प्रवेश करेगी, वह बेल बन जाएगी और पार्वतीजी के चरण से उत्पन्न हुई मणि के बिना वह उस बेल-रूप से मुक्त नहीं हो सकेगी। गुरु भरतमुनि के शाप के कारण मेरा मस्तिष्क फिर गया था और मैं देवता कार्तिकेय द्वारा बनाए नियम को भूलकर आपके अनुनय की अवहेलना करके इस कुमार वन में प्रविष्ट हो गई थी। प्रविष्ट होते ही मैं वासन्ती लता बन गई थी।

राजा : ठीक कहती हो। प्रेम-लीला के बाद मैं तुम्हारे साथ सेज पर सोया होता था, तब भी तुम ऐसा समझती थीं कि जैसे मैं परदेश चला गया हूँ; तो प्रियतमे, तुम मेरे इतने लम्बे वियोग को किस प्रकार सह सकती थीं?

जैसा तुमने कहा है, उसीके अनुसार तुमसे मिलने के लिए मुनि से यह मणि मैंने प्राप्त की थी और इसीके प्रभाव से मैंने तुम्हें पाया है।

उर्वशी : अरे, यह तो संगमनीय मणि है। इसीलिए महाराज के आलिंगन करते ही मैं अपने असली रूप में आ गई थी। *(मणि को लेकर माथे पर पहन लेती है।)*

राजा : सुन्दरि, ज़रा क्षण-भर इसी तरह खड़ी तो रहो। माथे पर इस मणि को धारण कर लेने पर तुम्हारा मुख इसकी बिखरती हुई लाली के कारण ऐसा सुन्दर प्रतीत हो रहा है कि जैसे लाल कमल पर बाल सूर्य की किरणें पड़ रही हों।

उर्वशी : प्रतिष्ठान नगर से निकले हुए आपको बहुत समय हो गया। प्रजा मुझे दोष दे रही होगी। तो आइए, नगर को वापस चलें।

राजा : जैसे तुम्हारी इच्छा।

उर्वशी : कहिए, महाराज, किस प्रकार वापस लौटना चाहते हैं?

राजा : सुन्दरि, मुझे उस नए मेघ के विमान पर प्रतिष्ठान नगर ले चलो, जिसपर बिजली की पताकाएँ फहरा रही हों और इन्द्रधनुष के सुन्दर-सुन्दर चित्र बने हुए हों।

[सब बाहर जाते हैं]

पाँचवाँ अंक

[प्रसन्न मुद्रा में विदूषक का प्रवेश]

विदूषक : आहा-हा! यह भला हुआ कि हमारे मित्र महाराज बहुत समय तक उर्वशी के साथ नन्दन वन इत्यादि देवताओं के उद्यानों में विहार करके वापस लौट आए। उनके लौट आने पर प्रजा ने नगर में उनका खूब स्वागत-सत्कार किया। अब वे बड़े आनन्द के साथ राज्य कर रहे हैं। बस, एक सन्तान को छोड़कर अब उन्हें और कोई कमी नहीं है। आज विशेष पर्व होने के कारण गंगा-यमुना के संगम में रानियों के साथ स्नान करके वह अभी राजमहल में प्रविष्ट हुए हैं। इस समय वह लेप-माला इत्यादि से अपना शृंगार कर रहे होंगे। तो चलूँ, चलकर उसमें से अपना हिस्सा पहले ही ले लूँ। *(चलने का अभिनय करता है।)*

[नेपथ्य में]

हाय-हाय! मैं महारानीजी के सिर पर धारण करने के रत्न को ताड़ के पत्तों की पिटारी में रेशम का टुकड़ा बिछाकर, सिर पर रखकर लिए जा रही थी कि माँस के टुकड़े के भ्रम में एक गिद्ध उसे लेकर उड़ गया।

विदूषक : *(ध्यान से सुनने का अभिनय करके)* बुरा हुआ, बुरा हुआ! क्योंकि संगमनीय नाम की वह चूड़ामणि तो महाराज को बहुत प्रिय है। इसीलिए साज-सिंगार बिना पूरा किए ही महाराज आसन से उठकर इसी ओर आ रहे हैं। तो चलूँ इन्हींके पास पहुँचूं। *(बाहर जाता है)*

[प्रवेशक]

[घबराए हुए अनुचरों के साथ राजा का प्रवेश]

राजा : वेधक, अपनी मृत्यु को बुलानेवाला वह चोर पक्षी कहाँ गया? इस मूर्ख ने पहली चोरी प्रजाओं के रक्षक राजा के ही घर में कर डाली।

किरात : वह देखिए उधर! वह चोंच में सोने की जंजीर से बँधी मणि को थामे हुए आकाश में रेखा-सी खींचता हुआ मण्डरा रहा है।

राजा : हाँ, वह दीख रहा है। वह मुख में सोने की जंजीर में लटकी हुई मणि को थामे हुए तेजी से मण्डलाकर उड़ता हुआ मणि के रंग की रेखा से आकाश में वैसा ही चक्र-सा बना रहा है, जैसा जलती हुई लकड़ी को तेजी से घुमाने पर बन जाता है। अब क्या किया जाए?

विदूषक : *(पास पहुँचकर)* अजी, यहाँ दया का काम नहीं। अपराधी को दण्ड ही देना चाहिए।

राजा : ठीक कहते हो। अच्छा, धनुष लाओ धनुष।

यवनी : अभी लेकर आती हूँ *(बाहर जाती है।)*

राजा : मित्र, अब तो वह कम्बख्त पक्षी दीख ही नहीं रहा। कहाँ गया?

विदूषक : अजी, वह नीच, माँसभोजी दक्षिण दिशा की ओर गया है।

राजा : *(मुड़कर और देखकर)* हाँ, अब दीखा। वह पक्षी कान्ति से दमकती हुई इस दिशा को उसी प्रकार सुशोभित कर रहा है, मानो वह दिशा के बालों में अशोक के फूलों का गुच्छा सजा रहा हो।

यवनी : *(धनुष हाथ में लिए प्रवेश करके)* महाराज, यह है हस्तरक्षक और धनुष।

राजा : अब धनुष से क्या होगा? वह माँसभोजी बाण की मार से दूर निकल गया। अब तो उसी पक्षी द्वारा दूर ले जायी जाती हुई वह मणि इस प्रकार चमकती दीख रही है, जैसे घने बादलों के बीच में रात में मंगल ग्रह चमक रहा हो। *(कंचुकी की ओर मुड़कर)* आर्य लातव्य!

कंचुकी : आज्ञा कीजिए महाराज!

राजा : मेरी ओर से सब नागरिक को कहलवा दो कि पक्षी सायंकाल के समय अवश्य ही किसी वृक्ष पर आश्रय लेगा। इसलिए उस समय इस चोर की खोज करें।

कंचुकी : महाराज की जैसी आज्ञा!

विदूषक : अजी, अब आप बैठिए। आखिर वह रत्न का चोर आपके शासन से बचकर जाएगा कहाँ?

राजा : *(विदूषक के साथ बैठकर)* मित्र, जिस मणि को यह पक्षी लेकर उड़ गया है, वह मुझे इसलिए प्रिय नहीं है कि वह बहुमूल्य रत्न है, अपितु वह संगमनीय मणि मुझे इसलिए प्रिय है क्योंकि उसने प्रिया के साथ मेरा मिलन कराया था।

विदूषक : ठीक है! यह सब तो आप पहले बता ही चुके हैं।

[तीर से बिंधी हुई मणि को लिए कंचुकी का प्रवेश]

कंचुकी : महाराज की जय हो! वह वध के योग्य पक्षी इस बाण द्वारा बिंधकर नीचे गिर पड़ा। ऐसा प्रतीत होता है कि आपका क्रोध ही यह बाण बनकर उसी पक्षी को जा लगा। उसे अपने अपराध का उचित दण्ड प्राप्त हुआ और वह चूड़ामणि के साथ-साथ आकाश से भूमि पर आ गिरा।

[सब आश्चर्य का अभिनय करते हैं।]

कंचुकी : महाराज, इस मणि को जल से धोकर साफ कर लिया है। अब इसे कहाँ पहुँचाया जाए?

राजा : वेधक, जाओ और इसे अग्नि द्वारा शुद्ध करके सन्दूक में रख दो।

किरात : जो महाराज की आज्ञा *(मणि को लेकर बाहर जाता है।)*

राजा : आर्य लातव्य, क्या आप कह सकते हैं कि यह बाण किसका है?

कंचुकी : इसपर नाम तो लिखा दीख पड़ता है, किन्तु दृष्टि कमजोर होने के कारण अक्षर मुझसे पढ़े नहीं जाते।

राजा : अच्छा, तो बाण यहाँ लाओ। मैं ही पढ़ता हूँ। *(कंचुकी बाण देता है। राजा बाण के अक्षरों को पढ़कर कुछ विचार में पड़ जाता है।)*

कंचुकी : अच्छा, मैं भी चलूँ और अपना काम करूँ। *(बाहर जाता है।)*

विदूषक : आप किस सोच में पड़ गए।

राजा : इस तीर को छोड़नेवाले का नाम सुनो।

विदूषक : कहिए, मैं सुन रहा हूँ।

राजा : सुनो। *(पढ़कर सुनाता है।)* यह बाण धनुर्धारी पुरूरवा के उर्वशी से उत्पन्न हुए पुत्र कुमार आयु का है, जो शत्रुओं की आयु का हरण करनेवाला है।

विदूषक : *(प्रसन्नतापूर्वक)* तब तो आपको सन्तान होने की बधाई हो।

राजा : मित्र, यह हुआ कैसे? नैमिषेय यज्ञ को छोड़कर और कभी मैं उर्वशी से अलग नहीं रहा। मैंने कभी उर्वशी में गर्भावस्था के चिह्न भी नहीं देखे। फिर यह सन्तान कैसे हुई? किन्तु इतना अवश्य है कि उसका शरीर केवल कुछ दिनों के लिए लवली के पत्तों के समान हल्का पीला-सा पड़ गया था; स्तनों के अग्र भाग काले पड़ गए थे और आँखें कुछ आलस्य से भरी रहती थीं।

विदूषक : आप दिव्य स्त्रियों में सारे मनुष्योचित गुणों की आशा न करें।

उनके चरित अपने दिव्य प्रभाव से छिपे ही रहते हैं।

राजा : हो सकता है कि जो तुम कहते हो, वह ठीक ही हो। पर पुत्रजन्म की बात को छिपाने में उसका क्या प्रयोजन हो सकता है?

विदूषक : कहीं मुझे वृद्धा समझकर राजा छोड़ न दें, यही।

राजा : चलो, मजाक रहने दो। सोचो कि क्या कारण हो सकता है?

विदूषक : देवताओं के रहस्य को कौन कितना सोचे।

[कंचुकी का प्रवेश]

कंचुकी : महाराज की जय हो! महाराज, च्यवन ऋषि के आश्रम से एक कुमार को लेकर कोई तापसी आई हैं। वे आपके दर्शन करना चाहती हैं।

राजा : दोनों को अविलम्ब यहाँ ले आओ।

कंचुकी : जो आज्ञा महाराज की। *(बाहर जाता है और धनुष हाथ में लिए हुए कुमार तथा तापसी के साथ फिर प्रवेश करता है।)*

कंचुकी : भगवती, इधर आइए इधर। *(सब चलने का अभिनय करते हैं।)*

विदूषक : क्या यह वही क्षत्रिय कुमार है, जिसके नाम से अंकित बाण ने गिद्ध को लक्ष्य बनाकर बींध डाला था? इसकी आकृति आपसे बहुत मिलती-जुलती है।

राजा : शायद ऐसा ही हो। इसीलिए इसपर पड़ते ही मेरी दृष्टि आँसुओं से धुँधली हो उठी है। हृदय में इसके प्रति वात्सल्य जाग रहा है; मन आनन्द से भर उठा है, मेरा अंग-अंग सारा धीरज छोड़कर काँप-सा रहा है और इच्छा हो रही है कि इसे कसकर छाती से लगा लूँ।

कंचुकी : भगवती, आप यहीं रुकिए।

[तापसी और कुमार दोनों रुककर खड़े हो जाते हैं।]

राजा : माताजी प्रणाम!

तापसी : महाभाग सोमवंश का विस्तार करनेवाले बनो! *(मन-ही-मन)* अरे! यह तो इस राजर्षि और इस कुमार आयु का सम्बन्ध बिना बताए भी स्पष्ट मालूम हो जाता है। *(प्रकट)* बेटा, अपने पिता को नमस्कार करो।

[कुमार हाथ में धनुष पकड़े-पकड़े हाथ जोड़कर नमस्कार करता है।]

राजा : बेटा चिरंजीव रहो।

कुमार : *(मन-ही-मन)* यदि मुझे यह सुनकर ही इतना आनन्द हो रहा है कि ये मेरे पिता हैं और मैं इनका पुत्र हूँ, तो उन बालकों को अपने माता-पिता से कितना प्रेम होता होगा, जो उनकी गोद में रहकर ही पलते और बड़े होते हैं।

राजा : भगवती, किस प्रयोजन से आपका यहाँ आगमन हुआ?

तापसी : सुनिए महाराज। इस चिरंजीव कुमार आयु को उर्वशी ने जन्म देते ही न जाने किस कारण मेरे पास धरोहर के रूप में रखवा दिया था। क्षत्रिय बालक के लिए जातकर्म इत्यादि जो भी संस्कार किए जाने होते हैं, इस बालक के वे सब संस्कार महर्षि च्यवन ने यथाविधि कर दिए हैं। शिक्षा समाप्त करने के बाद इसे धनुर्वेद का अभ्यास भी करा दिया है।

राजा : तब तो यह बड़ा भाग्यशाली है।

तापसी : आज फूल, समिधाएँ और कुशा लाने के लिए यह ऋषि-कुमारों के साथ वन में गया था। वहाँ इसने ऐसा काम कर डाला, जो आश्रमवासी के लिए उचित नहीं था।

विदूषक : *(घबराकर)* वह क्या?

तापसी : इसने पेड़ की चोटी पर माँस का टुकड़ा लिए बैठे हुए एक गिद्ध को देखा और उसे तीर का निशाना बना दिया।

[विदूषक राजा की ओर देखता है।]

राजा : उसके बाद क्या हुआ?

तापसी : उसके बाद जब महर्षि च्यवन को यह सारा वृत्तान्त ज्ञात हुआ, तो उन्होंने मुझे आदेश दिया कि उर्वशी की इस धरोहर को उर्वशी को ही लौटा दो। इसलिए मैं रानी उर्वशी से मिलना चाहती हूँ।

राजा : अच्छा, तो आप इस आसन पर विराजिए।

[तापसी लाए हुए आसन पर बैठ जाती है।]

राजा : आर्य लातव्य, उर्वशी को बुला लाओ।

कंचुकी : जो महाराज की आज्ञा। *(बाहर जाता है)*

राजा : *(कुमार की ओर देखकर)* आओ बेटा, यहाँ आओ। कहते हैं कि पुत्र का स्पर्श सारे शरीर को आनन्दित कर देता है। तो आओ और अपने स्पर्श से मुझे वैसा ही आनन्दित करो, जैसे चन्द्रमा की किरणें चन्द्रकान्त मणि को प्रसन्न कर देती है।

तापसी : बेटा, जाओ; पिता को सुखी करो।

[कुमार राजा के पास जाकर पैर छूता है।]

राजा : *(कुमार को छाती से लगाकर और चौकी पर बिठाकर)* बेटा, ये तुम्हारे पिता के प्रिय मित्र ब्राह्मण बैठे हैं; इन्हें भी निर्भय होकर प्रणाम करो।

विदूषक : भय उसे क्यों होगा? वह आश्रम में रहता रहा है, इसलिए बन्दरों को तो भली भाँति जानता-पहचानता होगा।

कुमार : *(मुस्कराकर)* तात, प्रणाम!

विदूषक : तुम्हारा कल्याण हो! दिनों-दिन तुम्हारी श्री-वृद्धि हो।

[उर्वशी और कंचुकी का प्रवेश]

उर्वशी : *(कुमार को देखकर)* अरे, यह कौन है, जो धनुष लिए चौकी पर बैठा है और जिसके बालों को महाराज स्वयं संवार रहे हैं? *(तापसी को देखकर)* ओह, इस सत्यवती को देखकर तो यही लगता है कि यह मेरा बेटा आयु है। अब तो यह बहुत बड़ा हो गया!

[प्रसन्न होकर आगे बढ़ती है।]

राजा : *(उर्वशी को देखकर)* बेटा, यह तुम्हारी माँ आ पहुँची हैं, जो टकटकी लगाए तुम्हारी ओर देख रही है और जिसकी चोली स्नेह के कारण टपकते हुए दूध से गीली हो उठी है।

तापसी : बेटा, आओ अपनी माँ का स्वागत करो। *(कुमार के साथ उर्वशी के पास जाती है।)*

उर्वशी : माताजी, चरणों में प्रणाम करती हूँ।

तापसी : बेटी, तुम्हें पति का प्रेम प्राप्त हो!

कुमार : माताजी प्रणाम!

उर्वशी : *(ऊपर मुँह उठाए हुए कुमार को छाती से लगाकर)* बेटा, तुम पिता को प्रसन्न करनेवाले बनो। *(राजा के पास पहुँचकर)* महाराज की जय हो।

राजा : पुत्रवती उर्वशी का स्वागत है। आओ यहाँ बैठो। *(उसे अपने आसन के ही आधे भाग पर बिठाता है।)*

[उर्वशी बैठ जाती है, बाकी लोग भी यथोचित स्थान पर बैठ जाते हैं।]

तापसी : बेटी, यह आयु पढ़-लिखकर अब कवच धारण करने योग्य हो गया है। तो अब यह तेरी धरोहर तेरे पति के सम्मुख ही तुझे लौटाए देती हूँ। और अब मैं विदा चाहती हूँ। मेरे आश्रम के कामों को देर होती होगी।

उर्वशी : बहुत दिनों बाद आज आपको देखा है, इसीसे आपको देखकर जी नहीं भर रहा है। आपको विदा देते मुझसे नहीं बनता; पर आपको रोकना भी अन्याय होगा। तो अब आप जाइए, पर फिर दर्शन अवश्य दीजिएगा।

राजा : माताजी, महर्षि च्यवन को मेरा प्रणाम कहिएगा।

तापसी : अच्छा, अवश्य कहूँगी।

कुमार : यदि आप सचमुच ही वापस लौट रही हों, तो मुझे भी अपने साथ आश्रम ले चलिए।

राजा : बेटा, अब तुम पहले आश्रम में निवास कर चुके हो। अब तुम्हारा द्वितीय आश्रम में रहने का समय आया है।

तापसी : बेटा, अपने पिता की आज्ञा का पालन करो।

कुमार : अच्छा, तो फिर मेरे उस मणिकण्ठक मोर को मेरे पास अवश्य भेज दीजिएगा, जो मेरी गोदी में आकर सोया करता था और सिर खुजलाने पर खूब प्रसन्न होता था। अब तो उस मोर के पँख भी निकल आए हैं।

तापसी : *(हँसकर)* अच्छा, भेज दूँगी।

उर्वशी : भगवती, चरणों में प्रणाम करती हूँ!

राजा : भगवती, प्रणाम!

तापसी : आपका कल्याण हो!

[बाहर जाती है।]

राजा : *(उर्वशी से)* हे कल्याणी, जिस प्रकार शची से उत्पन्न हुए जयन्त के कारण इन्द्र पुत्रवाले पिताओं में श्रेष्ठ गिन जाते हैं, उसी प्रकार तुम्हारे पुत्र के कारण मैं भी आज सब पुत्रवालों में श्रेष्ठ बन गया हूँ।

[उर्वशी किसी पुरानी बात का स्मरण करके रोने लगती है।]

विदूषक : *(देखकर, घबराहट के साथ)* अजी, यह क्या हुआ कि ये तो एकाएक रोने लगीं।

राजा : *(घबराकर)* सुन्दरि, आज इस महान हर्ष के अवसर पर जबकि मुझे मेरा वंशधर प्राप्त हुआ है, तुम रोने क्यों लगीं? तुम्हारे इन पीन पयोधरों पर पहले ही मोतियों की माला पड़ी हुई है, अब उसके ऊपर आँसुओं के ये मोती और क्यों गिरा रही हो?

[उसके आँसू पोंछता है।]

उर्वशी : सुनिए महाराज! पहले तो मैं इस पुत्र के दर्शन के आनन्द में अपने-आपको भूल बैठी थी, परन्तु जब आपने अब इन्द्र का नाम लिया, तो मुझे एक शर्त याद आ गई, जिसके कारण मेरा हृदय फट-सा रहा है।

राजा : वह शर्त ही क्या थी?

उर्वशी : बहुत पहले की बात है। मेरा मन महाराज की ओर लगा हुआ था। उस समय गुरु भरत मुनि के शाप से मैं किंकर्तव्यविमूढ़ हो गई थी। तब इन्द्र ने यह कहा था।

राजा : क्या?

उर्वशी : उन्होंने कहा था कि जब मेरे प्रिय मित्र राजर्षि पुरूरवा तुमसे उत्पन्न

अपने वंशधर पुत्र का मुख देख लेंगे, तब तुम्हें फिर वापस मेरे पास लौट आना होगा।

इस पर महाराज के वियोग से बचने के लिए मैंने इसे उत्पन्न होते ही विद्याध्ययन के निमित्त भगवान च्यवन के आश्रम में आर्या सत्यवती के हाथों में सौंप दिया था और यह बात किसी-को बताई नहीं थी। उसने आज यह समझकर कि अब यह अपने पिता की सेवा करने के योग्य हो गया है, यह मेरा चिंरजीव पुत्र आयु मुझे लौटा दिया है। महाराज के साथ मेरा इतने दिन रहना ही लिखा था!

[सब विषाद का अभिनय करते हैं; राजा मूर्च्छित हो जाता है।]

विदूषक : बुरा हुआ, बुरा हुआ।

कंचुकी : धीरज धरिए, महाराज, धीरज धरिए!

राजा : *(होश में आकर, एक गहरी साँस लेकर)* ओह, भाग्य भी सुख का कैसा शत्रु है! सुन्दरि, पुत्र पाने के कारण मुझे अभी कुछ धीरज बँधा ही था कि अब तुरंत तुमसे वियोग का क्षण आ उपस्थित हुआ; जैसे ग्रीष्मकाल में प्रथम वृष्टि से किसी वृक्ष का धूप का क्लेश समाप्त हुआ हो और उसके साथ ही उसपर बिजली गिर पड़े।

विदूषक : यह सुघटना तो दुर्घटनाओं को लेकर आई। अब मुझे लगता है कि महाराज वल्कल धारण करके तपोवन को चले जाएँगे।

उर्वशी : और महाराज मुझ अभागिनी के विषय में भी यही सोचते होंगे कि पढ़ा-लिखा पुत्र प्राप्त होने पर अपना कार्य समाप्त हुआ जानकर यह स्वर्ग को चली जा रही है।

राजा : नहीं सुन्दरि, ऐसा न कहो। जिस पराधीनता में वियोग इतनी आसानी से हो जाता है, उसमें व्यक्ति अपना मनचाहा नहीं कर सकता। इसलिए तुम जाओ; अपने प्रभु की आज्ञा का पालन करो। मैं भी आज ही तुम्हारे पुत्र को राज्य सौंपकर उन बनों की ओर निकल जाऊँगा, जिनमें पशुओं के झुण्ड-के-झुण्ड घूमा करते हैं।

कुमार : तात, जिस भार को श्रेष्ठ बैल खींचता रहा हो, उसमें बछड़े को जोतना उचित नहीं है।

राजा : बेटा, ऐसा न कहो। क्योंकि गन्धराज छोटा होने पर भी दूसरे हाथियों को हरा देता है। नाग के बच्चे का विष भी बड़े साँप जैसा ही प्रचण्ड होता है। उसी प्रकार राजा बालक होने पर भी सारी पृथ्वी की रक्षा करने में समर्थ होता है। यह अपने कार्य को निबाहने

की शक्ति अवस्था से नहीं, अपितु जन्म से ही आती है। आर्य लातव्य!

कंचुकी : आज्ञा कीजिए महाराज।

राजा : मेरी ओर से अमात्य-परिषद् से कहो कि कुमार आयु के राज्याभिषेक की तैयारी की जाए।

कंचुकी : जो महाराज की आज्ञा। *(दुःखी होकर बाहर जाता है।)* **[सब लोग आँख चुंधियाने का अभिनय करते हैं।]**

राजा : *(आकाश की ओर देखकर)* यह क्या, बिना बादल के ही आकाश से बिजली गिर रही है!

उर्वशी : *(देखकर)* ओह, यह तो भगवान नारद आ रहे हैं।

राजा : *(ध्यान से देखकर)* अच्छा, भगवान नारद है! यह गोरोचना के समान हल्की भूरी जटाओंवाले और चन्द्रमा की कला के शुभ्र यज्ञोपवीत पहने और मोतियों की माला से अपना शृंगार किए ऐसे दिखाई पड़ रहे हैं मानो कोई चलता-फिरता कल्पवृक्ष हो, जिसमें से सोने की शाखाएँ फूट रही हों। अच्छा, तो इनकी पूजा के लिए सामग्री लाओ।

उर्वशी : *(राजा के कथनानुसार सामग्री लाकर)* यह भगवान नारद की पूजा के लिए सामग्री है।

[नारद का प्रवेश। सब उठ खड़े होते हैं।]

नारद : मध्यम लोक के लोकपाल की जय हो।

राजा : *(उर्वशी के हाथ से पूजा की सामग्री लेकर और पूजा करके)* भगवन्, अभिवादन करता हूँ।

उर्वशी : भगवन्, प्रणाम करती हूँ।

नारद : तुम दोनों पति-पत्नी को कभी एक-दूसरे का विरह न सहना पड़े।

राजा : *(मन-ही-मन)* काश, कि ऐसा हो सकता! *(कुमार को छाती से लगाकर। प्रकट)* बेटा, भगवान नारद को प्रणाम करो।

कुमार : भगवन्, उर्वशी का पुत्र आयु प्रणाम करता है!

नारद : चिरंजीव होओ!

राजा : यह आसन है; इसपर पधारिए।

नारद : ठीक है। *(बैठ जाते हैं।)*

[सब नारदजी के पश्चात् अपने-अपने आसन पर बैठते हैं।]

राजा : *(विनयपूर्वक)* भगवन्, कहिए किस प्रयोजन से आपका आगमन हुआ?

नारद : महाराज इन्द्र ने एक सन्देश भेजा है; वह सुनिए।

राजा : कहिए; मैं सुन रहा हूँ।

नारद : इन्द्र ने अपने प्रभाव से यह जान लिया कि आप वन जाने की सोच रहे हैं। इसलिए उनका आपसे यह अनुरोध है कि...

राजा : क्या आज्ञा है उनकी?

नारद : त्रिकालदर्शी मुनियों ने बताया है कि शीघ्र ही देवताओं और असुरों में एक महान युद्ध छिड़नेवाला है और आप युद्ध में हमारी सहायता किया करते हैं। इसलिए आप शस्त्र-त्याग न करें, यह उर्वशी आयुपर्यन्त आपकी पत्नी रहेगी।

उर्वशी : *(ओट करके)* आह, मेरे दिल का काँटा-सा निकल गया!

राजा : मैं तो देवराज इन्द्र का आज्ञाकारी ही हूँ।

नारद : ठीक है। आप इन्द्र का काम करते रहिए और वे आपका प्रिय कार्य करते रहें। सूर्य अग्नि की कान्ति को बढ़ाता है और अग्नि सूर्य के तेज को बढ़ाती है। *(आकाश की ओर देखकर)* रम्भा, आयु के युवराज-अभिषेक के लिए स्वयं इन्द्र द्वारा भेजी गई सामग्रियाँ ले आओ।

[हाथों में सामग्रियाँ लिए हुए अप्सराओं का प्रवेश]

अप्सराएँ : भगवन् ये हैं अभिषेक की सामग्रियाँ।

नारद : चिरंजीव आयु को भद्रपीठ पर बिठाओ।

रम्भा : इधर आओ बेटा। *(कुमार को भद्रपीठ पर बिठाती है।)*

नारद : *(कुमार के सिर पर पानी का घड़ा उँड़ेलकर)* रम्भा, बाकी विधि पूरी कर दो।

रम्भा : *(नारद के कहे अनुसार विधि सम्पन्न करके)* बेटा, भगवान नारद को और अपने माता-पिता को प्रणाम करो!

[कुमार क्रमशः तीनों को प्रणाम करता है।]

नारद : तुम्हारा कल्याण हो!

राजा : तुम अपने कुल की शोभा बढ़ाओ!

उर्वशी : अपने पिता की सेवा करनेवाले बनो!

[नेपथ्य में दो वैतालिक]

वैतालिक : युवराज की विजय हो!

पहला वैतालिक : जैसे ब्रह्माजी से देव-मुनि अत्रि का जन्म हुआ और अत्रि के पुत्र चन्द्रमा और चन्द्रमा के पुत्र बुध और बुध के पुत्र महाराज पुरूरवा हुए, उसी प्रकार तुम भी अपने लोक-आह्लादक गुणों द्वारा अपने पिता के अनुरूप बनो। इसके अतिरिक्त और सब आशीर्वाद तो तुम्हारे वंश में पहले ही फलीभूत हो चुके हैं।

दूसरा वैतालिक : उन्नतों में भी अग्रणी गिने जानेवाले तुम्हारे पिता महाराज पुरूरवा और अटल धैर्यवाले और साहसी स्वयं तुम्हारे बीच इस समय यह राजलक्ष्मी उसी प्रकार और भी अधिक सुशोभित हो रही है, जैसे हिमालय और समुद्र दोनों में ही अपना पानी बाँटकर बहती हुई गंगा सुशोभित होती है।

अप्सराएँ : *(उर्वशी के पास जाकर)* प्रिय सखी के पुत्र के युवराज-अभिषेक की और पति के वियोग न होने की बधाई हो!

उर्वशी : इस सौभाग्य की तो तुम्हें भी बधाई हो! *(कुमार का हाथ पकड़कर)* आओ बेटा, चलकर बड़ी माँ को भी प्रणाम कर आओ।

[कुमार चलने को तैयार होता है।]

राजा : थोड़ा ठहरो, हम सब साथ ही महारानी के पास चलते हैं।

नारद : इस समय तुम्हारे इस कुमार आयु का युवराज-पद पर अभिषेक मुझे उस अवसर की याद दिला रहा है, जब देवराज इन्द्र ने कुमार कार्तिकेय को देवसेना के सेनापति-पद पर अभिषिक्त किया था।

राजा : यह सब इन्द्र की कृपा है।

नारद : कहिए राजन्, इस समय इन्द्र आपका और क्या प्रिय कार्य कर सकते हैं।

राजा : यदि देवराज इन्द्र मुझसे प्रसन्न हैं, तो इसके अतिरिक्त और भला मुझे क्या चाहिए? पर फिर भी यह हो जाए, तो और भी भला।

[भरत वाक्य]

जो लक्ष्मी और सरस्वती सदा एक-दूसरे की विरोधिनी हैं, और जिनका एक स्थान पर मिलकर रह पाना कठिन है, वे लक्ष्मी और सरस्वती सज्जनों के कल्याण के लिए परस्पर मिलकर रहने लगें। और साथ ही सब लोग कठिनाइयों को पार कर जाएँ; सब लोगों के भले दिन आ जाएँ; सबकी कामनाएँ पूरी हों; और सब सदा आनन्द मनाते रहें!

[सब बाहर जाते हैं।]

मालविकाग्निमित्र

पात्र

पुरुष पात्र

सूत्रधार	:	नाटक का प्रबन्धक
पारिपार्श्वक	:	सूत्रधार का सहायक
राजा	:	विदिशा नरेश अग्निमित्र
वाहतक	:	मन्त्री
विदूषक	:	राजा का मित्र गौतम
कंचुकी	:	अन्तःपुर का अध्यक्ष
गणदास **हरदत्त**	:	नाट्याचार्य
सारस	:	कुबड़ा नौकर
वैतालिक	:	स्तुति पाठक

स्त्री पात्र

मालविका	:	मालव नरेश माधवसेन की बहिन
धारिणी	:	अग्निमित्र की पटरानी
इरावती	:	अग्निमित्र की दूसरी रानी
परिव्राजिका	:	माधवसेन के मन्त्री सुमति की बहिन कौशिकी
बकुलावलिका	:	धारिणी की सेविका; मालविका की सखी
मधुकरिका	:	मालिन
कौमुदिका	:	दासी
समाहितिका	:	परिव्राजिका की दासी
निपुणिका	:	इरावती की दासी
जयसेना	:	प्रतिहारी
चेटी	:	दासी
मदनिका ज्योत्स्निका	:	विदर्भ देश की शिल्पी कन्याएं

पहला अंक

पूरी करें भक्त की कामना सब, लेकिन स्वयं हैं गजचर्मधारी।
हैं अर्धनारीश्वर, किन्तु फिर भी सबसे बड़े वह यति ब्रह्मचारी।
जग को सम्भाले निज अष्ट मूर्ति से, न इसका उन्हें किन्तु अभिमान भारी।
सन्मार्ग दीखे, इस हेतु वह शिव मेटें तमोवृत्तियाँ सब तुम्हारी॥

[नान्दी के बाद]

सूत्रधार : बहुत हुआ भाई; बस करो। *(नेपथ्य की ओर देखकर)* मारिष, ज़रा इस ओर तो आओ!

[प्रवेश करके]

पारिपार्श्वक : श्रीमन्, लीजिए; मैं आ गया।

सूत्रधार : अभी विद्वत्-परिषद् ने मुझे यह आदेश दिया है कि इस वसन्तोत्सव में कालिदास-रचित 'मालविकाग्निमित्र' नाटक का अभिनय करना है। तो उसके लिए संगीत शुरू करो।

पारिपार्श्वक : न श्रीमन्, ऐसा न कीजिए। अत्यन्त यशस्वी भास, सौमिल्लक और कविपुत्र इत्यादि कवियों के नाटकों को छोड़कर वर्तमान कवि कालिदास के नाटक को आप इतना आदर क्यों दे रहे हैं?

सूत्रधार : यह भी तुमने एक ही कही। देखो, कोई भी काव्य केवल पुराना होने से ही अच्छा नहीं हो जाता; और न नया होने से ही कोई काव्य खराब हो जाता है। विद्वान् लोग जाँच-पड़ताल कर दोनों में से भले को चुनते हैं और नासमझ लोग केवल दूसरों की कही बात के भरोसे रहते हैं।

पारिपार्श्वक : अच्छा; जैसी आपकी आज्ञा।

सूत्रधार : ठीक है! तो जल्दी करो। मैं चाहता हूँ कि इस परिषद् की आज्ञा का वैसे ही अविलम्ब पालन करूँ, जैसे महारानी धारिणी की आज्ञा का पालन सेवा में प्रवीण सेवक कर रहे हैं।

[दोनों का प्रस्थान]

[प्रस्तावना समाप्त]

[बकुलावलिका का प्रवेश]

बकुलावलिका : महारानी धारिणी ने मुझे आज्ञा दी है कि आचार्य गणदास के पास जाकर यह पूछूँ कि हाल में ही मालविका ने छलिक नाम का जो नया नृत्य सीखना प्रारम्भ किया है, उसमें वह कैसी चल रही है। अच्छा, अब संगीतशाला ही जाती हूँ। *(चलने का अभिनय करती है।)*

[आभूषण हाथ में लिए कुमुदिनी का प्रवेश]

बकुलावलिका : *(कुमुदिनी को देखकर)* सखी कुमुदिनी इतनी बड़ी कैसे हो गई कि मेरे पास से निकली जा रही है, फिर भी मेरी ओर आँख उठाकर देखती नहीं?

कुमुदिनी : अरे बकुलावलिका! सखि, अभी सुनार के पास से महारानी की यह नई अँगूठी लेकर आ रही हूँ। इस अँगूठी में महारानी के नाम की मुहर भी लगी है। इसीकी सुन्दर बनावट को देखती आ रही थी, इसीलिए तुझे उलाहने का मौका मिल गया।

बकुलावलिका : *(देखकर)* तेरी दृष्टि ठीक स्थान पर ही जाकर गड़ी है। इस अँगूठी से जो किरणों का जाल-सा फूट रहा है, उसके कारण ऐसा प्रतीत होता है मानो अँगुली के ऊपर फूल खिल उठा हो।

कुमुदिनी : क्यों सखि, तुम किधर चली हो?

बकुलावलिका : महारानी ने आचार्य गणदास से यह पूछने के लिए भेजा है कि मालविका की शिक्षा कैसी चल रही है।

कुमुदिनी : क्यों री, इतनी सावधानी बरतने पर भी बिना सामने आए महाराज ने उसे कैसे देख लिया?

बकुलावलिका : हाँ, एक चित्र में महारानी के पास उसका चित्र बना था। वहीं महाराज ने देख लिया।

कुमुदिनी : वह कैसे?

बकुलावलिका : बताती हूँ। महारानी चित्रशाला में जाकर आचार्य द्वारा बनाए हुए ताज़े-ताज़े चित्र को खड़ी देख रही थीं। तभी महाराज आ पहुँचे।

कुमुदिनी : फिर क्या हुआ?

बकुलावलिका : अभिवादन के बाद जब महाराज महारानी के साथ एक ही आसन पर बैठ गए, तब उन्होंने चित्र में महारानी की सेविकाओं के मध्य खड़ी उस लड़की को देखकर महारानी से पूछा।

कुमुदिनी : क्या पूछा?

बकुलावलिका : यह जो लड़की महारानी के पास चित्र में चित्रित है, इसे पहले कभी देखा नहीं। इसका क्या नाम है?

कुमुदिनी : मनोहर प्रकृतियों के प्रति प्रेम उत्पन्न हो ही जाता है। अच्छा, फिर क्या हुआ?

बकुलावलिका : जब महारानी ने इस बात का कोई उत्तर न दिया, तो महाराज को कुछ सन्देह हुआ और उन्होंने फिर आग्रह के साथ महारानी से पूछा। तब कुमारी वसुलक्ष्मी ने कह दिया, महाराज, यह मालविका है।

कुमुदिनी : *(मुस्कराकर)* आखिर बच्ची ही है न! अच्छा, फिर क्या हुआ?

बकुलावलिका : होना क्या था! आजकल इस बात के लिए बहुत सावधानी बरती जा रही है कि मालविका पर महाराज की दृष्टि न पड़ सके।

कुमुदिनी : अच्छा बहन, चलो अपने काम को भुगता डालो। मैं भी एक अँगूठी महारानी के पास ले जा रही हूँ। *(बाहर जाती है।)*

बकुलावलिका : *(चलने का अभिनय करके और सामने की ओर देखकर)* ये नाट्याचार्य संगीतशाला से बाहर आ रहे हैं। चलकर इनसे मिल लूँ। *(चलने का अभिनय करती है।)*

[प्रवेश करके]

गणदास : वैसे तो सभी को अपनी वंश-परम्परागत विद्या बहुत भली मालूम होती है, परन्तु नाट्यकला के प्रति हमारा अभिमान मिथ्या नहीं है; क्योंकि मुनि लोगों ने बताया है कि नाट्यकला देवताओं का शान्त रस-भरा चाक्षुष यज्ञ है। स्वयं महादेव ने भी उमा से विवाह करने के उपरान्त इस नृत्य को ताण्डव और लास्य नामक दो भागों में विभक्त करके अपने शरीर में धारण किया था। नृत्य में सत्त्व, रज और तम तीनों गुणों से युक्त और अनेक रसों से पूर्ण लोकचरित दृष्टिगोचर होता है। यद्यपि लोक-समाज की रुचि भिन्न-भिन्न होती है, फिर भी इस अकेले नृत्य द्वारा प्रायः सभी लोगों का मनोरंजन हो जाता है।

बकुलावलिका : *(पास जाकर)* आर्य, प्रणाम करती हूँ।

गणदास : भद्रे, चिरंजीवी होवो।

बकुलावलिका : आर्य, महारानी ने पूछा है कि नाट्यकला की शिक्षा ग्रहण करने में आपकी शिष्या मालविका आपको बहुत परेशान तो नहीं करती?

गणदास : भद्रे, महारानी से जाकर कहना कि मालविका बहुत ही निपुण और मेधाविनी है। और अधिक क्या कहूँ, जिस-जिस नृत्य के सम्बन्ध में मैं उसे जो भाव सिखाता हूँ, उनका और भी सुन्दर रूप से अभिनय करके वह बालिका उलटे मुझे ही सिखाना-सा प्रारम्भ कर देती है।

बकुलावलिका : *(मन-ही-मन)* मुझे लगता है कि यह शीघ्र ही इरावती से भी आगे बढ़ जाएगी। *(प्रकट)* आपकी शिष्या के बड़े भाग्य हैं कि उसके गुरु उससे इतने प्रसन्न हैं!

गणदास : भद्रे, ऐसे सत्पात्र सरलता से कहीं मिलते नहीं। इसीलिए पूछता हूँ कि महारानी को यह मालविका कहाँ से प्राप्त हो गई?

बकुलावलिका : महारानी के एक दूर के भाई हैं, उनका नाम है वीरसेन। महाराज ने उन्हें नर्मदा नदी के तट पर सीमान्त के दुर्ग का अध्यक्ष बना दिया है। उन्होंने यह देखकर कि यह बालिका नाट्यकला सीखने के योग्य है, अपनी बहिन महारानी के पास उपहार के रूप में भेज दी है।

गणदास : *(मन-ही-मन)* इसकी असाधारण सुन्दर आकृति को देखकर ऐसा प्रतीत होता है कि यह किसी बड़े परिवार की कन्या है। *(प्रकट)* भद्रे, मेरे भाग में भी यश लिखा प्रतीत होता है; क्योंकि गुरु द्वारा सत्पात्र को प्रदान की गई कला और भी अधिक उत्कृष्ट बन जाती है, जैसे बादल का पानी समुद्र की सीपी में पड़कर मोती बन जाता है।

बकुलावलिका : आर्य, इस समय आपकी शिष्या है कहाँ?

गणदास : अभी पंचांग आदि का अभिनय सिखाकर मैंने उसे थोड़ी देर विश्राम करने को कहा है। इस समय वह सरोवर की ओर खुलनेवाले झरोखे में खड़ी हुई वायु का आनन्द ले रही होगी।

बकुलावलिका : अच्छा; तो मुझे अनुमति दीजिए। मैं भी जाकर उसे बताऊँ कि आप उससे कितने सन्तुष्ट हैं। इससे उसका उत्साह बढ़ेगा।

गणदास : हाँ, हाँ जाइए। आप अपनी सखी से अवश्य मिलिए। मैं भी कुछ देर के लिए अपने घर जा रहा हूँ।

[दोनों का प्रस्थान]

[मिश्र विष्कम्भक]

[एकान्त में अपने सभासदों के साथ बैठे हुए महाराज दिखाई पड़ते हैं। मन्त्री अपने हाथ में एक लेख लिए हुए है।]

राजा : *(मन्त्री के लेख पढ़ चुकने के पश्चात् उसकी ओर देखकर)* वाहतक, आखिर विदर्भराज चाहता क्या है?

अमात्य : अपना विनाश, महाराज।

राजा : हाँ, उसने यह क्या सन्देश भेजा है?

अमात्य : उसने यह लिखकर भेजा है कि श्रीमान् ने मुझे यह आदेश दिया था कि "आपके चचेरे भाई कुमार माधवसेन सम्बन्ध पक्का करने

के पश्चात् जब मेरे पास आ रहे थे, तो मार्ग में आपके अन्तपाल ने उन्हें बलपूर्वक पकड़कर बन्दी बना लिया। अब आप उन्हें मेरे कहने से उनकी बहिन और पत्नी-समेत छोड़ दीजिए।'' आपको यह तो ज्ञात ही है कि समान गौरववाले राजाओं में परस्पर किस प्रकार व्यवहार होता है। इसलिए श्रीमान् यहाँ पर समान व्यवहार करें, तो भला है। माधवसेन की बहिन पकड़-धकड़ के कोलाहल में कहीं खो गई है। मैं उसे ढूँढ़ने का प्रयत्न करूँगा। यदि आप चाहते हैं कि मैं माधवसेन को अवश्य ही छोड़ दूँ, तो उसके लिए मेरी शर्त सुन लीजिए। यदि श्रीमान् मेरे साले मौर्यसचिव को छोड़ देंगे, जिसे आपने कैद किया हुआ है, तो मैं भी माधवसेन तो तुरन्त ही मुक्त कर दूँगा। बस, यह लिखा है महाराज।''

राजा : *(क्रोधपूर्वक)* अच्छा, यह मूर्ख मेरे साथ बराबरी का लेन-देन करना चाहता है। वाहतक, विदर्भराज स्वभावतः हमारा शत्रु है, और सदा हमारा कुछ-न-कुछ बिगाड़ करता रहता है। हमने पहले ही इसे जड़ से उखाड़ फेंकने का संकल्प किया था। अब वीरसेन की अधीनता में उस ओर पड़ी सेना को आज्ञा दो कि वह इसे उचित दण्ड दे।

अमात्य : जो महाराज की आज्ञा।

राजा : अच्छा, आपकी सम्मति क्या है?

अमात्य : महाराज ने बिलकुल शास्त्रानुकूल बात कही है। जिस शत्रु को राजसिंहासन पर बैठे बहुत देर न हुई हो, उसकी जड़ प्रजा में पूरी तरह जमी नहीं होती; इसीलिए वह नए रोपे गए ढीले-ढाले वृक्ष की भाँति होता है, और उसे उखाड़ना बहुत सरल होता है।

राजा : ठीक है। तब तो शास्त्रकार की बात सत्य ही है। चलो, इसी शास्त्र-वाक्य को प्रमाण मानकर सेनापति को आदेश भेज दो।

अमात्य : अवश्य महाराज। *(बाहर जाता है।)*

[बाकी लोग राजा के चारों ओर अपने कार्य में लगे बैठे रहते हैं।]

[प्रवेश करके]

विदूषक : महाराज ने मुझे आदेश दिया है कि गौतम, कोई ऐसा उपाय खोज निकालो कि जिससे संयोगवश चित्र में दीख पड़ी मालविका प्रत्यक्ष दीख सके। अब मैंने एक उपाय ढूँढ़ निकाला है। वही चलकर महाराज को बताता हूँ। *(चलने का अभिनय करता है।*

राजा : *(विदूषक को देखकर)* लो; यह एक और हमारे दूसरे कार्य के सचिव आ पहुँचे।

विदूषक : *(पास जाकर)* महाराज की श्री-वृद्धि हो!

राजा : *(सिर हिलाकर)* आओ, यहाँ बैठो।

[विदूषक पास जाकर बैठ जाता है।]

राजा : कहो, हमारे अभीष्ट का कोई उपाय सूझा या नहीं?

विदूषक : महाराज, यह पूछिए कि काम बना कैसे!

राजा : अच्छा, कैसे बना?

विदूषक : *(राजा के कान में)* इस प्रकार।

राजा : शाबाश, मित्र शाबाश! बढ़िया उपाय निकाला! अब इस दुष्कर कार्य में भी मुझे सफलता की आशा हो गई है। क्योंकि जिस वस्तु की प्राप्ति में अनेक बाधाएँ हों, उसे वही व्यक्ति प्राप्त कर सकता है, जिसके बहुत-से सहायक हों। अन्धकार में दीपक के बिना आँखोंवाले व्यक्ति को भी कुछ दिखाई नहीं पड़ता।

[नेपथ्य में]

व्यर्थ की बकवाद मत कर। अब राजा के सामने ही यह पता चलेगा कि हममें से कौन बड़ा और कौन छोटा है।

राजा : *(ध्यान से सुनकर)* लो मित्र, तुम्हारी नीति के पौधे पर तो अभी से फूल भी खिलने लगे।

विदूषक : जल्दी ही फल भी दिखाई पड़ेंगे।

[कंचुकी का प्रवेश]

कंचुकी : महाराज, अमात्य ने कहा है कि श्रीमान् की आज्ञा का पालन कर दिया गया है। अब यहाँ ये दो नाट्याचार्य हरदत्त और गणदास आपके दर्शन के लिए उपस्थित हैं। ये एक-दूसरे को नीचा दिखाने की ठानकर आए हैं और देखने में ऐसे प्रतीत हो रहे हैं, मानो स्वयं भाव ही शरीर धारण करके आ पहुँचे हों।

राजा : उन्हें अन्दर ले आओ।

कंचुकी : जो महाराज की आज्ञा। *(बाहर जाता है और फिर उन दोनों के साथ प्रवेश करता है।)* इधर आइए आप लोग।

गणदास : *(राजा को देखकर)* राजा का तेज भी बड़ा दुरन्त है! यह नहीं कि महाराज मुझसे परिचित न हों; और न ये असुन्दर ही हैं, फिर भी इनके पास जाते हुए मुझे कुछ विचित्र-सा लग रहा है। समुद्र की भाँति इनका वही रूप प्रतिक्षण मेरी आँखों को बिलकुल नया प्रतीत हो रहा है।

हरदत्त : ये महाराज पुरुष के रूप में कोई महान ज्योति हैं। देखो न, यद्यपि द्वारपाल से अनुमति प्राप्त करके ही अन्दर आया हूँ और राजा

के सिंहासन के निकट रहनेवाले सेवक के साथ चल रहा हूँ, परन्तु इनके तेज के कारण मेरी दृष्टि कुण्ठित-सी हो गई है और मुझे ऐसा लग रहा है कि किसी ने बिना कुछ कहे ही मुझे आगे बढ़ने से रोक दिया है।

कंचुकी : वे महाराज बैठे हैं। आप लोग उनके पास जाइए।

दोनों : *(पास जाकर)* महाराज की जय हो!

राजा : आप दोनों का स्वागत है। *(सेवकों की ओर देखकर)* आप दोनों के लिए आसन लाओ।

[दोनों आचार्य सेवकों द्वारा लाकर रखे गए आसनों पर बैठ जाते हैं।]

राजा : यह तो आप दोनों का अपने शिष्यों को पढ़ाने का समय है। इस समय आप दोनों एकसाथ यहाँ कैसे आ पहुँचे?

गणदास : सुनिए महाराज, मैंने बड़े धुरन्धर गुरु से अभिनय-कला की शिक्षा भली भाँति प्राप्त की है। मैं इस कला को सिखा भी रहा हूँ। महाराज और महारानी ने भी मेरी कला को देखा है।

राजा : जी हाँ, मैं जानता हूँ। पर इससे क्या हुआ?

गणदास : इस हरदत्त ने राजपुरुष के सम्मुख यह कहकर मेरा तिरस्कार किया है कि यह गणदास मेरे पैरों की धूल भी नहीं है।

हरदत्त : महाराज, पहले इन्हीं ने झगड़ा शुरू किया था। इन्होंने कहा कि इनमें और मुझसे वही अन्तर है, जो समुद्र में और घड़े में होता है। अब आप ही इनके और मेरे शास्त्र-ज्ञान और अभिनय-ज्ञान का विचार करें। आप ही इस विषय के विशेषज्ञ हैं। अब आप निर्णायक बनकर हमारा फैसला कर दीजिए।

विदूषक : बात तो ठीक कही है।

गणदास : बिलकुल ठीक। अब महाराज ध्यान से मेरी बात सुनें।

राजा : जरा ठहरिए। महारानी यह न समझें कि हमने पक्षपात किया है इसलिए भला यह है कि न्याय-विचार उनके और पण्डिता कौशिकी के सम्मुख ही किया जाए।

विदूषक : आप बिलकुल ठीक कहते हैं।

दोनों आचार्य : जैसी महाराज की इच्छा।

राजा : मौद्गल्य, यह सारा वृत्तान्त बतलाकर महारानी और पण्डिता कौशिकी को बुला लाओ।

कंचुकी : जो महाराज की आज्ञा। *(बाहर जाता है और परिव्राजिका तथा महारानी के साथ प्रवेश करता है।)* इधर आइए इधर।

धारिणी : *(परिव्राजिका की ओर देखकर)* क्यों भगवती, हरदत्त और गणदास के इस विवाद में आपको किसकी जय होती दिखाई पड़ती है?

परिव्राजिका : अपने पक्ष की पराजय का भय मत कीजिएगा। गणदास अपने प्रतिस्पर्धी से हारनेवाला नहीं है।

धारिणी : यह तो ठीक है। फिर भी राजा की कृपा किसीको भी जिता सकती है।

परिव्राजिका : आप इस बात का भी तो ध्यान रखिए कि आप भी महारानी हैं। देखिए न, यदि सूर्य की कृपा से अग्नि अत्यधिक देदीप्यमान हो उठती है, तो निशा की कृपा से चन्द्रमा भी तो कान्तिमान हो उठता है।

विदूषक : अरे, पण्डिता कौशिकी को साथ लिए महारानी धारिणी आ पहुँची।

राजा : देख रहा हूँ। ये महारानी सौभाग्यसूचक आभूषण पहने हुए साधु-वेश धारिणी कौशिकी के साथ आती हुई ऐसी प्रतीत हो रही हैं, मानो अध्यात्म विद्या के साथ शरीर धारण किए हुए त्रयी विद्या चली आ रही हो।

पारिव्राजिका : *(पास पहुँचकर)* महाराज की जय हो!

राजा : भगवती, नमस्कार!

परिव्राजिका : महाराज, आप महातेजस्वी पुत्रों और रत्नों को उत्पन्न करनेवाली तथा समान रूप से क्षमाशील धारिणी और धरणी दोनों के ही सैकड़ों वर्षों तक स्वामी बने रहें।

धारिणी : आर्यपुत्र की जय हो।

राजा : महारानी का स्वागत है। *(परिव्राजिका की ओर देखकर)* भगवती, आसन पर बैठिए न।

[सब बैठ जाते हैं।]

राजा : भगवती, आचार्य हरदत्त और गणदास में अपने-आपको एक-दूसरे से बड़ा सिद्ध करने की होड़ लग गई है। इस विवाद में आप निर्णायक बनिए।

परिव्राजिका : *(मुस्कराते हुए)* छोड़िए भी इस मजाक को। शहर छोड़कर गाँव में रत्न की परख!

राजा : नहीं, यह बात नहीं। मैं और महारानी तो पक्षपाती हैं। आप बिलकुल निष्पक्ष हैं।

दोनों आचार्य : महाराज ने बिलकुल ठीक कहा है। भगवती कौशिकी ही मध्यस्थ बनकर हम दोनों के गुण-दोष का निर्णय कर दें।

राजा : अच्छा, तो अब अपना दिवाद प्रस्तुत कीजिए।

परिव्राजिका : महाराज नाट्यशास्त्र तो प्रयोग-प्रधान है। यहाँ केवल जीभ चलाने से क्या होगा? क्यों, महारानी की क्या सम्मति है?

धारिणी : यदि मुझसे पूछें, तो मुझे तो इन दोनों का यह विवाद ही भला नहीं लग रहा।

गणदास : महारानी, यह न समझिए कि मैं नाट्यशास्त्र की विद्या में किसी से हार जाऊँगा!

विदूषक : महारानीजी, इन दोनों पेटू ब्राह्मणों के विवाद को देख ही क्यों न लें। इन्हें बैठे-बिठाए वेतन देते रहने का भी क्या लाभ है?

धारिणी : तुम्हें तो बस झगड़ा ही अच्छा लगता है।

विदूषक : यह बात नहीं चण्डीजी, एक-दूसरे से लड़ने के लिए उतारू इन दो मस्त हाथियों में से एक के बिना हारे शान्ति हो कहाँ सकती है?

राजा : भगवती, आप इन दोनों के अपने अभिनय-कौशल को तो देख ही चुकी है।

परिव्राजिका : जी हाँ, क्यों नहीं!

राजा : तो अब उससे अधिक और विश्वास दिलाने के लिए ये दोनों क्या कर सकते हैं?

परिव्राजिका : मैं वही करना चाहती हूँ। किसीकी कला ऐसी होती है कि वह स्वयं उसमें बहुत प्रवीण होता है; पर कुछ लोगों की कला ऐसी होती है कि वे दूसरों को भी उस कला को भली भाँति सिखा सकते हैं। शिक्षकों में उसीको सबसे अच्छा समझना चाहिए, जिसमें ये दोनों गुण विद्यमान हों।

विदूषक : आप दोनों ने भगवती का आदेश सुन लिया? इसका सारांश यह है कि निर्णय इस बात से होगा कि आप लोगों ने अपने शिष्यों को नाट्यकला कैसी सिखाई है।

हरदत्त : बिलकुल ठीक! हमें स्वीकार है।

गणदत्त : महारानीजी, तो फिर यही सही।

धारिणी : परन्तु, यदि मन्दबुद्धि शिष्य गुरु द्वारा सिखाई हुई विद्या को ठीक प्रदर्शित न कर सके, तो वह आचार्य का दोष नहीं समझा जाना चाहिए।

राजा : महारानी, ऐसा कहा जाता है कि यदि गुरु अपात्र को अपना शिष्य बना ले, तो उससे गुरु की ही बुद्धिहीनता प्रकट होती है।

धारिणी : *(मन-ही-मन)* अब क्या किया जाए? आर्यपुत्र को जिस इच्छा से इतना उत्साह हो रहा है, उसे पूर्ण नहीं होने देना। *(गणदास की ओर देखकर। प्रकट)* इस निकम्मे झगड़े को छोड़ो भी।

विदूषक : महारानी ठीक कहती हैं। अरे गणदास, संगीताचार्य का पद प्राप्त करके तुम्हें सरस्वती देवी की कृपा से लड्डू खाने को मिलते हैं, तो फिर व्यर्थ में क्यों ऐसा विवाद मोल लेते हो, जिसमें तुम्हारी बोलती बन्द हो जाए?

गणदास : महारानी की बात का तो यही अर्थ है। पर लो, जब मौका आ पड़ा है, तो मैं कहे ही देता हूँ कि जो आचार्य प्रतिष्ठा प्राप्त करने के बाद शास्त्रार्थ से घबराता है; दूसरों द्वारा की जानेवाली निन्दा को चुपचाप सुन लेता है और जिसका शास्त्रज्ञान केवल जीविका-उपार्जन के लिए है, उसे आचार्य नहीं बल्कि ज्ञान बेचनेवाला बनिया कहा जाता है।

धारिणी : परन्तु आपने तो शिष्या को कुछ ही समय पहले नाट्यकला सिखानी प्रारम्भ की है। उसका इतनी जल्दी प्रदर्शन करना न्यायोचित नहीं है।

गणदास : और इसीलिए तो मैं इतना आग्रह कर रहा हूँ।

धारिणी : अच्छा, तो आप दोनों केवल भगवती कौशिकी को ही अपने नाट्कला-शिक्षण की कुशलता दिखलाइए।

परिव्राजिका : नहीं महारानी, यह उचित न होगा। अकेले व्यक्ति का, चाहे वह सर्वज्ञ ही क्यों न हो, निर्णय निर्दोष हो पाना कठिन है।

धारिणी : *(मन-ही-मन)* अरी मूर्ख परिव्राजिका, तू मुझ जागती को ही सोती-सी कर देना चाहती है। *(खीझकर दूसरी ओर मुँह फेर लेती है।)*

[राजा परिव्राजिका को रानी की ओर देखने का संकेत करता है।]

परिव्राजिका : अरी चन्द्रवदनी, बिना बात ही तुम महाराज से मुँह फेरकर क्यों बैठ गई हो? जिन गृहिणियों के पति उनके वश में होते हैं, वे भी अपने पतियों से किसी-न-किसी उचित कारण पर ही रूठती हैं।

विदूषक : यह रूठना भी सकारण ही है। अपने पक्ष को तो बचाना ही चाहिए। *(गणदास की ओर देखकर)* कुशल मनाओ कि महारानी ने रूठने के बहाने तुम्हारी रक्षा कर ली। पर सच बात तो यह है कि कोई कितना भी सुशिक्षित क्यों न हो, परन्तु उसकी कुशलता उसकी शिक्षण की निपुणता को देखकर ही की जाती है।

गणदास : महारानीजी सुन रही हैं? ये लोग इस बात को किस रूप में ले रहे हैं? अब मैं इस विवाद में यह दिखाकर ही छोडूँगा कि मैं अभिनय-कला के शिक्षण में कितना कुशल हूँ। और यदि आप

मुझे इसकी अनुमति नहीं देंगी तो मैं समझूँगा कि आपने मुझे नौकरी से अलग कर दिया है।

[आसन से उठना चाहता है।]

धारिणी : *(मन-ही-मन)* अब उपाय क्या है। *(प्रकट)* शिष्य तो आचार्य के ही अधीन होता है।

गणदास : मुझे बहुत देर से यही डर था कि कहीं आप आज्ञा देकर मुझे अपने कौशल-प्रदर्शन में रोक न दें। *(राजा की ओर देखकर)* महारानी ने अनुमति दे दी है। अब महाराज आदेश दें कि किस अभिनय को आपके सम्मुख प्रस्तुत किया जाए।

राजा : भगवती कौशिकी जो आदेश दें, वही कीजिए।

परिव्राजिका : महारानी के मन में ज़रूर कोई बात है; इसीसे मुझे हिचक हो रही है।

धारिणी : आप निश्चिन्त होकर कहिए। अपने सेवकों पर मुझे पूरा अधिकार है।

राजा : और कहो कि मुझपर भी

धारिणी : भगवती, अब आप आदेश दीजिए।

परिव्राजिका : महाराज शर्मिष्ठा द्वारा रचित चौंपदों वाला छलिक नामक नाट्य बहुत कठिन समझा जाता है। इसलिए इन दोनों आचार्यों की कला की परीक्षा उसी नाट्य के प्रयोग में हो जाए। उसीसे इन दोनों के शिक्षण-कौशल का अन्तर ज्ञात हो जाएगा।

दोनों आचार्य : जैसी भगवती की आज्ञा।

विदूषक : अच्छा, अब दोनों पक्ष परीक्षा-गृह में जाकर संगीत का प्रबन्ध कीजिए और उसके बाद किसीके द्वारा महाराज को सूचना भिजवा दीजिए। या सूचना की क्या आवश्यकता है? मृदंग का शब्द सुनकर ही हम लोग उठ खड़े होंगे।

हरदत्त : ठीक है। *(उठ खड़ा होता है।)*

[गणदास धारिणी की ओर देखता है।]

धारिणी : *(गणदास की ओर देखकर)* आपकी विजय हो। मैं आचार्य की विजय में बाधा नहीं बनना चाहती।

[दोनों आचार्यों का प्रस्थान]

परिव्राजिका : ज़रा और सुनिए।

दोनों आचार्य : *(मुड़कर)* जी कहिए।

परिव्राजिका : निर्णय का अधिकार मुझे सौंपा गया है, इसलिए मेरा कथन है कि आप अपने पात्रों को बहुत सज्जा और शृंगार के साथ न लाएँ,

जिससे उनका सम्पूर्ण अंग-सौष्ठव ठीक-ठीक प्रकट हो सके।

दोनों आचार्य : हमें यह बताने की आवश्यकता नहीं है। *(दोनों बाहर जाते हैं।)*

धारिणी : *(राजा की ओर देखकर)* यदि आर्यपुत्र राज-काज में ऐसा कौशल प्रदर्शित करें, तो कितना भला हो!

राजा : रानी, इन सबको गलत न समझ बैठना। इसमें मेरा कोई हाथ नहीं है। एक-दूसरे की टक्कर के विद्वान् लोग प्रायः एक-दूसरे के बढ़ते हुए यश को सह नहीं पाते।

[नेपथ्य में मृदंग की ध्वनि सुनाई पड़ती है। सब कान देकर सुनते हैं।]

परिव्राजिका : अरे, संगीत प्रारम्भ हो गया। यह दूर-दूर तक गूँजने वाली मध्यम स्वर में उठी हुई मायूरी नामक मृदंग की गमक मन को उन्मत्त-सा कर रही है। इस शब्द को सुनकर मेघ-गर्जन के भ्रम में मोर अपनी ग्रीवाएँ उठा-उठाकर बोलने लगे हैं।

राजा : महारानी चलो। चलकर उसका आनन्द लें।

धारिणी : *(मन-ही-मन)* आह, आर्यपुत्र भी कितने ढीठ हैं!

[सब उठ खड़े होते हैं।]

विदूषक : *(ओट करके)* अरे भाई, धीरे चलिए; नहीं तो धारिणीजी सारा खेल बिगाड़ देंगी।

राजा : यद्यपि मैं बहुत धैर्य रखने का प्रयत्न कर रहा हूँ, परन्तु यह मुरज वाद्य से उठा हुआ राग मेरी गति को तीव्र कर रहा है। ऐसा प्रतीत होता है मानो यह राग सिद्धि-पथ पर उतरते हुए मेरे मनोरथ का ही मधुर शब्द हो।

[सब बाहर निकल आते हैं।]

दूसरा अंक

[सुसज्जित संगीतशाला में सिंहासन पर बैठा हुआ राजा, उसके साथ विदूषक, महारानी धारिणी, परिव्राजिका और आसपास अन्य परिचायक दिखाई पड़ते हैं।]

राजा : भगवती, इन दोनों आचार्यों में से पहले किसके शिक्षण-कौशल का प्रदर्शन देखा जाए?

परिव्राजिका : यद्यपि ज्ञान की दृष्टि से तो दोनों समान हैं, परन्तु आयु की दृष्टि से गणदास बड़े हैं; इसलिए उन्हें ही पहले अवसर देना उचित है।

राजा : अच्छा मौद्गल्य, दोनों आचार्यों को यह सूचना दे दो और उसके बाद तुम जाकर अपना काम देखो।

कंचुकी : जो महाराज की आज्ञा। *(बाहर जाता है।)*

[प्रवेश करके]

गणदास : महाराज, यह शर्मिष्ठा द्वारा रचित एक चतुष्पदी है, जो मध्य लय में है। अब उसके छलिक नामक अभिनय को महाराज ध्यानपूर्वक देखें।

राजा : आचार्य, मैं अत्यन्त आदरपूर्वक सावधान होकर सुन रहा हूँ।

[गणदास बाहर जाता है।]

राजा : *(धीरे से)* मित्र, मेरी आँखें नेपथ्य में खड़ी हुई मालविका के दर्शन के लिए इतनी अधीर हैं कि जैसे वे परदे को हटा डालने का प्रयत्न-सी कर रही हैं।

विदूषक : *(ओट करके)* आपकी आँखों का मधु अब सामने उपस्थित है; परन्तु मधुमक्खी भी पास ही बैठी हैं। हाँ, ज़रा सावधान होकर ही देखिए।

[मालविका का प्रवेश। आचार्य गणदास उसके अंग-सौष्ठव की ओर पूरी तरह ध्यान लगाए हुए हैं।]

विदूषक : *(धीरे से)* देखिए महाराज, इसका सौंदर्य इसके चित्र से किसी प्रकार कम तो नहीं है?

राजा : *(ओट करके)* मित्र, जब मैंने इसके चित्र को देखा था, तो मुझे यह भय लगा था कि कहीं इसका वास्तविक रूप चित्र के समान न हो; परन्तु अब तो मुझे ऐसा लग रहा है कि जिसने इसका चित्र बनाया था, उसने ठीक ध्यान से चित्रांकन नहीं किया।

गणदास : बेटी, घबराओ मत; सचेत रहो।

राजा : अहा! इसका यह सौन्दर्य कैसा सब दृष्टियों से निर्दोष है! देखो न, इसकी आँखें बड़ी-बड़ी हैं; शरद ऋतु के चन्द्रमा की भाँति उज्ज्वल मुख है; बाँहें कन्धों पर से झुकी हुई हैं; छाती उभरे हुए कठोर स्तनों से भरी हुई है; दोनों कांखें खूब चिकनी हैं; कमर इतनी पतली है कि मुट्ठी में आ जाए; जाँघें खूब भारी हैं; और पैरों की अँगुलियाँ झुकी-झुकी सी हैं। ऐसा प्रतीत होता है कि इसके शरीर को ठीक वैसा बनाया गया है जैसा कि इसके नाट्य-गुरु ने अपने मन में चाहा था।

मालविका : *(थोड़ा-सा आलाप भरकर एक चतुष्पदी गाती है।)*

दुर्लभ है प्रियतम मेरा, मैं कैसे उसको पाऊँ?
मत आस लगा मन उसकी तुझको कितना समझाऊँ?
यह आँख फड़कती बाईं, इसका क्या अर्थ लगाऊँ?
चिरकाल बाद प्रिय दीखे, पर कैसे पास बुलाऊँ?
मैं नाथ, पड़ी हूँ परबस, किस तरह चाह जतलाऊँ?

[गीत के भाव के अनुसार अभिनय करती है।]

विदूषक : *(धीरे से)* मित्र, इस चतुष्पदी द्वारा तो इन्होंने अपने-आपको तुम्हारे सम्मुख समर्पित ही कर दिया है।

राजा : हाँ मित्र, मेरा मन भी यही कहता है। 'नाथ, मुझे अपने प्रति अनुरक्त समझो' ऐसा गीत गाकर और अपने अभिनय द्वारा उसी भाव को और भी प्रकट करते हुए अत्यन्त सुकुमार प्रार्थना के बहाने मुझीसे यह बात कही है। इस समय महारानी धारिणी पास बैठी हैं, इसलिए प्रेम प्रकट कर पाने का और कोई उपाय तो हो ही नहीं सकता था।

[मालविका गीत की समाप्ति पर बाहर जाना चाहती है।]

बिदूषक : ज़रा ठहरिए जी। आप अभिनय में एक खास चीज भूल गई हैं। मैं आपसे वही पूछना चाहता हूँ।

गणदास : बेटी, जरा ठहरो। जब इन लोगों को यह विश्वास हो जाए कि

तुम्हारा शिक्षण बिलकुल ठीक हुआ है, तभी जाना।
[मालविका लौटकर खड़ी हो जाती है।]

राजा : *(मन-ही-मन)* अहा, सुन्दरता सब दशाओं में कुछ-न-कुछ नई ही छवि दिखाती है! देखो, यह अपने बाएँ हाथ को कमर पर रखे खड़ी है, जिससे हाथ का कंगन फिसलकर कलाई के जोड़ पर आ पहुँचा है। इसका दूसरा हाथ श्यामा लता की डाल की तरह ढीला होकर झूल रहा है। यह फर्श पर पड़े हुए एक फूल को पैर के अँगूठे से हिला-डुला रही है और दृष्टियों को नीची किए उसीको देख रही है। इसका यह सीधा शान्त खड़ा हुआ शरीर इसके नृत्य की अपेक्षा भी कहीं अधिक सुन्दर लग रहा है।

धारिणी : आर्य, आप गौतम की बात पर भी ध्यान देने लगे?

गणदास : महारानी ऐसा न कहिए। महाराज के साथ रहते-रहते सम्भव है, गौतम भी सूक्ष्मदर्शी हो गए हों। विद्वान मनुष्य के संसर्ग से मूर्ख भी विद्वान बन जाता है, जैसे निर्मली के बीज से मलिन जल भी स्वच्छ हो जाता है। *(विदूषक की ओर देखकर)* ठीक है, हम सुन लेते हैं कि आर्य गौतम क्या कहना चाहते हैं।

विदूषक : *(गणदास की ओर देखकर)* पहले भगवती कौशिकी से पूछिए, उसके बाद जो भूल मुझे दिखाई पड़ी है, उसे मैं बताऊँगा।

गणदास : भगवती, जैसा आपने देखा है, वैसा कहिए। वह ठीक है या गलत।

परिव्राजिका : जो कुछ मैंने देखा है, वह तो सबका सब निर्दोष है; क्योंकि मालविका ने अपने अंगों द्वारा वचनों में निहित अर्थ को बिलकुल ठीक-ठीक ढंग से व्यक्त कर दिया। उसके पैर लय के साथ-साथ चल रहे थे और वह भावों में तन्मय हो गई थी। उसका अभिनय अत्यन्त आकर्षक था और उसको देखकर भाव परस्पर इस प्रकार टकरा-से रहे थे कि मन उनमें बँध गया-सा प्रतीत होता था।

गणदास : अच्छा, महाराज की क्या सम्मति है?

राजा : अब हमें अपने पक्ष पर वैसा अभिमान नहीं रहा।

गणदास : आज मैं अपने-आपको पूरे तौर पर नाट्याचार्य समझता हूँ; क्योंकि विद्वान लोग आचार्य के उसी शिक्षण को निर्दोष समझते हैं, जो आप जैसे परीक्षकों के सम्मुख आने पर भी निर्दोष सिद्ध हो; जैसे खरा सोना अग्नि में पड़ने पर भी काला नहीं पड़ता।

धारिणी : आपको बधाई हो कि आपके शिक्षण पर किसी प्रकार की आँच नहीं आई।

गणदास : मेरी इस विजय का श्रेय आपकी कृपा को ही है। *(विदूषक की*

ओर देखकर) गौतम, अब कहो; तुम्हारे मन में क्या बात है?

विदूषक : जब पहले-पहले अपनी शिक्षण-कला का प्रदर्शन किया जाए, तो प्रारम्भ में ब्राह्मण की पूजा करनी चाहिए; वह आप लोग भूल ही गए।

परिव्राजिका : अहा! क्या नाट्यकला की गहराई की बात पूछी है!

[सब हँस पड़ते हैं। मालविका मुस्कराती है।]

राजा : *(मन-ही-मन)* मेरी अभिलषित वस्तु आँखों के द्वारा तो मुझे प्राप्त हो ही गई, क्योंकि मेरी आँखों ने बड़े-बड़े नयनोंवाली मालविका का मुस्कराता हुआ वह मुख देख लिया, जिसमें ज़रा-ज़रा दाँत दिखाई पड़ रहे थे, और इसी कारण वह और भी सुन्दर हो उठा था। ऐसा प्रतीत हुआ मानो कोई नया खिलता हुआ ऐसा कमल का फूल दिखाई पड़ा हो, जिसके केसर अभी थोड़े-थोड़े ही दीखने शुरू हुए हों।

गणदास : ब्राह्मण देवता, यह हमारा प्रथम अभिनय-प्रदर्शन नहीं है, नहीं तो दान-दक्षिणा पर जीनेवाले आपकी पूजा हम कहीं भूल सकते थे?

विदूषक : मैंने भी सूखे गरजते हुए बादलों से चातक के समान पानी की आशा की। अच्छा ठीक है; अगर पण्डित लोगों को सन्तोष हो जाए तो उनकी देखा-देखी मूर्ख लोग भी सन्तुष्ट हो जाते हैं। अब क्योंकि भगवती कौशिकी ने कह ही दिया है कि तुम्हारा अभिनय अच्छा रहा, तो लो तुम्हें यह पारितोषिक देता हूँ। *(यह कहकर राजा के हाथ से सोने का कड़ा उतार देना चाहता है।)*

धारिणी : ठहरो तो। दूसरे की कला को बिना जाने क्यों यह आभूषण देने लगे हो?

विदूषक : दूसरे का है, देने में क्या हर्ज है?

धारिणी : *(आचार्य की ओर देखकर)* आर्य गणदास, अब तो आपकी शिष्या अपनी सीखी हुई कला दिखा चुकी न!

गणदास : आओ बेटी; अब चलें।

[मालविका आचार्य के साथ बाहर निकल जाती है।]

विदूषक : *(धीरे से)* आपकी सेवा करने का मुझमें इतना ही बुद्धि-कौशल था।

राजा : *(धीरे से)* न, न, इतने पर ही बस न करो। मुझे तो ऐसा प्रतीत हो रहा है कि इस पर्दे के पीछे उसके छिप जाने से मेरी आँखों का भाग्य अस्त हो गया है, हृदय का उत्सव समाप्त हो गया है, और प्रेम का द्वार बन्द हो गया है।

विदूषक : *(धीरे से)* दरिद्र रोगी की भाँति आप यह चाहते हैं कि वैद्य आपको औषध भी अपने घर से ही दे।

[प्रवेश करके]

हरदत्त : महाराज, अब मेरा अभिनय देखने की कृपा कीजिए।

राजा : *(मन-ही-मन)* देखने का प्रयोजन तो समाप्त हो चुका। *(शिष्टाचार के पालन के लिए प्रकट)* हाँ, हम तो उत्सुक ही बैठे हैं।

हरदत्त : आपकी कृपा है।

[नेपथ्य में]

वैतालिक : महाराज की जय हो। मध्याह्न हो चला है; बावड़ियों में कमलों के पत्तों की छाया में हँस आँखें मूँदे विश्राम करने लगे हैं। महल धूप से ऐसे तप उठे हैं कि उनके छज्जों पर कबूतरों का बैठ पाना भी कठिन हो गया है। प्यासा मोर घूमते हुए अरघट्ट यन्त्र से गिरते हुए जलकणों को पीने के लिए चारों ओर चक्कर काट रहा है। सूर्य अपनी सम्पूर्ण किरणों से उसी प्रकार देदीप्यमान हो उठा है जैसे आप समस्त राजगुणों से देदीप्यमान हैं।

विदूषक : अरे, यह तो हमारे भोजन का समय हो गया। चिकित्सकों का कथन है कि उचित समय पर भोजन न करने से बड़ा दोष होता है। *(हरदत्त की ओर देखकर)* क्यों हरदत्त, अब क्या कहते हो?

हरदत्त : अब कहा ही क्या जा सकता है?

राजा : अच्छा, आपके अभिनय-प्रदर्शन को हम कल देखेंगे। आज आप विश्राम कीजिए।

हरदत्त : महाराज की जैसी आज्ञा। *(बाहर जाता है)*

धारिणी : चलिए, आप स्नान कर डालिए।

विदूषक : महारानीजी, अब तो जल्दी से कुछ बढ़िया खाने-पीने का प्रबन्ध करवाइए।

परिव्राजिका : *(उठकर)* भगवान् आपका कल्याण करें। *(इतना कहकर परिचारकों-समेत महारानी के साथ बाहर चली जाती है।)*

विदूषक : मित्र, मालविका न केवल रूप-सौन्दर्य में अनुपम है, अपितु नृत्यशिल्प में भी अद्वितीय है।

राजा : मित्र, विधाता ने उस सहज सुन्दर मालविका को ललित कलाओं में प्रवीण बनाकर कामदेव के बाण को विषबुझा बाण बना दिया है। और क्या कहूँ, मेरी दशा चिन्तनीय हो उठी है।

विदूषक : दशा तो मेरी भी चिन्तनीय है। मेरे पेट के अन्दर इस समय हलवाई की भट्टी जैसी आग लगी हुई है।

राजा : अब जल्दी ही तुम अपने इस मित्र के लिए कोई उपाय ढूँढ़ो।

विदूषक : उसके लिए तो दक्षिणा आपसे मिल ही चुकी है। किन्तु कठिनाई यह है कि मालविकाजी का दर्शन तो मेघमाला में छिपी हुई चाँदनी की भाँति दूसरे के हाथ में है और आप कसाई के घर पर मँडरानेवाले गिद्ध के समान माँस-लोभी और भीरु हैं। पर इतनी अधीरता के साथ अपना काम बनवाने का आग्रह करते हुए आप लगते बहुत भले हैं।

राजा : मैं अधीर कैसे न होऊँ? मेरा हृदय इस समय अपने अन्तःपुर की सब रानियों से फिर गया है और वही सुन्दर आँखोंवाली मालविका मेरे प्रेम की एकमात्र पात्र बन गई है।

[सब बाहर जाते हैं।]

तीसरा अंक

[परिव्राजिका की परिचारिका समाहितिका का प्रवेश]

समाहितिका : भगवती ने आज्ञा दी है कि समाहितिका, जाकर महाराज के उपवन से नीबू ले आओ। तो अब चलकर प्रमदवन की मालिन मधुकरिका को ढूँढूँ। *(चलने का अभिनय करके और देखकर)* उधर वह मधुकरिका सुनहले अशोक पर दृष्टि गड़ाए खड़ी है। उसीके पास जाती हूँ।

[उद्यान-पालिका मधुकरिका का प्रवेश]

समाहितिका : *(पास जाकर)* क्यों मधुकरिका, तुम्हारे उद्यान का हाल-चाल सब ठीक तो है न?

मधुकरिका : अरे समाहितिका है! सखी, तुम्हारा स्वागत है।

समाहितिका : सखी, भगवती ने कहा है कि उन्हें महारानी के पास जाना है। ऐसे समय खाली हाथ नहीं जाना चाहिए, इसलिए कुछ नीबू ले जाना चाहती हूँ।

मधुकरिका : नीबू तो वे रहे। अच्छा, यह तो बताओ, उन दोनों नाट्याचार्यों में जो विवाद उठ खड़ा हुआ था, उसमें उन दोनों के अभिनय को देखकर भगवती ने किसे श्रेष्ठ ठहराया?

समाहितिका : दोनों ही शास्त्र में प्रवीण और प्रयोग में निपुण हैं, किन्तु शिष्या मालविका के विशेष कौशल के कारण गणदास की शिक्षण-कला श्रेष्ठ समझी गई।

मधुकरिका : अच्छा! और मालविका के बारे में क्या कुछ चर्चाएँ चलती हैं?

समाहितिका : ठीक है; महाराज उसे चाहते हैं; किन्तु केवल महारानी धारिणी का मन रखने के लिए स्पष्ट रूप से कुछ नहीं कहते। मालविका भी इन दिनों गले में पहनने के बाद उतारी हुई मालती-माला के समान कुछ उदास-उदास-सी दिखाई पड़ती है। इससे अधिक मैं और कुछ नहीं जानती। अच्छा, अब विदा दो।

मधुकरिका : ये डाली पर नीबू लटक रहे हैं, ले लो।

समाहितिका : ठीक है। *(नीबू तोड़ने का अभिनय करती है।)* सखि, साधु लोगों की सेवा करने का तुम्हें इससे भी अच्छा फल मिले। *(इतना कहकर चल पड़ती है।)*

मधुकरिका : सखि, चलो दोनों साथ ही चलें। इस सुनहले अशोक में फूल आने में बहुत देर लग रही है। मैं भी चलकर महारानी से निवेदन करती हूँ कि इसका कोई उपाय करें।

समाहितिका : ठीक है; यह काम ही जो तुम्हारा ठहरा।

[दोनों बाहर जाती हैं।]

[प्रवेशक समाप्त]

[विरह-व्याकुल राजा और उसके साथ विदूषक का प्रवेश]

राजा : *(अपनी ओर देखकर)* यह तो ठीक है कि प्रियतमा के आलिंगन का सुख न मिलने पर शरीर दुर्बल हो जाए; यह भी ठीक है कि क्षण-भर को भी प्रियतमा के दिखाई न पड़ने के कारण आँखों में आँसू भर आएँ; परन्तु हे हृदय, तुम तो कभी भी उस मृगनयनी से दूर नहीं रहते; फिर तुम किसलिए इतने दुःखी हो रहे हो?

विदूषक : इस प्रकार अधीर होकर विलाप न कीजिए। मैं मालविकाजी की प्रिय सखी बकुलावलिका से मिला था। आपने मुझे जो सन्देश देने को कहा था, वह मैंने उससे कह दिया है।

राजा : तो उसने क्या कहा?

विदूषक : बोली कि महाराज से कहना कि उनके इस आदेश से मैं कृतार्थ हुई हूँ; किन्तु नाग द्वारा रक्षित निधि की भाँति वह बेचारी भी महारानी की देख-रेख में है, इसलिए सरलता से प्राप्त नहीं हो सकती। फिर भी मैं यत्न करूँगी।

राजा : भगवान् कामदेव, जिन वस्तुओं पर इतना कड़ा प्रतिबन्ध है, उनकी ओर मेरा चित्त लगाकर तुम इस प्रकार क्यों प्रहार पर प्रहार किए जा रहे हो कि मेरे लिए समय काटना भी दूभर हो गया है? *(आश्चर्य प्रदर्शित करते हुए)* कहाँ तो हृदय को मथ डालनेवाली यह व्याधि, और कहाँ तुम्हारा यह विश्वास योग्य हथियार प्रेम! यह जो कहा जाता है कि कोमल वस्तु अधिक तीक्ष्ण होती है वह तुम्हारे विषय में पूरी तरह सत्य दिखाई पड़ता है।

विदूषक : मैं कहता हूँ कि उस कार्य को पूरा करने के लिए मैंने एक उपाय खोज निकाला है। आप अपने-आपको ज़रा शान्त तो कीजिए।

राजा : अच्छा! अब मेरा भी मन किसी काम-काज में तो लग नहीं रहा,

और दिन अभी काफी बाकी पड़ा है। यह समय कहाँ बिताया जाए?

विदूषक : आज ही तो रानी इरावती ने निपुणिका के हाथ नए-नए ताजे लाल कुरबक के फूल आपके पास उपहार में भिजवाए थे और वसन्त के नवागमन के बहाने आपसे अनुरोध किया था कि मैं आर्यपुत्र के साथ झूला झूलने का आनन्द लेना चाहती हूँ; और आप भी उसे इसका वचन दे चुके हैं। तो आइए, प्रमदवन की ओर ही चलें।

राजा : इस समय वहाँ चल पाना सम्भव नहीं है।

विदूषक : क्यों, क्या बात है?

राजा : मित्र, स्त्रियाँ स्वभाव से ही बहुत निपुण होती हैं। यह सम्भव नहीं कि तुम्हारी सखी इस बात को पहचान न ले कि इस समय मेरा हृदय किसी दूसरे की ओर लगा हुआ है। इसलिए मुझे तो ऐसा लगता है कि इस प्रेम के प्रसंग को कोई-न-कोई बहाना बनाकर टाल देना भला है। मनस्विनी रमणियों के सम्मुख कृत्रिम प्रेम का प्रदर्शन करना और भी अधिक भावशून्य प्रतीत होता है।

विदूषक : अपनी अन्तःपुर की रानियों के प्रति प्रेम को इस प्रकार एकाएक छोड़ देना भी तो भला नहीं मालूम होता।

राजा : *(कुछ सोचकर)* अच्छा, तो चलो प्रमदवन की ओर ही ले चलो।

विदूषक : ठीक है; आइए, इधर आइए।

[दोनों चलने का अभिनय करते हैं।]

विदूषक : देखिए, यह प्रमदवन पवन से काँपती हुई अपनी पल्लव-अँगुलियों से जल्दी प्रविष्ट होने के लिए निमन्त्रण दे रहा है।

राजा : *(पवन-स्पर्श का अनुभव करने का अभिनय करते हुए)* वसन्त आ ही पहुँचा है। देखो, उन्मत्त हुई कोकिला का कर्ण-मधुर स्वर सुनाई पड़ रहा है। ऐसा प्रतीत होता है मानो वसन्त सहानुभूतिपूर्वक मुझसे पूछ रहा है कि प्रेम की व्यथा सह्य तो है? आम्र की मंजरियों की सुगन्ध से भरा हुआ दक्षिण पवन मेरे शरीर से ऐसे स्पर्श कर रहा है, मानो वसन्त अपने सुकोमल हाथ से मेरे शरीर को सहला रहा हो।

विदूषक : आइए, आनन्द प्राप्त करने के लिए इस उपवन के अन्दर चलिए।

[दोनों उपवन में प्रवेश करते हैं।]

विदूषक : ज़रा ध्यान से देखिए। ऐसा प्रतीत होता है, मानो आपका चित्त लुभाने के लिए वनलक्ष्मी ने वसन्त-कुसुमों से शृंगार किया है।

उसका यह वेश तरुणियों को भी लजा देनेवाला दीख रहा है।

राजा : मुझे भी देख-देखकर आश्चर्य हो रहा है। इस लाल अशोक की कान्ति युवतियों के बिम्बाधरों की अरुणिमा से भी अधिक सुन्दर है। इन कुरबक के काले, सफेद और लाल फूलों ने तरुणियों के मुखों पर शृंगार के लिए की गई चित्रकारी को भी नीचा दिखा दिया है। काले भौरों से घिरे हुए तिलक के फूलों ने सुन्दरियों के मस्तक पर लगे हुए तिलकों को फीका कर दिया है, ऐसा प्रतीत होता है कि स्त्रियों के मुख का शृंगार वसन्त-शोभा के पैरों की धूल भी नहीं है।

[दोनों उद्यान की शोभा को देखने का अभिनय करते हैं।]

[विचारमग्न मालविका का प्रवेश]

मालविका : मुझे यह मालूम नहीं कि महाराज के हृदय में मेरे प्रति क्या भाव है? इसलिए उनकी कामना करते हुए मुझे अपने-आपसे भी लज्जा होती है। फिर मेरे ऐसे भाग्य कहाँ कि अपनी प्रिय सखियों से ये सब बातें कह सकूँ! मालूम नहीं, इस उपायहीन असह्य वेदना को मुझे कितने दिन सहना होगा! *(कुछ कदम चलकर)* अरे, मैं चली कहाँ हूँ? *(स्मरण करने का सा अभिनय करके)* हाँ, महारानी ने मुझे आदेश दिया है कि मालविका, गौतम की शरारत के कारण मैं झूले से गिर पड़ी; इससे मेरे दोनों पैरों में दर्द हो रहा है। इसलिए तू ही जाकर सुनहले अशोक की अभिलाषा को पूर्ण कर आ। यदि इससे पाँच रात के अन्दर-अन्दर फूल खिल उठे, तो मैं तुझे मुँहमाँगा पुरस्कार दूँगी। अच्छा मैं पहले वहीं जा पहुँचती हूँ। मेरे पीछे-पीछे पैरों में पहनने के गहने लेकर बकुलावलिका आ रही होगी। तब तक ज़रा देर एकान्त में जी खोलकर रो ही लूँ।

विदूषक : *(देखकर)* अरे रे, क्या गजब हुआ! मित्र, यह देखो मधुपान से उन्मत्त हुए व्यक्ति को भी उन्मत्त बना देनेवाली खाण्ड आ पहुँची।

राजा : क्यों-क्यों, क्या हुआ?

विदूषक : यह उधर पास ही मामूली वस्त्र पहने मालविका अकेली और उदास बैठी है।

राजा : *(प्रसन्न होकर)* क्या मालविका है?

विदूषक : और नहीं तो क्या?

राजा : तब तो अब जीवन को धारण किए रहना सम्भव है। तुमसे यह सुनकर कि प्रियतमा कहीं पास ही है, मेरा यह बेचैन हृदय आनन्द से अधीर हो उठा है, जैसे कोई प्यासा पथिक सारसों के शब्द

को सुनकर वृक्षों के पीछे छिपी हुई नदी का अनुमान करके प्रसन्न हो उठे। अच्छा, वह है कहाँ?

विदूषक : वह वृक्षों के झुरमुट में से निकलकर इधर ही आती दीख रही है।

राजा : *(आनन्द के साथ देखकर)* मित्र, अब मुझे भी दीख रही है। ये भारी-भारी नितम्ब, यह पतली कमर, वे उभरे हुए कुच-युगल और खूब बड़ी-बड़ी आँखें यह मानो अपना जीवन ही चला आ रहा है। मित्र, अब तो यह पहले की अपेक्षा और भी अधिक सुन्दर हो उठी है। देखो, इसका मुख सरकण्डे के रंग के समान पीला पड़ गया है; और इसने बहुत थोड़े-से आभूषण पहने हुए हैं। यह ऐसी प्रतीत हो रही है, मानो कोई कुन्दलता है, जिसके पत्ते वसन्त में पीले पड़ गए हैं और जिसपर थोड़े-से फूल खिल उठे हैं।

विदूषक : शायद यह भी आपकी ही भाँति प्रेम के रोग से पीड़ित होगी।

राजा : मित्रता के कारण ही तुम्हें ऐसा प्रतीत हो रहा है।

मालविका : यह ललित और सुकुमार कामना के लिए, कुसुमों के शृंगार से शून्य और प्रिय के लिए उत्कंठित अशोक वृक्ष मेरी ही नकल-सी कर रहा है। अच्छा, कुछ देर छाया में पड़ी हुई शीतल पत्थर की चौकी पर बैठकर अपना मन बहलाती हूँ।

विदूषक : सुना आपने? वे कह रही हैं कि मैं अपने प्रिय के लिए उत्कंठित हूँ।

राजा : केवल इतने-भर से तुम्हारा तर्क मुझे ठीक नहीं मालूम होता। क्योंकि इस समय मलय पवन कुरबक के पराग को लेकर बह रहा है और नव पल्लवों के खिलने के साथ ही उनके जल-बिन्दुओं को वह उड़ा रहा है। ऐसे समय व्यक्ति का मन अकारण भी उत्कंठित हो सकता है।

[मालविका बैठ जाती है।]

राजा : मित्र, आओ हम इधर लताओं के पीछे छिप जाते हैं।

विदूषक : वह पास ही इरावती भी दिखाई पड़ रही है।

राजा : कमलिनी को देखकर हाथी मगरमच्छ की परवाह नहीं करता।

[मालविका की ओर देखता हुआ खड़ा रहता है।]

मालविका : हृदय, क्यों ऐसे मनोरथ के पीछे पड़ा है, जहाँ तक पहुँचने का कोई सहारा नहीं है, और जो अपनी पहुँच से बाहर है? क्यों व्यर्थ ही मुझे दुःख देता है?

[विदूषक राजा की ओर देखता है।]

राजा : प्रिय, स्नेह की उलटी गति तो देखो। यद्यपि तुमने यह प्रकट नहीं

किया कि तुम किसे पाने के लिए उत्सुक हो; और न मैं अनुमान द्वारा ही किसी एक निश्चित परिणाम पर पहुँच सका हूँ, फिर भी हे रम्भोरु, मैं यही समझ रहा हूँ कि तुम्हारे इस विलाप का लक्ष्य मैं ही हूँ।

विदूषक : अभी आपका संशय मिटा जाता है। जिसके हाथ आपने प्रेम-सन्देश भेजा था, वह बकुलावलिका भी यहाँ एकान्त में आ पहुँची है।

राजा : पता नहीं उसे मेरा अनुरोध याद भी होगा या नहीं?

विदूषक : यद दासी की बच्ची आपके ऐसे महत्त्वपूर्ण सन्देश को कभी भूल सकती है? अभी मैं तक तो भूला नहीं हूँ।

[पैरों में पहनने के आभूषण हाथ में लिए बकुलावलिका का प्रवेश]

बकुलावलिका : कहिए, सखी अच्छी तो हैं?

मालविका : अरे बकुलावलिका आ गई! आओ सखि, तुम्हारा स्वागत है। यहाँ बैठो।

बकुलावलिका : *(बैठकर)* सखि, तुम सचमुच इस योग्य थीं, इसीलिए इस काम पर नियुक्त की गई हो। अपना पैर आगे करो, मैं उसमें आलता लगा दूँ और नूपुर पहना दूँ।

मालविका : *(मन-ही-मन)* हृदय, यह ऐसा आनन्द का अवसर उपस्थित हुआ है; पर प्रसन्नता से फूल मत उठना। इस समय बच पाने का उपाय क्या है? या शायद यही मेरा मृत्यु का शृंगार हो जाए।

बकुलावलिका : क्यों, सोच क्या रही हो? महारानी इस सुनहले अशोक के फूल देखने के लिए बहुत उत्सुक हैं।

राजा : अच्छा, तो यह सारा आयोजन अशोक की इच्छापूर्ति के लिए है?

विदूषक : तो क्या आपका यह विचार था कि महारानी ने इसे आपके लिए इस प्रकार अन्तःपुर के शृंगार से सजाकर भेजा है?

मालविका : अच्छा तो सखी, लो; पर मुझे क्षमा करना। *(पैर आगे करती है।)*

बकुलावलिका : सखी, तुम तो मेरा अपना ही शरीर हो। *(यह कहकर पैर को रंगने का अभिनय करती है।)*

राजा : मित्र, इस प्रिय मालविका के पैर पर खिंचती हुई इन सुन्दर रंग की रेखाओं को देखो। ये ऐसी प्रतीत हो रही हैं, मानो महादेव द्वारा जला दिए गए कामदेव-तरु में फिर से पहले-पहल नवपल्लव फूट निकले हों।

विदूषक : जैसे सुन्दर इनके पैर हैं, वैसा ही इन्हें काम भी तो सौंपा गया है।

राजा : बिलकुल ठीक कहते हो। इस बाला के पैर के नाखूनों से किरणें-सी

बिखर रही हैं। नवपल्लवों के समान अरुण अँगुलियों वाला यह पैर या तो अभी न फूले हुए अशोक पर उसकी अभिलाषा को पूरा करने के लिए पड़ना उचित है, या फिर तुरन्त अपराध करके आए हुए और सिर झुकाकर बैठे हुए प्रेमी के ऊपर।

विदूषक : जब आप अपराध करेंगे, तो यह आपको इसी पैर से मारेंगी।

राजा : अभीष्टदर्शी ब्राह्मण का वचन सिर-माथे।

[इसके बाद मधुपान से मत्त इरावती का दासी के साथ प्रवेश]

इरावती : अरी निपुणिका, मैंने बहुत बार सुना है कि आसव पीने से स्त्रियों की कान्ति बहुत बढ़ जाती है। क्या यह प्रवाद सच है?

निपुणिका : अब तक तो प्रवाद ही था; किन्तु आज सत्य हो उठा है।

इरावती : चल बस कर, झूठा प्रेम मत दिखा। यह बता कि यह कैसे पता चले कि महाराज मुझसे पहले दोलागृह में पहुँच गए हैं या नहीं?

निपुणिका : आपका अखण्ड प्रेम ही इस बात का प्रमाण है कि वे पहुँच गए हैं।

इरावती : चल, खुशामद बहुत हो ली। ठीक-ठीक बता।

निपुणिका : वसन्तोत्सव का उपहार प्राप्त करने के लालच में आर्य गौतम ने यह कहा था कि रानी को जल्दी ही भेज दो।

इरावती : *(मतवालेपन के साथ चलने का अभिनय करती हुई)* निपुणिका, इस समय मेरा हृदय मद से मत्त होकर आर्यपुत्र के सम्मुख पहुँचने के लिए अधीर है, किन्तु मतवालेपन के कारण मेरे पैर आगे ही नहीं बढ़ रहे।

निपुणिका : लीजिए, हम लोग दोलागृह में आ पहुँचे।

इरावती : निपुणिका, आर्यपुत्र तो यहाँ दिखाई नहीं पड़ते।

निपुणिका : अच्छी तरह देखिए; महाराज परिहास करने के लिए कहीं छिपे हुए होंगे। आइए, हम दोनों भी प्रियंगु की बेलों से घिरे हुए उस अशोक के नीचे बने शिला-पट्ट पर चलकर बैठें।

इरावती : ठीक है।

निपुणिका : *(सामने देखकर)* देखिए स्वामिनी, आम्र की मंजरियाँ चुनते चीटियों ने काट लिया!

इरावती : क्यों, क्या हुआ?

निपुणिका : वहाँ अशोक के वृक्ष की छाया में बैठकर बकुलावलिका मालविका के पैरों का शृंगार कर रही है।

इरावती : *(संशय का अभिनय करते हुए)* यह जगह तो मालविका के आने की नहीं? क्या ख्याल है तेरा?

निपुणिका : मेरा ख्याल है कि महारानी झूले पर से गिर पड़ी थीं, इसलिए पैरों में कष्ट होने के कारण उन्होंने मालविका को अशोक की अभिलाषा पूरी करने के लिए नियुक्त किया है। नहीं तो महारानी अपने पहनने के बिछुओं के जोड़े को अपनी परिचारिकाओं को कैसे दे देतीं?

इरावती : अवश्य यही बात है।

निपुणिका : अब महाराज को नहीं ढूँढ़तीं क्या?

इरावती : सखि, अब मेरे पैर आगे नहीं पड़ते। मदिरा के मद से भी मेरा बुरा हाल है। यह जो सन्देह पैदा हो गया है, इसको भी अन्त तक पहुँचाना ही होगा। *(मालविका को देखकर और सोचकर; मन-ही-मन)* इस सबको देखकर मेरे मन का चिन्तित हो उठना ठीक ही है।

बकुलावलिका : *(मालविका को उसका पैर दिखाते हुए)* तुम्हें यह रंग की सजावट पसन्द भी आई?

मालविका : सखि, पैर मेरा अपना है, इसलिए इसकी प्रशंसा करते लज्जा आती है। यह प्रसाधन की कला तुम्हें सिखाई किसने?

बकुलावलिका : इस कला में तो मैं महाराज की शिष्या हूँ।

विदूषक : जल्दी पहुँचिए, और अभी गुरु-दक्षिणा माँग लीजिए।

मालविका : यह अद्‌भुत है कि इतने पर भी तुम्हें अभिमान नहीं है।

बकुलावलिका : जैसी कला सीखी है, उसके अनुरूप चरण पाकर आज जरूर अभिमानी हो उठूँगी। *(रंग को देखकर, मन-ही-मन)* अहा, आज मेरा अभिमान पूर्ण हुआ! *(प्रकट)* सखि, तुम्हारे एक पैर की रंगाई तो पूरी हो गई; केवल मुख से फूँक मार-मारकर इसे सुखाना-भर शेष है; या यहाँ तो हवा भी काफी चल रही है।

राजा : मित्र, देखो, इसके पैरों में लगे हुए गीले आलते को मुँह से फूँक मारकर सुखाने के काम में यह मेरा सेवा करने का पहला-पहला अवसर प्राप्त हो गया है।

विदूषक : इतने अधीर क्यों होते हैं? ऐसे अवसर तो आपको बहुत प्राप्त होते रहेंगे।

बकुलावलिका : सखि, इस समय तुम्हारा पैर लाल शतदल कमल के समान प्रतीत हो रहा है, भगवान् करे कि तुम सदा महाराज की गोद में ही लेटी रहो।

[इरावती निपुणिका की ओर देखती है।]

राजा : मेरा भी यही आशीर्वाद है।

मालविका : सखि, ऐसी बेढ़ंगी बातें मत कहो।

बकुलावलिका : मैंने वही कहा है, जो कहना चाहिए।

मालविका : तुम्हें मुझसे बहुत प्रेम है न?

बकुलविका : केवल मुझे ही नहीं।

मालविका : और किसे?

बकुलावलिका : गुणों पर रीझ उठनेवाले महाराज को भी।

मालविका : झूठ बोलती है! उनका अनुराग मुझपर है ही नहीं।

बकुलावलिका : ठीक है, वह तुमपर दिखाई नहीं पड़ता, परन्तु महाराज के कृश, पीले पड़े हुए और सुन्दर अंगों पर स्पष्ट दिखाई पड़ता है।

निपुणिका : इस दुष्टा ने ऐसा उत्तर दिया है। जो पहले से ही सोचा-विचारा हुआ मालूम पड़ता है।

बकुलावलिका : भले आदमियों की इतनी बात तो तुम्हें भी माननी होगी कि प्रेम की परीक्षा प्रेम से ही करनी चाहिए।

मालविका : क्या अपने मन से ही बातें बनाए जा रही है?

बकुलावलिका : नहीं-नहीं, ये प्रेम से भरे हुए सुकुमार शब्द महाराज ने अपने ही मुँह से कहे हैं।

मालविका : सखि, महारानी का विचार करके मेरा मन इन बातों पर विश्वास करने का नहीं होता।

बकुलावलिका : अरी भोली, भौंरे आ-आकर सताएँगे, क्या इस डर से लोग अपने कानों पर नववसन्त की आम्रमंजरी को पहनना छोड़ देते हैं?

मालविका : यदि मैं किसी विपत्ति में पड़ने लगूँ, तो मेरी साथिन रहना।

बकुलावलिका : मैं बकुलावलिका हूँ। जितनी ही घिसी-रगड़ी जाऊँगी, उतनी ही अधिक सुगन्ध दूँगी।

राजा : वाह, बकुलावलिका वाह! मन के भाव को जानकर उसे ठीक ढंग से प्रस्तुत करके और इनकार होने पर उसका उपयुक्त उत्तर देकर तुमने इसे अपने वश में कर लिया है। यह सत्य ही है कि प्रेमी पुरुषों के प्राण दूतियों की मुट्ठी में रहते हैं।

इरावती : सखि, देखो, इस बकुलावलिका ने ही इस मालविका को इस पद तक पहुँचा दिया है।

निपुणिका : स्वामिनी, इसे जो काम सौंपा गया होगा, उसीको यह ठीक ढंग से निभा रही है।

इरावती : तब तो मेरे हृदय की शंका बिलकुल ठीक ही थी। अब इस सारे मामले को भली भाँति जाँच-पड़ताल कर कोई उपाय सोचूँगी।

बकुलावलिका : यह तुम्हारा दूसरा पैर भी पूरी तरह रंग गया। अब इसमें नूपुर पहना दूँ। *(नूपुर का जोड़ा पहनाने का अभिनय करके)* सखि, उठो,

अशोक को विकसित करने के लिए महारानी के आदेश का पालन करो।

[दोनों उठ खड़ी होती हैं।]

इरावती : महारानी का काम भी सुन लिया। अच्छा, इसे भी होने दो।

बकुलावलिका : लो, यह अनुराग की लाली से भरपूर और उपभोग के योग्य तुम्हारे सामने ही मौजूद है।

मालविका : *(प्रसन्न होकर)* कौन, महाराज?

बकुलावलिका : *(मुस्कराते हुए)* महाराज नहीं, यह अशोक की शाखा से झूलता हुआ पत्तों का गुच्छा। लो, इसे कानों पर सजा लो।

[मालविका उदास होने का अभिनय करती है।]

विदूषक : सुन लिया आपने?

राजा : मित्र, प्रेमियों के लिए इतना भी पर्याप्त है। जो प्रेमी-प्रेमिका एक-दूसरे को पाने के लिए अधीर न हों, उन दोनों का परस्पर मिलन भी व्यर्थ है; और जहाँ दोनों का एक-दूसरे के प्रति समान अनुराग हो, वहाँ एक-दूसरे की प्राप्ति से निराश होकर उनका मर जाना भी कहीं अधिक अच्छा है।

[मालविका कानों पर पत्ते सजाकर अशोक वृक्ष को लात मारती है।]

राजा : मित्र, इस अशोक वृक्ष से कानों के लिए नव पल्लव लेकर बदले में इसने उसे लात मार दी है। इन दोनों के इस समुचित लेन-देन को देखकर मैं यह अनुभव कर रहा हूँ कि जैसे मैं वंचित हो गया हूँ।

बकुलावलिका : सखि, यदि तुम्हारे चरण का स्पर्श पाकर भी इस अशोक में फूल न खिलें, तो उसमें तुम्हारा दोष न होगा बल्कि यह अशोक ही गुणहीन समझा जाएगा।

राजा : अरे अशोक, यदि इस कृश कटिवाली मालविका के नूपुरों से मुखरित नव कमल के समान कोमल चरण का स्पर्श पाकर भी तू अविलम्ब ही कलियों से न भर उठे, तो मानना होगा कि प्रेमियों के मन में स्वभावतः उत्पन्न होनेवाली प्रियतमा की लात खाने की इच्छा तेरे मन में व्यर्थ ही पैदा हुई। मित्र, कोई बहाना ढूँढ़कर अब इसके पास पहुँचना चाहता हूँ।

विदूषक : आइए, कुछ देर इन्हें हँसाऊँगा।

[दोनों प्रवेश करते हैं।]

निपुणिका : स्वामिनी, स्वामिनी, देखिए महाराज आ रहे हैं।

इरावती : यह तो मैं पहले ही सोच रही थी।

विदूषक : *(पास पहुँचकर)* देखिए जी, आपने हमारे इस प्रिय मित्र अशोक को बाईं लात मारकर भला काम नहीं किया।

दोनों : *(घबराकर)* अरे, महाराज हैं!

विदूषक : बकुलावलिका, तू तो सब कुछ जानती है। फिर तूने ऐसा अनुचित कार्य करने से इन्हें रोका क्यों नहीं?

[मालविका डरने का अभिनय करती है।]

निपुणिका : स्वामिनी, देखिए, आर्य गौतम ने यह क्या खेल रचा है!

इरावती : यह सब न करे, तो फिर इस निकम्मे ब्राह्मण की जीविका कैसे चले?

बकुलावलिका : आर्य, ये तो महारानी के आदेश का पालन कर रही हैं। यदि इनसे कोई भूल हुई हो, तो उस विषय में ये पराधीन थीं। महाराज क्षमा करें। *(अपने साथ-साथ मालविका से भी भूमि पर झुककर प्रणाम करवाती है।)*

राजा : यदि यह बात है तो तुम्हारा कोई अपराध नहीं। भद्रे उठो। *(मालविका को हाथ पकड़कर उठाता है।)*

विदूषक : यह तो ठीक है। इस विषय में महारानी की आज्ञा का पालन होना ही चाहिए।

राजा : *(हँसकर)* क्यों सुन्दरि, नव पल्लव के समान कोमल तुम्हारे इस बाएँ पैर को इस वृक्ष के कठोर तने पर मारने से तुम्हारे पैर में कष्ट तो नहीं हो रहा?

[मालविका लज्जित होने का अभिनय करती है।]

इरावती : अहा, आर्यपुत्र का हृदय इस समय तो नवनीत के समान कोमल हो उठा है!

मालविका : बकुलावलिका, आओ चलें। महारानी को बतला दें कि हमने अपना कार्य पूरा कर दिया है।

बकुलावलिका : महाराज से कहो कि हमें ज़ाने की अनुमति दें।

राजा : भद्रे, तुम जाओगी तो अवश्य; किन्तु अवसर मिला है तो मेरा एक अनुरोध सुनती जाओ।

बकुलावलिका : ध्यान से सुनो। कहिए महाराज!

राजा : **बहुत लम्बे समय से इस अशोक की ही भाँति मुझपर भी प्रेम के फूल नहीं आ रहे हैं। मेरी भी रुचि इस समय तुम्हें छोड़कर और किसीमें नहीं। अपने अमृत-सदृश स्पर्श से मेरी मनोकामना को भी पूर्ण करो।**

इरावती : *(एकाएक पास पहुँचकर)* हाँ, हाँ, पूर्ण करो इनकी कामना। अशोक पर तो अभी तक फूल नहीं खिले, किन्तु ये तो अभी से फूल-से उठे हैं।

[इरावती को देखकर सब चौंक उठते हैं।]

राजा : *(ओट करके)* मित्र, अब क्या उपाय किया जाए?

विदूषक : उपाय और क्या होना है; पैरों के बल का ही सहारा लीजिए।

इरावती : बकुलावलिका, तूने यह अच्छा जाल फैलाया है! अब आर्यपुत्र की अभिलाषा पूरी करवा न?

दोनों : रुष्ट न होइए स्वामिनी, महाराज की प्रेम-प्रार्थना पूरी करनेवाली हम कौन हैं? *(इतना कहकर दोनों चली जाती हैं।)*

इरावती : पुरुषों का विश्वास नहीं करना चाहिए। मुझे यह मालूम न था कि जैसे व्याध के गीत को सुनकर हरिणी मुग्ध हो जाती है, वैसे ही मैं भी इनकी धोखे-धड़ी की बातों पर विश्वास करके फँस जाऊँगी।

विदूषक : *(धीरे से)* अजी, इस समय कुछ उत्तर दीजिए। रंगे हाथ पकड़ा गया चोर भी यह कहा करता है कि मैं चोरी नहीं कर रहा था, अपितु यह देख रहा था कि मुझे सेंध लगानी आती है या नहीं।

राजा : सुन्दरि, मुझे मालविका से कुछ लेना-देना न था। तुम्हें आने में देर हो रही थी, इसलिए कुछ देर योंही दिल बहलाने के लिए उससे बात करने लगा।

इरावती : ज़रूर आप सच बोल रहे हैं। मुझे मालूम नहीं था कि आर्यपुत्र को मनोविनोद का ऐसा साधन मिल गया है, नहीं तो मैं अभागिन इस तरह बीच में न आ पड़ती।

विदूषक : महाराज के सामान्य शिष्टाचार-प्रदर्शन पर भी ऐसी रोक न लगाइए। अच्छा, आप ही कह दीजिए, क्या आप यह चाहती हैं कि महाराज महारानी की आसपास से गुजरनेवाली परिचारिकाओं से बातचीत तक न करें?

इरावती : ठीक है, खूब बातचीत हो। मैं क्यों अपना जी जलाऊं! *(रुष्ट होकर चल पड़ती है।)*

राजा : *(उसके पीछे चलते हुए)* रानी, रुष्ट न होओ।

[इरावती की करधनी फिसलकर पैर में अटक जाती है, फिर भी इरावती चलती ही जाती है।]

राजा : सुन्दरि, अपने प्रेमी के प्रति ऐसा उदासीन हो जाना तुम्हें शोभा नहीं देता।

इरावती : ठग कहीं के, अब मुझे तुम्हारा विश्वास नहीं रहा!

राजा : तुम 'ठग' कहकर मेरा तिरस्कार कर रही हो प्रिये! यह तो मेरे लिए नई बात नहीं है। किन्तु हे चण्डी, तुम्हारी यह मेखला पैरों पड़कर तुमसे क्षमा माँग रही है, फिर भी तुम प्रसन्न नहीं हो रही हो?

इरावती : यह अभागी भी तुमसे ही मिल गई। *(यह कहकर करधनी उठाकर राजा को मारना चाहती है।)*

राजा : मित्र, देखो, यह इरावती आँखों में आँसू भरे, कमर से टूटकर गिरी हुई सोने की करधनी से मुझे इस प्रकार मारने को उद्यत खड़ी है, जैसे घनघटा विद्युन्माला से विन्ध्याचल पर चोट करना चाह रही हो।

इरावती : अच्छा, फिर अपराध का दोष भी मेरे ही सिर मढ़ने लगे?

राजा : *(इरावती के मेखलावाले हाथ को पकड़ लेता है।)* अरी घुँघराले बालोंवाली, मुझ अपराधी को दण्ड देते-देते तुम रुक क्यों गईं? तुम अपने इस दास पर कुपित होती हुई भी अत्यन्त सुन्दर दीख रही हो। अब तो तुम ज़रूर ही मान जाओगी। *(इतना कहकर पैरों पर गिर पड़ता है।)*

इरावती : ये मालविका के पैर नहीं ... जिनसे तुम्हारी आनन्द की अभिलाषा पूर्ण हो सके।

[दासी के साथ बाहर निकल जाती है।]

विदूषक : उठिए, रानी आपपर प्रसन्न नहीं हुई।

राजा : *(उठकर इरवती को न देखकर)* तो क्या प्रिया इरावती चली ही गई?

विदूषक : मित्र, कुशल मनाओ कि इस अविनय से अप्रसन्न होकर वे यहाँ से चली गईं। अब यहाँ से तुरन्त भाग खड़े होने में ही कुशल है। ऐसा न हो कि वे मंगल ग्रह की भाँति उल्टी लौटकर फिर इसी राशि पर आ जाएँ।

राजा : प्रेम भी कैसा विचित्र होता है! मेरा मन तो मालविका हर ले गई थी। ऐसे समय में इरावती ने मेरी विनय को स्वीकार न करके भी भला ही किया; क्योंकि अब मेरी यह प्रेमिका मुझसे कुपित हो गई है, इसलिए अब कुछ दिन तक तो इसके प्रति उपेक्षा दिखाई ही जा सकती है।

[विदूषक के साथ बाहर चला जाता है।]

चौथा अंक

[अनमने-से राजा और उसके साथ प्रतिहारी का प्रवेश]

राजा : *(मन-ही-मन)* उस प्रिय मालविका के विषय में वार्तालाप को सुनकर उसे प्राप्त करने की आशा से जिस प्रेम के तरु की जड़ जमी थी, और उसके आँखों के सम्मुख आ जाने पर जिसमें नव पल्लव फूट निकले थे, और उसके हाथ के स्पर्श से हुआ मेरा रोमांच ही जिसका फूल-सा बन गया था, वही प्रेम का वृक्ष अब मुझे फल भी चखने का अवसर दे। *(प्रकट)* मित्र गौतम!

प्रतिहारी : महाराज की जय हो! गौतम यहाँ नहीं हैं।

राजा : *(मन-ही-मन)* ओह, उसे तो मैंने मालविका का हाल जानने के लिए भेजा था!

विदूषक : *(प्रवेश करके)* महाराज की श्री-वृद्धि हो!

राजा : जयसेना, जाकर यह तो पता करो कि पैर में चोट आ जाने के कारण महारानी धारिणी इस समय कहाँ अपना जी बहला रही हैं।

प्रतिहारी : जो महाराज की आज्ञा। *(कहकर बाहर चली जाती है।)*

राजा : कहो गौतम, तुम्हारी सखी का क्या हाल है?

विदूषक : जो बिल्ली के पंजे में फँसी कोयल का होता है।

राजा : *(दुखी होकर)* क्यों, ऐसी क्या बात है?

विदूषक : उस पीली आँखोंवाली धारिणी ने बेचारी मालविका को भण्डार के नीचे तहखाने में ऐसे डाला हुआ है, जैसे गुफा में बन्द किया हुआ हो।

राजा : उसे मालविका से मेरे मिलने-जुलने की बात मालूम हो गई होगी?

विदूषक : और नहीं तो क्या!

राजा : ऐसा हमसे चिढ़ा हुआ कौन है, जिसने महारानी को इतना क्रुद्ध कर दिया?

विदूषक : बताता हूँ। परिव्राजिका ने मुझे बताया था कि कल रानी इरावती महारानी धारिणी से उनके पैर की चोट का हाल-चाल पूछने गई थीं।

राजा : फिर क्या हुआ?

विदूषक : वहाँ महारानी ने उनसे पूछा कि इन दिनों प्रियतम से भेंट हुई या नहीं? इरावती ने कहा कि आपका यह प्रयोग गलत है, क्योंकि आपको यही मालूम नहीं कि महाराज तो अब दासियों से प्रेम करने लगे हैं।

राजा : ओफ! भले ही बात स्पष्ट रूप से नहीं कही, फिर भी इससे मालविका के ऊपर ही सन्देह जाना स्वाभाविक है।

विदूषक : इसके बाद जब महारानी ने बार-बार आग्रह किया, तो इरावती ने उन्हें आपके और मालविका के बारे में सब बातें विस्तार से कह सुनाईं।

राजा : तब तो इरावती बहुत अधिक रुष्ट प्रतीत होती है। फिर क्या हुआ।

विदूषक : और होना क्या था? इस समय मालविका और बकुलावलिका पैरों में बेड़ी डालकर नीचे तहखाने में डाल दी गई हैं। वहाँ सूर्य की किरणें तक नहीं पहुँच सकतीं। दोनों नागकन्याओं की भाँति पातालवास-सा कर रही हैं।

राजा : ओफ, बड़े दुख की बात है! नई खिली हुई आम्रमंजरी के साथ रहनेवाली मधुर स्वरवाली कोयल और भ्रमरी दोनों प्रचण्ड पुरवा हवा के साथ आई हुई असमय वर्षा के कारण वृक्ष की कोटर में धकेल दी गई हैं। अच्छा, अब इसका कोई उपाय किया जा सकता है या नहीं?

विदूषक : क्या उपाय किया जाए? उस भण्डार के तहखाने पर जिस माधविका को पहरे पर लगाया गया है, उसे महारानी ने अच्छी तरह समझा दिया है कि वह उनकी अँगूठी की मोहर को बिना देखे किसी भी दशा में अभागिन मालविका और बकुलावलिका को छोड़े नहीं।

राजा : *(गहरी साँस लेकर सोचते हुए)* मित्र, अब क्या करना चाहिए?

विदूषक : *(सोचकर)* एक उपाय है तो!

राजा : वह क्या?

विदूषक : *(चारों ओर देखकर)* कोई छिपकर सुन न ले। आपके कान में कहूँगा। *(कान के पास मुँह ले जाकर)* इस तरह। *(कान में बात करता रहता है)*

राजा : *(प्रसन्न होकर)* बहुत बढ़िया। बस, अब इस काम में जुट जाओ।

[प्रवेश करके]

प्रतिहारी : महाराज, महारानी हवामहल में लेटी हुई हैं। उनके पैर में लाल चन्दन का लेप किया गया है; दासियाँ उस पैर को सहला रही हैं; और भगवती परिव्राजिका कथाएँ सुना-सुनाकर महारानी का मनोरंजन कर रही हैं।

राजा : फिर तो हमारे वहाँ जा पहुँचने का यह अच्छा अवसर है।

विदूषक : अच्छा, आप चलिए। मैं भी महारानी के दर्शन के लिए कुछ भेंट हाथ में लेकर आता हूँ।

राजा : ठीक है। ये सब बातें जयसेना को भी अच्छी तरह समझा दो।

विदूषक : अवश्य। *(कान में क़हता है)* इस तरह होना है। *(बात पूरी कहकर बाहर निकल जाता है।)*

राजा : जयसेना, हमें हवामहल ले चलो।

प्रतिहारी : इधर आइए महाराज, इधर।

[बिस्तर पर लेटी हुई महारानी, उसके पास बैठी हुई परिव्राजिका और आसपास खड़ी दासियों का प्रवेश]

धारिणी : भगवती, यह कहानी तो बहुत ही मनोरंजक है। अच्छा आगे क्या हुआ?

परिव्राजिका : *(दूसरी ओर देखकर)* महारानी, इससे आगे की कहानी फिर सुनाऊँगी। अब तो वे विदिशा के महाराज आ पहुँचे हैं।

धारिणी : अरे, महाराज हैं! *(उठकर खड़ा होना चाहती है।)*

राजा : बस-बस, यह शिष्टाचार का कष्ट न करो। अरी मधुर-भाषिणी, सोने की चौकी पर रखे हुए इस पैर को हिला-जुलाकर कष्ट न दो। यह बेचारा पहले ही नूपुरों का अनुचित विरह सह रहा है। इस शिष्टाचार से तुम्हें पैर को कष्ट होने के साथ-साथ मुझे भी पीड़ा होगी।

धारिणी : आर्यपुत्र की जय हो!

परिव्राजिका : महाराज की जय हो!

राजा : *(परिव्राजिका को प्रणाम करके बैठकर)* क्यों महारानी, पीड़ा कुछ कम हुई या नहीं?

धारिणी : हाँ, आज तो काफी कम है।

[यज्ञोपवीत से अँगूठा बाँधे हुए घबराए हुए विदूषक का प्रवेश]

विदूषक : बचाइए, महाराज, मेरी रक्षा कीजिए। मुझे साँप ने काट लिया है!

[सब विषाद से भर जाते हैं।]

राजा : ओफ, गजब हो गया! तुम कहाँ भटक रहे थे?

विदूषक : मैं महारानी के दर्शन को आना चाहता था; भेंट देने के लिए कुछ फूल लेने प्रमदवन में गया था।

धारिणी : हाय-हाय! मेरे ही कारण इस बेचारे ब्राह्मण का जीवन संकट में पड़ गया।

विदूषक : प्रमदवन में जाकर मैंने ज्योंहि अशोक का गुच्छा तोड़ने के लिए अपना दायाँ हाथ फैलाया, त्योंही उसकी कोटर में से निकलकर सर्परूपी काल ने मुझे डस लिया। देखिए, ये रहे उसके डसने के दो निशान। *(डसने के निशान दिखाता है।)*

परिव्राजिका : सुनते हैं कि जहाँ साँप काटे, वहाँ पहला काम यह करना चाहिए कि उस अंग को काट दिया जाए। जल्दी ही इनका भी अँगूठा काट डालिए। जिस मनुष्य को साँप काट खाए, उसके प्राण बचाने का यही उपाय है कि दंश के स्थान को या तो काट दिया जाए या जला दिया जाए और या उस स्थान को चीरकर काफी खून निकाल दिया जाए।

राजा : यह तो विष की चिकित्सा करनेवाले वैद्यों का ही काम है। जयसेना, जल्दी जाकर वैद्य ध्रुवसिद्धि को बुला लाओ।

प्रतिहारी : जो महाराज की आज्ञा। *(बाहर जाती है।)*

विदूषक : हाय रे! पापी काल ने मुझे जकड़ लिया है।

राजा : ऐसे अधीर न होवो मित्र! यह भी सम्भव है कि किसी निर्विष साँप ने ही डसा हो।

विदूषक : घबराऊँ कैसे नहीं! मेरे सारे अंग सुन्न पड़ते जा रहे हैं। **[विष चढ़ने का सा अभिनय करता है।]**

धारिणी : अरे रे, इनकी दशा तो तेजी से बिगड़ रही है! ब्राह्मण को सम्भालो। **[परिव्राजिका घबराकर विदूषक को थाम लेती है।]**

विदूषक : महाराज, आपका तो मैं बचपन से ही मित्र रहा हूँ। उस मित्रता का ध्यान करके ही मेरी वृद्ध माताजी की देखभाल करते रहिएगा।

राजा : डरो मत गौतम! ज़रा धीरज रखो। अभी वैद्यजी आकर तुरत-फुरत तुम्हारा इलाज कर देंगे।

[प्रवेश करके]

जयसेना : महाराज, मैंने वैद्य ध्रुवसिद्धि को आपका आदेश कह सुनाया। वे कहते हैं कि गौतम को यहीं ले आओ।

राजा : अच्छा, तो इन्हें सहारा देते हुए अच्छी तरह संभालकर उनके पास ले जाओ।

जयसेना : जो आज्ञा महाराज।

विदूषक : *(धारिणी की ओर देखकर)* महारानीजी, देखिए अब मैं जीऊँ या न जीऊँ। महाराज की सेवा करते हुए मुझसे आपके प्रति कोई अपराध हुआ हो, तो उसे क्षमा कर दीजिएगा।

धारिणी : भगवान् करे, तुम्हारी आयु लम्बी हो!

[विदूषक और प्रतीहारी बाहर जाते हैं।]

राजा : यह बेचारा गौतम स्वभाव से ही ऐसा भीरु है कि इसे ध्रुवसिद्धि जैसे सिद्ध वैद्य पर भरोसा नहीं है।

[प्रवेश करके]

जयसेना : महाराज की जय हो! वैद्य ध्रुवसिद्धि ने कहलाया है कि पानी के घड़ेवाली विधि से नागमुद्रा द्वारा यह विष उतारना होगा। इसलिए कहीं से नागमुद्रा खोजकर लाई जाए।

धारिणी : नागमुद्रा तो मेरी इस अँगूठी में ही जड़ी हुई है। इसे ले जा। बाद में लाकर मुझे ही देना *(यह कहकर अँगूठी दे देती है।)*

[प्रतीहारी अँगूठी लेकर खड़ी रहती है।]

राजा : जयसेना, जाओ और तुरन्त आकर खबर दो कि सारा काम ठीक ढंग से हो गया।

जयसेना : जो महाराज की आज्ञा!

परिव्राजिका : मेरा मन तो कह रहा है कि गौतम का विष उतर गया।

राजा : भगवान् करे, ऐसा ही हो।

[प्रवेश करके]

जयसेना : महाराज, की जय हो! कुछ ही देर में गौतम का विष उतर गया, और वह अब फिर स्वस्थ हो गए हैं।

धारिणी : कुशल हुई कि मैं कलंक से बच गई।

जयसेना : और अमात्य वाहतक ने कहलवाया है कि राजकार्य के सम्बन्ध में कुछ आवश्यक मन्त्रणा करनी है, इसलिए आप दर्शन देने की कृपा करें।

धारिणी : जाइए आर्यपुत्र, अपना कार्य पूरा कीजिए।

राजा : रानी, इस स्थान पर भी अब धूप आ चली है। तुम्हारे इस रोग के लिए शीतल प्रयोग अच्छा होगा। इसलिए अपनी शय्या किसी और स्थान पर लिवा ले जाओ।

धारिणी : लड़कियों, जैसा आर्यपुत्र कह रहे हैं, वैसा ही करो।

सेविकाएँ : जो आज्ञा।

[महारानी धारिणी, परिव्राजिका और सेविकाएँ बाहर जाती हैं।]

राजा : जयसेना, मुझे गुप्त मार्ग से प्रमदवन ले चलो।

जयसेना : तो इधर आइए महाराज।

राजा : जयसेना, गौतम का काम बन गया न?

जयसेना : क्यों नहीं?

राजा : मनचाही वस्तु को पाने के लिए हमने जो उपाय रचा है, वह बिलकुल अचूक है, यह जानते हुए भी मेरा यह अधीर हृदय अभी भी सफलता के बारे में सन्देह ही किए जा रहा है।

[प्रवेश करके]

विदूषक : बधाई हो मित्र। आपके मंगल कार्य पूर्ण हो गए हैं।

राजा : अच्छा जयसेना, अब तुम जाओ और अपना काम देखो।

जयसेना : जो महाराज की आज्ञा। *(बाहर जाती है।)*

राजा : गौतम, यह माधविका कच्ची निकली। उसने कुछ भी सोच-विचार नहीं किया?

विदूषक : महारानी की अँगूठी को देखकर सोच-विचार क्या करती?

राजा : अँगूठी की बात नहीं। उसे यह तो सोचना चाहिए था कि इन दोनों को किसलिए छोड़ा जा रहा है। उसे यह भी पूछना चाहिए था कि जब महारानी के पास अपने इतने परिचायक विद्यमान हैं, तो उन्होंने आपको ही इस काम के लिए क्यों भेजा?

विदूषक : यह तो उसने पूछा था। पर उस समय मुझ मूर्ख की बुद्धि अचानक चेत गई।

राजा : तब तुमने क्या कहा?

विदूषक : मैंने कहा कि ज्योतिषियों ने महाराज को बताया है कि इस समय आपके ग्रह बहुत खराब हैं। उन्हें शान्त करना हो तो तुरन्त अपने राज्य के सब बन्दियों को मुक्त करवा दीजिए।

राजा : *(प्रसन्न होकर)* अच्छा! फिर?

विदूषक : उसे सुनकर रानी इरावती का मन रखने के लिए महारानी ने यह काम मुझे सौंप दिया, जिससे ऐसा मालूम पड़े कि राजा ही बन्दियों को छुड़वा रहे हैं। माधविका ने समझा कि यह सारी बात ठीक है और उसने हमारा काम कर दिया।

राजा : *(विदूषक को गले लगाकर)* मित्र, तुम सचमुच ही मुझसे बहुत प्रेम करते हो; क्योंकि मित्रों का काम केवल बुद्धि के बल से ही पूरा नहीं हो जाता, अपितु कार्यसिद्धि का सूक्ष्म पथ स्नेह के द्वारा भी प्राप्त होता है।

विदूषक : अच्छा, अब आप जल्दी कीजिए। मैं मालविका और उनकी सखी को समुद्र-गृह में पहुँचाकर आपसे मिलने आया हूँ।

राजा : ठीक है। मैं भी चलकर उनसे मिलता हूँ। चलो, आगे चलो।

विदूषक : आइए, आइए। *(थोड़ा चलकर)* यह समुद्र-गृह है।

राजा : *(आशंका के साथ)* मित्र, यह रानी इरावती की परिचायिका चन्द्रिका फूल चुनती हुई इधर ही आ रही है। आओ, इस दीवार के पीछे छिप जाएँ।

विदूषक : ठीक है! चोरों और प्रेमियों को चन्द्रिका से दूर-ही-दूर रहना चाहिए।

[दोनों दीवार के पीछे छिप जाते हैं।]

राजा : गौतम, तुम्हारी सखी मालविका मेरी प्रतीक्षा किस प्रकार कर रही होगी? आओ, जरा इस झरोखे से खड़े होकर देखें।

विदूषक : ठीक है।

[दोनों खड़े होकर देखने लगते हैं।]

[मालविका और बकुलावलिका का प्रवेश]

बकुलावलिका : सखि, महाराज को प्रणाम करो।

मालविका : नमस्ते!

राजा : लगता है कि मालविका मेरे चित्र की ओर संकेत कर रही है।

मालविका : *(बहुत प्रसन्न होकर द्वार की ओर देखकर और फिर उदास होकर)* क्यों री, मुझे धोखा दे रही है?

राजा : इसके इस हर्ष और विषाद को देखकर मुझे बहुत ही आनन्द हुआ है। सूर्योदय और सूर्यास्त के समय कमल की जो दशाएँ होती हैं, वे दोनों ही सुन्दरी के मुख पर एक क्षण में ही दिखाई पड़ गईं।

बकुलावलिका : देखो न, यह महाराज का चित्र है।

दोनों : *(सिर झुकाकर)* महाराज की जय हो!

मालविका : सखि, उस दिन घबराहट में महाराज के रूप को देखकर जैसे जी नहीं भरा था, वैसे ही आज भी महाराज के इस चित्र को देखकर किसी प्रकार तृप्त नहीं हो पा रही हूँ।

विदूषक : सुन लिया? वे कह रही हैं कि जैसे आप चित्र में दिखाई पड़ते हैं, वैसे वस्तुतः सम्मुख देखने पर दिखाई नहीं पड़ते। जैसे खाली रत्न-मंजूषा झूठा गर्व करती है, उसी प्रकार आप भी यौवन का व्यर्थ ही दम भरते हैं।

राजा : मित्र, स्त्रियाँ उत्सुक होने पर भी स्वभाव से ही शालीन होती हैं।

जब वे प्रथम मिलन में अपने प्रिय के रूप को भली प्रकार देखना भी चाहती हैं, तब भी उन बड़ी-बड़ी आँखोंवाली सुन्दरियों के नेत्र पूरी तरह खुलकर उस रूप को भली भाँति देख ही नहीं पाते।

मालविका : सखि, यह कौन है, जिसकी ओर मुँह मोड़कर मेरे महाराज बड़ी प्रेम-भरी दृष्टि से देख रहे हैं।

बकुलावलिका : यह तो रानी इरावती हैं, जो उनके पास खड़ी हैं।

मालविका : सखि, मुझे तो महाराज अशिष्ट-से प्रतीत होते हैं, जो सब रानियों को छोड़कर एक के ही मुँह की ओर टकटकी लगाए देख रहे हैं।

बकुलावलिका : *(मन-ही-मन)* यह तो महाराज के चित्र को ही सचमुच महाराज समझकर ईर्ष्या करने लगी है। अच्छा, जरा इसके साथ खेल ही करूँ। *(प्रकट)* सखी, ये तो महाराज की बहुत ही प्रिय रानी हैं।

मालविका : तो फिर मैं अपना जी क्यों जलाऊँ? *(ईर्ष्या के साथ दूसरी ओर मुँह फेर लेती है।)*

राजा : मित्र, देखो तो, इसने जब ईर्ष्या में भरकर अपना मुँह इधर से फेरा तो भौहें टेढ़ी होने के कारण माथे का तिलक बीच में से टूट-सा गया। इसके होंठ फड़क-से उठे। ऐसा प्रतीत होता है कि इसके गुरु ने अपने प्रियतम के अपराध पर कुपित होने के समय जैसा ललित अभिनय करने की शिक्षा दी है, वैसा ही इसने यहाँ कर दिखाया।

विदूषक : तो अब आप अनुनय-विनय करके इन्हें मनाने के लिए तैयार हो जाइए।

मालविका : आर्य गौतम भी तो पास ही बैठे हुए इन्हीं रानी इरावती की सेवा कर रहे हैं। *(फिर उस स्थान से भी मुँह फेरकर किसी दूसरी ओर मुड़ना चाहती है।)*

बकुलावलिका : *(मालविका को पकड़कर)* अब तो तुम नाराज नहीं हो?

मालविका : यदि तुम समझती हो कि मैं सदा नाराज ही रहा करती हूँ, तो लो मैं नाराज ही हुई जाती हूँ।

राजा : *(पास पहुँचकर)* री कमलनयनी, चित्र में मेरी चेष्टाओं को देखकर तुम मुझसे क्यों रुष्ट हुई जा रही हो? मैं केवल तुम्हारा दास यहाँ साक्षात् आ उपस्थित हुआ हूँ।

बकुलावलिका : महाराज की जय हो!

मालविका : *(मन-ही-मन)* अरे, तो क्या मैं महाराज के चित्र से ही ईर्ष्या किए

जा रही थी? *(प्रकट। लज्जा के साथ सिर झुकाकर हाथ जोड़ती है।)*

[राजा प्रेमातुरता का अभिनय करते हैं।]

विदूषक : क्या बात हैं; आप उदासीन-से क्यों दिखाई पड़ रहे हैं?

राजा : तुम्हारी सखी का मुझे विश्वास जो नहीं है।

विदूषक : क्यों? इनपर अविश्वास करने का क्या कारण है?

राजा : सुनो, ये मेरी आँखों में बार-बार आकर फिर एकाएक छिप जाती है। बाँहों के बीच में आकर भी बार-बार निकल जाती है। इस मिलन की छलना और प्रेम के कष्ट से पीड़ित मेरा मन इनपर निश्चिन्त होकर कैसे विश्वास करे?

बकुलावलिका : सखि, तुमने महाराज को बहुत बार धोखा दिया। अब कुछ ऐसा करो जिससे ये तुमपर विश्वास करने लगें।

मालविका : सखि, मुझ अभागिन का तो इनसे स्वप्न में भी मिल पाना दूभर था।

बकुलावलिका : महाराज, अब इस बात का उत्तर दीजिए।

राजा : उत्तर क्या दूँ, अब तो प्रेम की अग्नि को साक्षी बनाकर मैं इनसे सेवा पाने के लिए नहीं, अपितु इनकी सेवा करने के लिए अपने-आपको इनके हाथों सौंप देता हूँ।

बकुलावलिका : आपकी बड़ी कृपा है।

विदूषक : *(एक ओर को चलकर। घबराहट-सी दिखाते हुए।)* अरी बकुलावलिका, वह हरिण उस अशोक के छोटे-से पौधे के पत्ते खाए जा रहा है। आ, ज़रा इसे भगा दें।

बकुलावलिका : अच्छा, अच्छा। *(बकुलावलिका चल पड़ती है।)*

राजा : मित्र, संकट के समय में तुम ज़रा सावधान ही रहना।

विदूषक : क्या यह बात भी गौतम को बतानी होगी?

बकुलावलिका : *(कुछ दूर चलकर)* आर्य गौतम, मैं ज़रा छिपकर बैठती हूँ। तुम दरवाजे की रखवाली करो।

विदूषक : ठीक है।

[बकुलावलिका बाहर जाती है।]

विदूषक : अच्छा, मैं भी इस स्फटिक के खम्भे का सहारा लेकर बैठ जाऊँ। *(वैसा ही करता है।)* अहा, यह पत्थर भी कैसा चिकना और ठण्डा है। *(इतना कहकर ऊँघने लगता है।)*

[मालविका घबराई-सी खड़ी रहती है।]

राजा : सुन्दरि, इस मिलन की घबराहट को छोड़ दो। मैं चिरकाल से तुम्हारे प्रेम के लिए अधीर हूँ। आओ और मुझसे उसी प्रकार लिपट जाओ, जैसे माधवीलता आम के वृक्ष से लिपट जाती है।

मालविका : महारानी के भय के कारण इच्छा होने पर भी मैं ऐसा कर नहीं सकती।

राजा : अरी, डरो मत।

मालविका : *(उलाहना देते हुए)* जो नहीं डरते, उन महाराज का सामर्थ्य भी मैंने उस दिन देख लिया था, जिस दिन रानी इरावती आ पहुँची थीं।

राजा : अरी बिम्बाधरी, शिष्टाचार तो नायकों का कुलव्रत समझा जाता है। परन्तु सुनयने, मेरे प्राण तो इस समय तुम्हें प्राप्त करने की आशा पर ही लटके हुए हैं। अब अपने इस चिर अनुरागी व्यक्ति पर कृपा करो। *(आलिंगन करना चाहता है।)*

[मालविका अपने को छुड़ाने का अभिनय करती है।]

राजा : *(मन-ही-मन)* इन नई-नवेली तरुणियों की प्रेमलीला भी बहुत भली मालूम होती है। देखो न, इसके हाथ काँप रहे हैं और यह अपनी चंचल अँगुलियों से अपनी करधनी को पकड़े हुए है। जब मैं बलपूर्वक आलिंगन करने लगता हूँ, तो यह अपने दोनों हाथों से अपने स्तनों को ढक लेती है। सुन्दर पलकों और आँखोंवाले मुख को जब मैं चुम्बन करने के लिए ऊपर उठाता हूँ, तो यह उसे दूसरी ओर फेर लेती है। इस प्रकार सफल न होने पर भी मुझे अपनी अभिलाषाएँ पूर्ण होने का सा आनन्द मिल रहा है।

[इरावती और निपुणिका का प्रवेश]

इरावती : क्यों री निपुणिका, क्या तुझसे सचमुच चन्द्रिका ने यह कहा था कि उसने आर्य गौतम को समुद्र-गृह के बरामदे में अकेले सोते हुए देखा है?

निपुणिका : वह न कहती, तो मैं आपको योंही झूठ-मूठ थोड़े ही कह देती!

इरावती : अच्छा, तो चलो वहीं चलें। हमारा प्रिय मित्र गौतम संकट से मुक्त हो गया है, उसका हाल भी पूछते चलें।

निपुणिका : इसके अतिरिक्त कोई और प्रयोजन भी मालूम पड़ता है?

इरावती : दूसरा प्रयोजन यह है कि वहाँ आर्यपुत्र के चित्र को भी मनाएँगे, और प्रसन्न करेंगे।

निपुणिका : अब महाराज को इस तरह क्यों मनाना चाहती हैं?

इरावती : अरी भोली, हमारे लिए तो जैसे चित्र में अंकित महाराज, वैसे ही

दूसरे के प्रेम में पागल। यह तो मैं केवल इसलिए करना चाहती हूँ कि उस दिन मैंने उनके सम्मुख शिष्टाचार का उल्लंघन कर दिया था।

निपुणिका : तो इधर आइए स्वामिनी, इधर।

[दोनों चलने का अभिनय करती हैं।]

[प्रवेश करके]

चेटी : स्वामिनी की जय हो! स्वामिनी, महारानी ने कहा है कि यह समय हमारे परस्पर द्वेष का नहीं है। इसीलिए आपके साथ प्रेम बढ़ाने के लिए मैंने मालविका को हथकड़ी-बेड़ी लगाकर बन्दीगृह में डाल दिया है। यदि आर्यपुत्र को मनाने के लिए तुम उद्यत होवो, तो जैसा कहो वैसा करूँ। जो कुछ तुम चाहती हो, वह मुझे कहला भेजना।

इरावती : नागरिका, मेरी ओर से महारानी से कहना कि हम उन्हें कोई काम बतानेवाली कौन होती हैं। अपनी सेविका को बन्दी करके उन्होंने मुझपर कृपा दिखाई है। और नहीं तो किसके अनुग्रह से हम लोगों का इतना मान बढ़ता!

चेटी : जो आज्ञा। *(बाहर जाती है।)*

निपुणिका : *(कुछ चलकर और देखकर)* स्वामिनी, यह समुद्र-गृह के द्वार के बरामदे में आर्य गौतम बैठे-ही-बैठे इस तरह सो रहे हैं, जैसे बाज़ार में बैठा साँडा सोया करता है।

इरावती : गजब हो गया! ऐसा तो नहीं कि विष का प्रभाव कुछ बचा हुआ हो?

निपुणिका : देखने से तो बहुत प्रसन्नमुख दिखाई पड़ता है। वैसे भी ध्रुवसिद्धि ने इसकी चिकित्सा की है, इसलिए चिन्ता की कोई बात नहीं है।

विदूषक : *(स्वप्न-सा देखते हुए)* अजी मालविकाजी!

निपुणिका : सुना स्वामिनी ने? अपना कार्य पूरा कराने के लिए इस अभागे का भरोसा कौन करे? सदा तो यह आपके यहाँ से स्वस्तिवाचन के बाद मिले लड्डुओं से पेट भरता है और अब स्वप्न में मालविका को देख रहा है।

विदूषक : भगवान् करे तू इरावती से भी आगे बढ़ जाए!

निपुणिका : यह तो बहुत बुरी बात कही! अच्छा, यह ब्राह्मण का बच्चा साँप से बहुत डरता है। मैं खम्भे के पीछे छिपकर साँप की तरह टेढ़ी-मेढ़ी इस लकड़ी से इसे डराती हूँ।

इरावती : ऐसे कृतघ्न के साथ शरारत करनी ही चाहिए।

[निपुणिका विदूषक के ऊपर एक टेढ़ी-मेढ़ी लकड़ी फेंकती है।]

विदूषक : *(एकाएक जागकर)* हाय रे, मरा रे! मित्र, मेरे ऊपर साँप आ गिरा है।

राजा : *(एकाएक पास आकर)* मित्र डरो, मत; डरो मत।

मालविका : *(पीछे-पीछे आकर)* महाराज, एकाएक इस तरह बाहर न जाइए। बाहर साँप है।

इरावती : ओफ-ओफ! यह तो महाराज ही इधर दौड़े आ रहे हैं।

विदूषक : *(हँसते हुए)* यह क्या? यह तो लकड़ी है। मैंने तो समझा था कि मैंने केवड़े के काँटों से साँप के डसने के चिह्न बनाकर जो साँप को बदनाम किया था, शायद उसीका फल मुझे मिलने लगा है।

[परदा गिराकर प्रवेश करके]

बकुलावलिका : महाराज, इधर न आइए। इधर न आइए। यहाँ बड़ी टेढ़ी चालवाला साँप-सा दिखाई पड़ रहा है।

इरावती : *(खम्भे के पीछे से एकाएक राजा के पास पहुँचकर)* कहिए, दिन में समय निश्चित करके यहाँ मिलने के लिए आनेवाले इस युगल की अभिलाषा बिना किसी विघ्न के पूरी तो हो गई न?

[इरावती को देखकर सब घबरा जाते हैं।]

राजा : प्रिये, तुम्हारा यह व्यवहार बिलकुल अनोखा ही है।

इरावती : बकुलावलिका, बड़े भाग्यवाली है कि तूने इन दोनों के अभिसार की दूती बनकर अपनी प्रतिज्ञा पूर्ण कर दिखाई।

बकुलावलिका : स्वामिनी, रुष्ट न हों। मैंने क्या कुछ किया है, यह महाराज से ही पूछ लीजिए। मेंढ़क बोलेंगे नहीं, तो क्या बादल धरती पर बरसेगा ही नहीं?

विदूषक : ऐसा न कहिए, उस दिन आपने महाराज के अनुनय-विनय की परवाह न की; आपके उस कठोर व्यवहार को महाराज ने आपको देखते ही भुला डाला, और आप अब भी प्रसन्न होने में नहीं आ रही हैं।

इरावती : अब मैं कुपित होकर भी क्या करूँगी?

राजा : इस प्रकार बिना बात कुपित होना तुम्हें शोभा नहीं देता। आज तक बिना किसी कारण के तुम्हारे मुख पर एक क्षण के लिए भी क्रोध आया है? बिना चन्द्रग्रहण का समय आए, कहीं रात्रि का चन्द्रमण्डल राहु से ग्रस्त होकर मलिन पड़ता है?

इरावती : मैं गलत जगह रूठ रही हूँ, यह आपने ठीक कहा। यदि हमारे भाग्य दूसरों को मिल जाएँ, और उसपर मैं नाराज होने लगूँ, तो सब लोग मेरी हँसी न उड़ाएँगे?

राजा : तुम तो उलटा ही मतलब निकालती हो। मुझे तो सचमुच ही तुम्हारे कुपित होने का कारण दिखाई नहीं पड़ रहा। उत्सव के दिनों में अपराधी सेवक को भी बन्धन में डालकर नहीं रखना चाहिए, इसीलिए मैंने इन दोनों को छुड़वा दिया है और उसके बाद ये दोनों मुझे प्रणाम करने के लिए यहाँ आ गई हैं।

इरावती : निपुणिका, जाओ। जाकर महारानी को सूचना दे दो कि आपका पक्षपात आज हमने देख लिया है।

निपुणिका : जो आज्ञा। *(बाहर जाती है।)*

विदूषक : *(मन-ही-मन)* अरे, यह तो अनर्थ हो गया। पालतू कबूतर पिंजड़े से निकलकर बिल्ली के सामने आ पड़ा।

निपुणिका : *(प्रवेश करके। ज़रा-सी आड़ करके)* स्वामिनी, मार्ग में अचानक मुझे माधविका मिल गई थी। उसने बताया है कि यह सब ऐसे-ऐसे घटित हुआ है कि *(उसके कान में कहती है।)*

इरावती : *(मन-ही-मन)* ठीक है। ज़रूर यह सारी चालबाजी इस ब्राह्मण के बच्चे की है। *(विदूषक की ओर देखकर प्रकट)* यह सारी नीति इस प्रेमतन्त्र के मन्त्री की है।

विदूषक : अजी, यदि मैंने नीति के दो अक्षर भी पढ़े होते, तो मैं गायत्री को भी भूल गया होता।

राजा : *(मन-ही-मन)* अब इस संकट से किस तरह छुटकारा पाया जाए?

[प्रवेश करके]

जयसेना : महाराज, कुमारी वसुलक्ष्मी गेंद के पीछे दौड़ रही थी कि एक भूरे बन्दर ने एकाएक उसे आकर बहुत डरा दिया। अब वह महारानी की गोद में पड़ी हुई वायु से हिलते पत्ते की तरह काँप रही है और किसी तरह होश में ही नहीं आ रही हैं।

राजा : ओफ-ओफ! बच्चे भी बहुत जल्दी डर जाते हैं।

इरावती : महाराज, जल्दी जाइए और उसे सम्भालिए। भय के कारण उसका कष्ट और अधिक बढ़ न जाए।

राजा : मैं अभी जाकर उसे होश में लाता हूँ। *(तेजी से चल पड़ता है।)*

विदूषक : शाबाश रे भूरे बन्दर, शाबाश! आज तो तूने हमारे पक्ष को बचा ही लिया।

[राजा, विदूषक, इरावती, निपुणिका और प्रतीहारी बाहर जाते हैं।]

मालविका : सखि, महारानी की बात सोच-सोचकर मेरा हृदय काँप रहा है। पता नहीं, अभी आगे और क्या-क्या भोगना शेष है?

[नेपथ्य में]

बड़े अचरज की बात है! अभी पाँच रातें भी नहीं बीतीं कि सुनहले अशोक में कलियाँ खिल उठी हैं। अच्छा, चलकर महारानी को खबर देती हूँ।

[दोनों सुनकर प्रसन्न हो उठती हैं।]

बकुलावलिका : धीरज धरो सखि, महारानी अपने वचन की पक्की हैं।

मालविका : अच्छा, चलो हम भी इस प्रमदवन की मालिन के पीछे-पीछे चल पड़ें।

बकुलावलिका : ठीक है, आओ चलें।

[दोनों बाहर जाती हैं।]

पाँचवाँ अंक

[उद्यानपालिका का प्रवेश]

उद्यानपालिका : मैंने अच्छी तरह सजा इस सुनहले अशोक के चारों ओर अच्छी डौल बना दी है। अब चलकर महारानी को बता आऊँ कि मैंने अपना काम पूरा कर दिया है। *(थोड़ा चलकर)* अहा, मालविका पर भाग्य की बड़ी कृपा है। अब इस अशोक के फूल उठने के वृत्तान्त को सुनकर क्रुद्ध महारानी उसपर प्रसन्न हो उठेंगी। अच्छा, इस समय महारानी होंगी कहाँ? *(सामने की ओर देखकर)* अरे, यह महारानी का परिचायक कुबड़ा सारसिक लाख की मुहर लगी हुई सन्दूकची को लेकर महल से निकल रहा है। इसीसे चलकर पूछती हूँ। *(ऊपर बताए के अनुसार सन्दूकची हाथ में लिए कुबड़े का प्रवेश)* कहो सारसिक, कहाँ चले?

सारसिक : मधुकरिका, विद्वान् ब्राह्मणों को प्रतिमास दी जानेवाली दक्षिणा पुरोहितजी के पास ले जा रहा हूँ कि वे ब्राह्मणों में बाँट दें।

मधुकरिका : यह दक्षिणा किसलिए बाँटी जाने लगी है?

सारसिक : जब से युवराज वसुमित्र अश्वमेध यज्ञ के घोड़े की रक्षा में नियुक्त किए गए हैं, तब से ही उनकी दीर्घायु की कामना से महारानी चार सौ स्वर्ण मुद्राएँ ब्राह्मणों को दक्षिणा के रूप में देती हैं।

मधुकरिका : इस समय महारानी कहाँ हैं, और क्या कर रही हैं?

सारसिक : इस समय वे मंगल-घर में आसन पर बैठी हुई विदर्भ देश से अपने भाई वीरसेन के भेजे हुए पत्र को पढ़वाकर सुन रही हैं।

मधुकारिका : आजकल विदर्भराज का हाल-चाल कैसा है?

सारसिक : वीरसेन ने महाराज की विजयिनी सेना लेकर विदर्भराज को कैद कर लिया है और उसके चचेरे भाई माधवसेन को कैद से छुड़ा दिया है। उन्होंने महाराज के लिए उपहार के रूप में बहुमूल्य रत्न, हाथी और घोड़े और बहुत-से गुणी कलाकार सेवक भी भेजे हैं।

मधुकरिका : अच्छा-अच्छा, अब चलो। तुम अपना काम भुगताओ, मैं भी जाकर महारानी के दर्शन करूँ।

[दोनों जाते हैं।]

[प्रवेशक समाप्त]

[प्रतीहारी का प्रवेश]

अशोक वृक्ष के पूजा-समारोह की तैयारी में लगी हुई महारानी ने मुझे आदेश दिया है कि जाकर आर्यपुत्र से कहो कि मैं अशोक वृक्ष की प्रसून-लक्ष्मी को आर्यपुत्र के साथ चलकर देखना चाहती हूँ। इस समय महाराज न्यायासन पर बैठे हैं। तो मैं चलकर वहीं उनकी प्रतीक्षा करूँ।

[चलने का अभिनय करती है।]

[नेपथ्य में दो वैतालिक गाते हैं।]

पहला वैतालिक : महाराज की जय हो! अपनी दण्ड-शक्ति से ही महाराज शत्रुओं के सिरों को पैरो से रौंद रहे हैं। मुँहमाँगा वर देनेवाले महाराज, आप तो यहाँ विदिशा के तीर पर उद्यानों में शरीरधारी कामदेव के समान वसन्त का आनन्द ले रहे हैं और कोयल की कूक सुनकर प्रसन्न हो रहे हैं; और वहाँ वरदा नदी के तीर पर आपका शत्रु उन वृक्षों के साथ-साथ झुका खड़ा है, जिनके साथ आपके विजयी हाथी बाँधकर रखे गए हैं।

दूसरा वैतालिक : विदर्भ में कवियों के गाने योग्य दो ही घटनाएँ हुई हैं। एक तो यह कि आपने अपनी प्रबल सेनाओं द्वारा विदर्भराज की लक्ष्मी का अपहरण कर लिया है और दूसरी यह कि भगवान् कृष्ण ने अपनी विशाल बाहुओं द्वारा बलपूर्वक रुक्मिणी का हरण किया था। इस समय देव-तुल्य विद्वानों द्वारा रचे गए आप दोनों के गीतों को वीर-प्रेमी कवि लोग बड़े प्रेम से गा रहे हैं।

प्रतिहारी : इस जय-ध्वनि से मालूम होता है कि महाराज वहाँ से चल पड़े हैं और इधर ही आ रहे हैं। उनके साथ लोगों की भीड़ आ रही है। उससे बचने के लिए मैं इस खम्भे के पीछे खड़ी हो जाती हूँ। *(एक ओर खड़ी हो जाती है।)*

[विदूषक के साथ राजा का प्रवेश]

राजा : जब एक ओर यह सोचता हूँ कि मेरी वह प्रिय मालविका किसी भी प्रकार सरलता से प्राप्त नहीं हो सकती, और दूसरी ओर यह सुनता हूँ कि मेरी सेना ने विदर्भराज को परास्त कर दिया है, तो मेरा मन उस कमल के समान एकसाथ ही दुःखी और सुखी होने

लगता है, जिसपर साथ-ही-साथ धूप भी पड़ रही हो और वर्षा भी गिर रही हो।

विदूषक : मुझे तो ऐसा दिखाई पड़ता है कि अब आप केवल सुखी-ही-सुखी होंगे।

राजा : वह कैसे?

विदूषक : आज महारानी ने पण्डिता कौशिकी से यह कहा था कि भगवती, आपको अपनी श्रृंगार-कला का जितना अभिमान है, उसे आज मालविका का विवाहोचित श्रृंगार करके पूरा कर दिखलाइए। कौशिकी ने मालविका को बहुत अच्छे आभूषणों से सजाया है। हो सकता है कि महारानी आपकी अभिलाषा को पूरी ही कर दें।

राजा : मित्र, मेरे लिए पहले भी इस धारिणी ने जो-जो कुछ किया है, उससे यह सम्भव ही प्रतीत होता है कि शायद वह ऐसा भी कर दे।

प्रतिहारी : *(पास जाकर)* महाराज की जय हो! महारानी ने कहलाया है कि आप सुनहले अशोक के नए फूलों को मेरे साथ चलकर देखें और इस समारोह को सफल करें।

राजा : क्यों, महारानी क्या वहीं हैं?

प्रतिहारी : जी हाँ। यथोचित आदर के साथ सब रानियों से विदा लेकर वे मालविका के साथ अपनी परिचारिकाओं को लिए महाराज की प्रतीक्षा कर रही हैं।

राजा : *(प्रसन्नता के साथ विदूषक की ओर देखकर)* अच्छा जयसेना, चलो; आगे चलो।

प्रतिहारी : आइए महाराज, आइए। *(आगे चलने का अभिनय करती है।)*

विदूषक : *(चारों ओर देखकर)* मित्र, ऐसा प्रतीत होता है जैसे प्रमदवन में वसन्त का यौवन फिर लौट आया है।

राजा : ठीक कहते हो। वह सामने आमों के बीच-बीच में जहाँ-तहाँ कुरबक के फूल खिल उठे हैं, जिनके कारण बीतती हुई वसन्त ऋतु का यौवन मन को फिर उत्सुक करने लगा है।

विदूषक : *(कुछ चलकर)* अहा! यह सुनहला अशोक तो फूल के गुच्छों से ऐसा लद उठा है कि मानो किसीने इसका श्रृंगार कर दिया हो। देखिए ज़रा इसे।

राजा : इसका देर से फूलना भला ही था। इस समय इसकी शोभा अन्य सब वृक्षों से निराली हो उठी है। देखो, ऐसा प्रतीत होता है कि जिन अशोक वृक्षों ने वसन्त का वैभव पहले प्रदर्शित कर दिखाया

था, अब इसकी अभिलाषा पूरी हो जाने पर उन्होंने अपने सारे फूल इसे ही दे दिए हैं।

विदूषक : ठीक है। अब बेफिक्र हो जाइए। हम लोगों के पास पहुँच जाने पर भी महारानी धारिणी मालविका को अपने पास ही बिठाए हुए हैं।

राजा : *(प्रसन्न होकर)* मित्र, देखो, महारानी मेरे आदर के लिए उठ खड़ी हुई हैं और उनके पीछे मेरी प्रिया मालविका भी उठ खड़ी हुई है। उसने अपने दोनों कर-कमल फैलाए हुए हैं, और ऐसा प्रतीत हो रहा है, मानो पृथ्वी के पीछे राजलक्ष्मी खड़ी हुई हो।

[धारिणी, मालविका, परिव्राजिका और आसपास परिचारकों का प्रवेश]

मालविका : *(मन-ही-मन)* मुझे इस साज-शृंगार का कारण तो मालूम है; फिर भी मेरा हृदय कमलिनी के पत्ते पर पड़ी हुई पानी की बूँद के समान काँप रहा है। इधर मेरी बाईं आँख भी बार-बार फड़क रही है।

विदूषक : मित्र, विवाह के योग्य शृंगार और वेश में मालविका और भी सुन्दर दिखाई पड़ रही है।

राजा : हाँ, देख रहा हूँ। इसने एक छोटा-सा दुपट्टा ओढ़ा हुआ है और बहुत-से आभूषणों से लदी हुई यह ऐसी प्रतीत हो रही है, मानो तारों से भरी चैत्र की रात हो, जिसमें से कोहरा हट चुका हो, और अभी चाँदनी निकलनेवाली हो।

धारिणी : *(पास जाकर)* आर्यपुत्र की जय हो।

विदूषक : आपकी दिन दूनी रात चौगुनी वृद्धि हो।

परिव्राजिका : महाराज की जय हो।

राजा : भगवती, प्रणाम।

परिव्राजिका : आपके मनोरथ पूर्ण हों।

धारिणी : *(मुस्कराते हुए)* आर्यपुत्र, देखिए, हमने इस अशोक को आपके लिए अच्छा-खासा संकेत-गृह बना डाला है, जहाँ आप तरुणियों से मिल-जुल सकते हैं।

विदूषक : महाराज, तब तो इन्होंने आपके मन की बात ही कर दी।

राजा : *(कुछ लजाते हुए अशोक के चारों ओर घूम कर)* यह अशोक तो तुम्हारे इस प्रकार के सत्कार का पात्र ही है, क्योंकि इसने वसन्तलक्ष्मी के आदेश को तो टाल दिया था और उन दिनों फूला नहीं था, परन्तु अब तुम्हारे प्रयत्न का आदर करके फूलों से भर उठा है।

विदूषक : अब आप निश्चिन्त होकर इस यौवन से मदमाती को निहारिए।

धारिणी : किसे?

विदूषक : अजी, सुनहले अशोक के फूलों की शोभा को।

[सब बैठ जाते हैं।]

राजा : *(मालविका की ओर देखकर; मन-ही-मन)* ओह, इतने निकट होकर भी अलग रहना बड़ा दुखदायी है। मैं चकवा हूँ और मेरी प्रिया मालविका चकवी है। यह धारिणी, जो हमें परस्पर मिलने की अनुमति नहीं दे रही, हम दोनों के लिए रात्रि बनी हुई है।

[प्रवेश करके]

कंचुकी : महाराज की जय हो! अमात्य ने कहलाया है कि विदर्भ देश से भेंट के रूप में दो गुणी दासियाँ आई हैं। पहले वे दूर से आने के कारण थकी हुई थीं, इसलिए उन्हें आपके पास नहीं भेजा था। अब वे विश्राम करके इस योग्य हो गई हैं कि आपके पास आ सकें। आप आज्ञा देने की कृपा करें।

राजा : उन्हें ले आओ।

कंचुकी : जो महाराज की आज्ञा। *(बाहर जाता है और उन दोनों के साथ वापस आता है।)* इधर आइए, इधर।

पहली : *(धीरे से)* सखी मदनिका, इस अद्‌भुत राजकुल में प्रविष्ट होते समय मेरा हृदय प्रसन्नता से भर उठा है।

दूसरी : ज्योत्स्निका, ऐसा कहते हैं कि आनेवाले सुख या दुःख को मनुष्य का मन पहले ही कह देता है।

पहली : यह बात अब सच्ची हो जाए, तभी ठीक है।

कंचुकी : ये महाराज महारानी के साथ बैठे हैं। आप दोनों उनके पास जाइए।

[दोनों पास जाती हैं।]

[मालविका और परिव्राजिका उन दोनों दासियों को देखकर एक-दूसरे की ओर देखती हैं।]

दोनों : *(प्रणाम करके)* महाराज की जय हो! महारानी की जय हो!

[दोनों राजा की आज्ञा से बैठ जाती हैं।]

राजा : आप दोनों ने किस कला का अभ्यास किया है?

दोनों : महाराज, हमने संगीत की शिक्षा पाई है।

राजा : रानी, तुम इनमें से किसी एक को ले लो।

धारिणी : मालविका, ज़रा देख तो इधर। तुझे इनमें से अपने संगीत के लिए कौन-सी साथिन पसन्द है।

दोनों : *(मालविका को देखकर)* अरे राजकुमारी! राजकुमारी की जय हो।

[प्रणाम करके उसके साथ-साथ रोने लगती हैं।]

[सब आश्चर्य के साथ देखते हैं।]

राजा : आप दोनों कौन हैं? और यह कौन है?

दोनों : महाराज, ये हमारी राजकुमारी हैं।

राजा : वह कैसे?

दोनों : सुनिए महाराज! महाराज ने अपनी सेना द्वारा विदर्भराज को परास्त करके जिस कुमार माधवसेन को कैद से छुड़ाया है, यह उसीकी छोटी बहिन मालविका है।

धारिणी : क्या यह राजकुमारी है? हाय, मैं चन्दन से खड़ाऊँ का काम लेती रही।

राजा : फिर इनकी यह दशा कैसे हुई?

मालविका : *(गहरी साँस छोड़कर मन-ही-मन)* भाग्य के फेर से।

दूसरी : सुनिए महाराज! जब राजकुमार माधवसेन अपने चचेरे भाई के पास कैद हो गए, तब उनके अमात्य सुमति हम परिचारिकाओं को छोड़कर इन्हें चुपचाप ले आए।

राजा : यह मैं पहले सुन चुका हूँ। फिर क्या हुआ?

दूसरी : महाराज, इससे आगे मुझे मालूम नहीं।

परिव्राजिका : इससे आगे की बात मैं अभागिन सुनाऊँगी।

दोनों : राजकुमारी, यह तो आर्या कौशिकी की सी आवाज मालूम होती है? अरे, ये तो वही हैं।

मालविका : और नहीं तो क्या!

दोनों : परिव्राजिका का वेश पहने हुए आचार्या कौशिकी बड़ी कठिनता से पहचानी जाती हैं। भगवती, नमस्ते!

परिव्राजिका : तुम दोनों का कल्याण हो!

राजा : यह क्या बात है? क्या भगवती इन दोनों को पहले से जानती हैं?

परिव्राजिका : जी हाँ। यही बात है।

विदूषक : अच्छा, भगवती, अब आप मालविकाजी का सारा वृत्तान्त सुना डालिए।

परिव्राजिका : *(दुःखी होने का अभिनय करते हुए)* अच्छा तो सुनिए। माधवसेन के सचिव सुमति मेरे बड़े भाई हैं।

राजा : समझ गया। अच्छा, फिर क्या हुआ?

परिव्राजिका : वे इसे और मुझे साथ लेकर इसका सम्बन्ध आपके साथ कराने के लिए विदिशा की ओर आनेवाले व्यापारियों के एक दल में सम्मिलित हो गए।

राजा : ठीक है। फिर?

परिव्राजिका : कुछ दूर चलने पर व्यापारियों का वह दल एक घने जंगल में जा पहुँचा।

राजा : फिर?

परिव्राजिका : उसके बाद और क्या होना था! कन्धों पर तरकस लटकाए और पीठ पर घुटनों तक लटकते हुए मोरों के पँख बाँधे हुए, हाथों में धनुष लिए चिल्लाता और ललकारता हुआ डाकुओं का दल हमपर एकाएक इस तरह टूट पड़ा कि मुकाबला कर पाना असम्भव हो गया।

[मालविका भयभीत होने का अभिनय करती है।]

विदूषक : अजी, डरिए नहीं; ये तो बीती हुई बात सुना रही हैं।

राजा : फिर?

परिव्राजिका : इसके बाद कुछ ही देर में व्यापारियों के दल के योद्धाओं को डाकुओं ने हराकर भगा दिया।

राजा : ओफ! क्या इससे भी अधिक दुःखद बात सुननी होगी?

परिव्राजिका : तब मेरे वे भाई शत्रुओं के आक्रमण से घबराई हुई इस मालविका की रक्षा करते हुए स्वर्गवासी हो गए और उन्होंने अपने प्राण देकर अपने स्वामी का ऋण चुका दिया।

पहली : तो क्या सुमति मारे गए?

दूसरी : अहो! तभी हमारी राजकुमारी की यह दशा हुई।

[परिव्राजिका रोने लगती है।]

राजा : भगवती, सभी शरीरधारियों की अन्त में यही गति होनी है। अपने स्वामी का अन्न सफल करने वाले सुमति के लिए आपको शोक नहीं करना चाहिए। फिर क्या हुआ?

परिव्राजिका : उसके बाद मैं बेहोश हो गई। जब मुझे होश आया, तो मालविका कहीं दिखाई नहीं पड़ी।

राजा : तब तो आपने बहुत कष्ट सहा।

परिव्राजिका : उसके बाद भाई के शरीर का अग्नि-संस्कार करके मैं आपके देश में आ पहुँची। यहाँ मेरे विधवापन का दुःख फिर से ताजा हो उठा और मैंने संन्यास लेकर ये गेरुए कपड़े पहन लिए।

राजा : ठीक है। भले आदमियों का यही मार्ग है। फिर क्या हुआ?

परिव्राजिका : उसके बाद यह डाकुओं से होती हुई वीरसेन के पास और वीरसेन के पास से महारानी के पास आ गई। जब मैं महारानी के पास पहुँची, तो मैंने इसे यहाँ पाया। यही है इसकी कहानी।

मालविका : *(मन-ही-मन)* अब देखूँ, महाराज क्या कहते हैं?

राजा : हाय, विपत्ति आने पर मनुष्य की दशा कितनी गिर जाती है! कहाँ तो यह साध्वी रानी कहलाने योग्य थी और कहाँ इससे दासी का काम लिया गया। यह तो पशमीने से अंगोछे का काम लेने की बात हुई।

धारिणी : भगवती, आपने मुझे यह न बताकर कि मालविका ऊँचे कुल की है, भला नहीं किया।

परिव्राजिका : ऐसा न कहिए। एक खास कारण था, जिससे मैं इस प्रकार अपने दिल को पत्थर किए रही।

धारिणी : वह कारण क्या था?

परिव्राजिका : जब इसके पिता जीवित थे, तब तीर्थयात्रा से लौटे हुए एक भविष्यदर्शी साधु ने मेरे सामने ही इसके विषय में बताया था कि एक वर्ष तक यह कहीं दासी के रूप में काम करेगी और उसके बाद इसे उपयुक्त पति मिलेगा। जब मैंने यह देखा कि उसकी बात इस रूप में सच्ची हो रही है और यह आपके यहाँ सेवा करके समय बिता रही है, तो मुझे लगता है कि मैंने चुपचाप रहकर प्रतीक्षा करके भला ही किया।

राजा : आपकी यह प्रतीक्षा ठीक ही रही।

कंचुकी : महाराज, इस कथा के कारण मैं एक बात कहना भूल गया। अमात्य ने कहलावाया है कि विदर्भ के सम्बन्ध में जो कुछ प्रबन्ध करना था, वह कर दिया गया है। पर मैं महाराज की इच्छा भी जान लेना चाहता हूँ।

राजा : मौद्‌गल्य, मेरी इच्छा है कि मैं यज्ञसेन और माधवसेन दोनों के दो अलग-अलग राज्य बना दूँ और वे दोनों वरदा नदी के उत्तरी और दक्षिण तटों पर उसी प्रकार राज्य करते रहें, जैसे सूर्य और चन्द्रमा रात और दिन का बँटवारा करके सुशोभित होते हैं।

कंचुकी : ठीक है महाराज। मैं यही बात अमात्य-परिषद से निवेदन कर आता हूँ।

[राजा अँगुली से अनुमति देने का संकेत करता है। कंचुकी बाहर जाता है।]

पहली दासी : *(धीरे से)* राजकुमारीजी, बधाई हो! अब तो महाराज ने राजकुमार को आधा राज्य दिलवा दिया है।

मालविका : यह बड़ी बात है कि उनके प्राण बच गए।

[प्रवेश करके]

कंचुकी : महाराज की जय हो। अमात्य ने कहलाया है कि महाराज का विचार बिलकुल ठीक है। मन्त्री-परिषद की सम्मति भी यही है। जिस प्रकार रथ के दोनों घोड़े सारथी के नियन्त्रण में रहकर चलते हैं, उसी प्रकार दो भागों में बँटी हुई राज्यश्री का उपभोग करते हुए और एक-दूसरे से द्वेष न रखते हुए ये दोनों भी आपके नियन्त्रण में बन रहेंगे।

राजा : तो जाकर मन्त्री-परिषद से कहो कि सेनापति वीरसेन को लिख भेजें कि वे ऐसा ही कर दें।

कंचुकी : जो महाराज की आज्ञा। *(बाहर जाता है और उसके बाद उपहारों-समेत एक पत्र लेकर फिर आता है।)* महाराज की आज्ञा का पालन कर दिया गया है। यह महाराज के सेनापति पुष्यमित्र के पास से दुशाले के उपहार के साथ पत्र आया है। महाराज इसे देख लें।

[राजा उठकर शिष्टाचार-प्रदर्शन के साथ उपहार-समेत पत्र को लेता है और एक सेवक को सौंप देता है। सेवक पत्र को खोलने का अभिनय करता है।]

धारिणी : *(मन-ही-मन)* ओह! मेरा हृदय भी इसीको सुनने के लिए अधीर हो रहा है। गुरुजनों का कुशल-वृत्तान्त सुनने के बाद वसुमित्र का हाल सुनूँगी। सेनापति ने भी मेरे बालक को बड़ा भयानक काम सौंप दिया है।

राजा : *(बैठकर आदर के साथ पत्र को लेकर पढ़ता है।)* स्वस्ति! यज्ञ के घोड़े के साथ-साथ चलनेवाले सेनापति पुष्यमित्र विदिशा में स्थित पुत्र चिरंजीव अग्निमित्र को स्नेहपूर्वक आलिंगन करके लिखते हैं, आपको यह मालूम हो कि अश्वमेध यज्ञ की दीक्षा लेकर मैंने एक वर्ष के लिए जो खुला घोड़ा छोड़ा था, और जिसकी रक्षा के लिए वसुमित्र की अधीनता में सैकड़ों राजकुमारों को लगाया था, वह घोड़ा जब सिन्धु के दक्षिणी किनारे पर फिर रहा था, तब उसे यवनों की अश्वारोही सेना ने पकड़ लिया। उसके बाद दोनों सेनाओं में जमकर भीषण युद्ध हुआ।

[धारिणी दुःखी होने का अभिनय करती है।]

राजा : अरे, मामला क्या यहाँ तक बढ़ गया? *(फिर आगे पढ़ता है।)* तब धनुर्धर वुसमित्र ने शत्रुओं को परास्त करके मेरे छिने हुए घोड़े को बलपूर्वक वापस लौटा लिया।

धारिणी : यह सुनकर हृदय को कुछ आश्वासन मिला।

राजा : *(शेष पत्र को पढ़ता है।)* अब मैं इस घोड़े को लौटाकर उसी प्रकार

अश्वमेध यज्ञ करूँगा, जैसे सगर के पौत्र अंशुमान के घोड़े को लौटा लाने पर सगर ने यज्ञ किया था। अब आप अविलम्ब अपना सारा क्रोध भूलकर बहुओं को साथ लेकर इस यज्ञ में भाग लेने के लिए आ जाइए।

राजा : यह लिखकर उन्होंने बड़ी कृपा की है।

परिव्राजिका : आप दोनों को पुत्र की विजय के लिए बधाई हो! महारानी, आपके पति ने आपको वीरपत्नियों में सबसे ऊँचा स्थान दिलाया, और आपके पुत्र ने आपको वीर माता का पद भी दिलवा दिया है।

धारिणी : भगवती, मुझे तो यही बड़ा सन्तोष है कि मेरा बेटा अपने पिता के समान ही निकला।

राजा : मौद्‌गल्य, यह तो इस हाथी के बच्चे ने यूथपति का सा काम कर दिखाया।

कंचुकी : महाराज, कुमार के इस वीरोचित पराक्रम में हमें कोई आश्चर्य नहीं हो रहा, क्योंकि जैसे बड़वानल से समुद्र को सोखनेवाले उरुजन्मा ऋषि उत्पन्न हुए थे, उसी प्रकार आप जैसे अपराजित वीर के पुत्र का ऐसा पराक्रमी होना स्वाभाविक ही है।

राजा : मौद्‌गल्य, यज्ञसेन के साले मौर्यसचिव तथा अन्य सब कैदियों को आज छोड़ दिया जाए।

कंचुकी : जो महाराज की आज्ञा। *(बाहर जाता है।)*

धारिणी : जयसेना, जा। इरावती इत्यादि अन्य सब रानियों को भी जाकर पुत्र का यह वृत्तान्त तो सुना आ।

[प्रतिहारी चल पड़ती है।]

धारिणी : जरा सुन तो।

प्रतिहारी : *(लौटकर)* आ गई, कहिए।

धारिणी : *(धीरे से)* मैंने अशोक की इच्छा पूर्ण करने के लिए मालविका को नियुक्त करते समय जो वचन दिया था, उसे और इसकी कुलीनता के विषय में बताकर इरावती से मेरी ओर से अनुरोध करना कि वह कुछ ऐसा न करे, जिससे मुझे झूठा बनना पड़े।

प्रतिहारी : जो महारानी की आज्ञा। *(बाहर जाकर प्रवेश करके)* स्वामिनी, राजकुमार की विजय के वृत्तान्त को सुनकर रानियों को इतना आनन्द हुआ है कि मैं तो गहनों की पिटारी ही बन गई हूँ।

धारिणी : इसमें आश्चर्य की क्या बात है? इसमें तो मेरा और उनका समान ही बड़प्पन है।

प्रतिहारी : *(धीरे से)* स्वामिनी, इरावतीजी ने कहलवाया है कि आपने अपने

बड़प्पन के अनुकूल ही सोचा है। आपने जो वचन दिया हुआ है, उसे अवश्य पूरा कीजिए।

धारिणी : भगवती, यदि आप अनुमति दें तो मैं चाहती हूँ कि आर्य सुमति ने जो मालविका को आर्यपुत्र को देने का संकल्प किया था, उसे पूर्ण कर दूँ।

परिव्राजिका : अब तो आपका ही इनपर अधिकार है।

धारिणी : *(मालविका का हाथ पकड़कर)* आर्यपुत्र, आपने प्रिय समाचार सुनाया है, तो उसके उपयुक्त यह पुरस्कार स्वीकार कीजिए।

[राजा लज्जा का अभिनय करता है।]

धारिणी : *(मुस्कराकर)* क्या आर्यपुत्र इस भेंट को स्वीकार नहीं करना चाहते?

विदूषक : अजी, यह तो लोकाचार है। सभी नए वर इसी तरह लजाया ही करते हैं।

[राजा विदूषक की ओर देखता है।]

विदूषक : महाराज चाहते हैं कि आप ही इन्हें बड़े प्रेम के साथ रानी कहकर बुलाएँ, तभी वे इन्हें ग्रहण करेंगे।

धारिणी : ये तो पहले से ही राजकुमारी हैं, अपने कुल के कारण ही इन्हें रानी का पद प्राप्त है, फिर उसे दुहराने की क्या आवश्यकता है।

परिव्राजिका : ऐसा न कहिए। भले ही रत्न खान में उत्पन्न हुआ हो और अच्छी कोटि का भी हो, फिर भी उसे सोने में जड़ना ही पड़ता है।

धारिणी : *(कुछ स्मरण-सा करके)* भगवती, क्षमा कीजिए। पुत्र की विजय कथा के आनन्द में मुझे उचित बात भी ध्यान न रही। जयसेना, जा तू जल्दी से ऊन और रेशम का जोड़ा तो ले आ।

प्रतिहारी : जो महारानी की आज्ञा। *(बाहर जाती है और पशमीने का जोड़ा लेकर फिर प्रवेश करती है।)* लीजिए महारानीजी, यह है।

धारिणी : *(मालविका के सिर पर कपड़ा डालकर उसका घूँघट कर देती है।)* आर्य पुत्र अब इसे स्वीकार कीजिए।

राजा : तुम्हारा आदेश तो मानना ही होगा। *(ओट करके)* यह तो मैंने पहले से ही स्वीकार की हुई थी।

विदूषक : अहा, महारानी भी कितनी कृपालु हैं!

[महारानी सेवकों की ओर देखती हैं।]

प्रतिहारी : *(मालविका के पास जाकर)* स्वामिनी, आपकी जय हो!

[धारिणी परिव्राजिका की ओर देखती है।]

परिव्राजिका : यह उदारता आपके लिए कुछ नई नहीं है। पति से स्नेह करनेवाली साध्वी स्त्रियाँ सौत लाकर भी पति को प्रसन्न रखती हैं; जैसे

बड़ी-बड़ी नदियाँ अन्य छोटी नदियों के जल को भी समुद्र तक पहुँचा देती हैं।

[प्रवेश करके]

निपुणिका : महाराज की जय हो। इरावतीजी ने कहलाया है कि उस समय मैंने शिष्टाचार का उल्लंघन करके जो अपराध किया था, वह सब मैंने आपके कार्य-साधन के लिए ही किया था। अ आपका मनोरथ पूर्ण हुआ, इसलिए आशा है कि आप अपनी प्रसन्नता द्वारा मुझे अनुगृहीत करेंगे।

धारिणी : निपुणिका, उन्होंने महाराज की जो सेवा की है, उसे ये भूलेंगे नहीं।

निपुणिका : सुनकर कृतार्थ हुई।

परिव्राजिका : महाराज, मैं चाहती हूँ कि जाकर माधवसेन को इस उचित सम्बन्ध का समाचार सुनाकर प्रसन्न करूँ।

धारिणी : भगवती, हमें छोड़कर यहाँ से आपका जाना ठीक नहीं।

राजा : भगवती, मैं अपनी ओर से जो पत्र भेजूँगा, उसीमें आपकी ओर से भी बधाई लिख भेजूँगा।

परिव्राजिका : मैं तो अब आप दोनों के प्रेम के वश में ही हूँ।

धारिणी : आर्यपुत्र, कहिए, अब आपका और कौन-सा प्रिय कार्य करूँ?

राजा : देवी, मैं तो हृदय से केवल इतना ही चाहता हूँ कि तुम सदा मुझपर प्रसन्न बनी रहो। फिर भी ऐसा हो जाए कि–

[भरत वाक्य]

जब तक अग्निमित्र राज्य करते रहें, तब तक प्रजाओं को किसी प्रकार का भय या कष्ट न हो।

[सब बाहर जाते हैं।]

❑❑❑